U0054874

誰是費鞏?
他有什麼神秘身分?他為何失蹤?
請您一同在

民國謎案之
費鞏案再探

尋・找・真・相!

—— 散木 著 ——

目次

緣起

——費鞏失蹤和「被害」歷史懸案的 披露以及相應的書刊書寫

壹、從一本傳記說起

浙大老校友沈自敏先生在迄今 20 多年前的一篇文章中說:「研究人物的一生傳記,比處理一時一事的『報告文學』遠為困難。《費鞏傳》的撰著,當比《費鞏教授——千廁門的沉冤》的寫作複雜得多。翔實的資料、公允的態度、傳神的刻劃,這是人物傳記的基本要求,恐怕又是很高的要求。」(〈我不入地獄,誰入地獄——讀《費鞏傳》隨想〉,《讀書》1982 年第 2 期)

沈自敏先生的話說得不錯,寫歷史人物的傳記,其實並不是一件容易的事,因為要真正做到如沈自敏先生所說的,「人物傳記的基本要求」——「翔實的資料、公允的態度、傳神的刻劃」等等,

在如今浩如煙海的人物傳記書籍中，真的是不多見的。甚至，它可能還包括了當年沈自敏先生所高度評價的這一本《費鞏傳》。

《費鞏傳——一個愛國民主教授的生與死》一書是三聯書店1981 年出版的，書的作者是當時浙江大學的毛正棠先生和玉如先生，這本書也是迄今關於費鞏先生的唯一的一本長篇傳記，作為第一本費鞏先生的傳記，這本書自有其開創之功，不過，如果用了當年沈自敏先生所說的「人物傳記的基本要求」——「翔實的資料、公允的態度、傳神的刻劃」去要求它的話，顯然，它存在的問題還是有的。這比如，當年費鞏先生的失蹤、他的神秘之死，索之以「翔實的資料」，它是並不具備的，當然，其中的許多線索是後來才浮出水面的，這不能苛責於作者。

那麼，不管如何，這本書帶給我們一個基本的歷史場景，即1945 年 3 月 5 日凌晨，浙江大學教授費鞏在應邀前往重慶北碚的母校復旦大學授課時，忽然在重慶千廝門碼頭「失蹤」，自茲之後，費鞏的失蹤和死亡，都不是人們所能夠確知的，直到這本《費鞏傳》正式出版之前，此書的作者在 1980 年第 2 期的《人物》雜誌上還發表過一篇〈費鞏「失蹤」被害真相〉，它更是明白無誤地告訴人們：費鞏教授是在重慶千廝門碼頭被國民黨特務秘密逮捕，後來又被囚禁在「中美合作所」，最後，更被滅絕人性的特務所殺害，以及死後被投入鏹水池中毀屍滅跡。

可以說，直到現在，以上所給出的答案還是不能被輕易否定的，不過，具體到細節，如費鞏如何「失蹤」、他又被哪個國民黨特務的機構或組織所殺害等等，則還是可以細細追究和考證的，換言之，當年費鞏之死是抗戰勝利後國民黨統治區的一件重大政治案

件，也是因而點燃了解放戰爭時期的國統區「第二條戰線」導火線的一樁重大政治事件。現在我們要具體瞭解的，是當年費鞏「失蹤」以及費鞏的意外死亡，個中還存在一些懸案——費鞏為何失蹤？如何被殺？其中的細節怎樣？特別是因為此案沒有留下更多的史料記錄，甚至國民黨特務方面也沒有留下相關的任何檔案，包括迄今我們也未見過新中國成立後已經被捕的國民黨特務有關的口供等，這無形中更激發了人們對此的猜測，於是也就更有必要對此進行一番回顧和審視了。

貳、相關的歷史敘述和文獻出版

如今，介紹和研究費鞏先生的書籍，仍以費鞏生前所在的浙江大學所編的出版物為主，這一是 1980 年校史編輯室編印的《費鞏烈士紀念文集》，內分 4 卷，分別收有紀念費鞏烈士詩文輓聯選（1979 年 10 月 30 日在浙江大學舉行的費鞏烈士紀念會）、浙江大學工作人員毛正棠等編寫的《費鞏傳——一個愛國民主教授的生與死》、費鞏的日記摘抄（1938～1945）、費鞏的論文選等。二是浙江大學《費鞏文集》編委會編輯、浙江大學出版社 2005 年出版的《費鞏文集》（據說已有增訂本），它包括了費鞏一生的主要著作和文章、日記等，是目前研究費鞏先生最有價值的一本書。

除了上述《費鞏傳——一個愛國民主教授的生與死》（正棠、玉如著，三聯書店 1981 年出版），如今還有一些描寫民國大案和披露國民黨特務暴行的書籍，其中有的也提到了「費鞏案」，如《「民

國第一殺手」王亞樵被刺案（續民國大案）》（王培、金人編，群眾出版社 2003 年出版），書中敘述了歷史上刺殺良弼、張振武、陳其美、鄧鏗、張紹曾、楊增新、楊永泰、王亞樵等諸要案，其中也有「進步教授費鞏失蹤案」，作者為冷新宇所撰，其云：「1945年 3 月，陪都重慶發生了一起離奇的『費鞏失蹤案』。費鞏其人無黨無派，無官無職，只是一位普通的大學教授，但這一案件的發生，卻轟動一時，引人關注；最終案件又以費鞏生不見人、死不見屍為結局，構成了一個歷史謎團。」作者提出這是「一個歷史謎團」，不過，該文作者在試圖解詮這一「歷史謎團」時，仍採用了《費鞏傳———一個愛國民主教授的生與死》一書的主要內容，並無新見。

又有一本《黑色記憶之政治暗殺》（中國文史出版社 2004 年版），其中敘述了廖仲愷、鄧鏗、張紹曾、楊杏佛、吉鴻昌、史量才、張敬堯、宣俠父、王亞樵、方振武、唐紹儀、李公樸、聞一多、于子三、楊虎城、楊杰等被刺殺的諸案，雖然其中沒有關於「費鞏案」的介紹，卻有〈浙江大學學生會主席于子三被害真相〉一文，作者是章微寒（原國民黨國防部保密局浙江站站長），據其所撰述，當年殺害于子三係國民黨「中統」特務組織所策劃和實施，即「中統」浙江省調查統計室（主任俞嘉庸）、「保密局」浙江站所為，那麼，前述的費鞏失蹤謎案與此時的于子三被害謎案，兩者有無關聯，卻是非常自然的使人產生聯想的了。

還有一本《政疴———民國政壇黑幕》（中國友誼出版公司 1998年出版），內有彭煥才所撰〈費鞏教授失蹤案〉，內容係綜合各種發表的材料而成，如費鞏之死係國民黨「軍統」與「中統」特務組

織分工所為，即「兩個秘密」——「秘密綁架、秘密殺害」，且「出於反動當局的最高領導層」，又說費鞏被捕後先後關押在重慶衛戍司令部稽查處和中美合作所渣滓洞。可惜以上結論在文章中並未出示有任何實證性的材料。

由於費鞏之失蹤和遇害，最大嫌疑者為國民黨特務（「中統」、「軍統」），那麼，相關的歷史出版物應該是《費鞏案》最重要的資料來源，包括記述當年「陪都」重慶的「中美合作所」暨「渣滓洞」和「白公館」等的出版物，如今，重慶「紅岩英烈紀念館」還公佈有一份先後犧牲在「渣滓洞」和「白公館」的死難烈士名單，共 285 名，其始自 1945 年 3 月，迄於 1949 年 11 月 29 日，即費鞏、張露萍（女）、羅世文、車耀先、謝葆真（女）、楊虎城、宋綺雲、徐林俠、宋振中、楊拯中、陳然等，其中費鞏排在第一名。遺憾的是，「紅岩英烈紀念館」並無當年費鞏入獄和犧牲的所有歷史資訊（實物和檔案文字等），而所有記錄和記述重慶「中美合作所」的書籍讀物即「紅岩」圖書之中，下列主要書籍也無費鞏的相關內容：《紅岩檔案解密》、《千秋紅岩》、《紅岩魂》、《紅岩烈士詩文集》、《紅岩烈士傳》、《紅岩英烈的故事》、《霧都明燈——紅岩》、《紅岩魂紀實》、《紅岩小說與中美合作所、軍統集中營》、《紅岩中的徐鵬飛》、《血手染紅岩：徐遠舉罪行實錄》，包括「紅岩英烈紀念館」的刊物《紅岩春秋》雜誌（筆者曾詢問過該刊的編輯何蜀先生，據他所知，該館沒有費鞏的「檔案」）。

費鞏先生以及其「失蹤」和「被害」的歷史回顧

在對「費鞏案」基本情況簡單瞭解之後，以下就可以詳細回顧費鞏其人以及其當年「失蹤」和「被害」的過程，在對此進行了一般的歷史性記敘之後，也就為本文隨後的考證和論證預設了一個背景的鋪墊，借此也可方便讀者逐步進入歷史現場去感受和認知此案的前前後後了。

壹、費鞏的家世

在說費鞏之前，需先要說說費鞏的家世。

費鞏家世顯赫，其為民國蘇州城裏一個望族的後代。原來蘇州費氏出自吳江支始祖費士寅（南宋嘉泰朝的參知政事），其後代多有學政和翰林，可謂書香門第。至第二十一世費樹蔚，即費鞏的父親，今蘇州古城區西部有一桃花塢大街，其第 176 號即為「寶易堂」，也即「費樹蔚故居」。

「寶易堂」原主人的費仲深（1883～1935），名樹蔚，江蘇吳江同里人，其曾官至北洋政府政事堂肅政使，他是一位愛國耆紳，亦善詩詞。他在蘇州的這座宅子，傳原本為明代蘇州大才子唐寅即唐伯虎的故宅，原稱「傳易堂」，後稱「寶易堂」，至晚清時，該處為江蘇武進名士費念慈所居，1923 年又為費樹蔚所購得。費鞏早年就生活在這座帶有江南園林風格的宅子和庭院中。

費氏為吳江望族，據傳至費仲深時，其人「卓犖有經世之志，自始不屑學帖括，喜讀近代名人傳記，過目誦心，長老驚歎」，因而得到晚清名宦吳大澂的垂青，並將其女妻之，後費氏官至河南州牧，又經蘇州名流張一麔的引薦，得以入袁世凱幕府充幕僚。1907 年，袁世凱赴京入軍機處，費氏隨同前往。1909 年，他又應徐世昌之邀，在郵傳部任員外郎，兼理京漢鐵路事。1910 年，費氏適逢其母病亡，乃「丁憂」回到蘇州，翌年辛亥革命爆發，江蘇巡撫程德全在蘇州回應起義，費氏也參與了維持地方秩序，後他見貧民生計日絀，又糾集朋好，集資創辦了「公民布廠」，以維持貧民生計。1915 年 7 月，費氏出任北洋政府政事堂「肅政史」，後袁世凱僭號稱帝，他直言勸諫無果，後隱退南歸，在蘇州與張一麔、金松岑、李根源等以詩文相會，「遇不平事則義憤填膺，奮發急難不稍避」（張一麔語），他還與張一麔等熱心地方公益事業，被人稱為「吳中二仲」（張一麔字仲仁）。費仲深後來還創辦有「蘇州電氣廠」，並創設有「江豐農工銀行」、「信孚銀行」等，致力於發展民族工業和熱心賑災救難等地方公益事業。1924 年，費氏當選為蘇州總商會「特別會董」，同年，江浙戰爭爆發，他從中斡旋，使蘇州城免遭兵禍，當時他還在吳江創設了「紅十字會」，自任會

長。翌年，他又與黃炎培、史量才等發起籌組「太湖流域聯合自治會」。1932 年，「一‧二八」淞滬抗戰期間，他又與張一麐等組成「治安會」支援前方將士。

費仲深善詩文，喜吟詠，著有《費韋齋集》（內有〈韋齋詩鈔〉、〈韋齋文鈔〉等），民國詩家柳亞子、李根源、汪東等皆為之題寫了序文等。費、柳是親戚，柳亞子云：「丈為余外祖父吉甫翁諱延慶之侄，而哲弟莪庵翁諱延厘之愛子，故余為舅氏。……舅氏分屬尊行，顧長余僅三齡，余隨先姚旅吳門長慶里外家，輒與舅氏共嬉戲。稍長，賞奇析疑益相得。辛亥革命起，余持徹底解決，盡去滿清舊臣；而舅氏與項城有姻連（費氏與袁世凱長子袁克定均娶吳大澂之女為妻），且曾入其幕府，由是議論不相中。」費仲深是柳亞子的表舅，兩人雖係舅甥，而年齡相近，於是早年曾一起玩耍和讀書，相處十分親密。柳亞子又說：「『八‧一三』變起，香曾表弟名鞏者，持託（徐）子為，獲逃劫火。顧香曾復以在重慶簽名民主運動，為蔣逆黨羽所劫持，存亡未卜。」這就提到了費鞏的失蹤和遇害一事。

費鞏所保存的其父費仲深的遺稿，後由徐子為交還費夫人保存，最後得以刊梓問世，幸獲無恙。

費仲深平生愛國愛鄉，這種精神後來直接影響到了其兒女身上。如費仲深曾有詩「燾兒遊學瑞士，勤工儉學，頗為外人所重。遂占五十六字訓之，兼及熊兒、煦兒焉」，這是寫給長子費福燾以及另外兩個兒子費福熊（即費鞏）和費福煦的，其曰：「愛憐彌篤望彌殷，久薄功名況藝文。力學尚堪當世用，多艱要使爾曹聞。虎皮羊鞹吾知免，老蚌明珠客所云。知否工倕非獨巧，苦心先與濟人群。」詩中，費仲深表達了他對功名和藝業的淡然心境，至於其對

子女的期望，則是希望他們不僅要刻苦學習，而且要能學以致用，即做學問要力戒華而不實、虛有其表，以及學無止境等等。人稱費氏父子是「明珠出老蚌」，看來絕非虛譽。

說到蘇州費氏的顯赫身世，還要從費氏與晚清名宦（湖南巡撫）及著名書法家、金石學家吳大澂的聯姻說起。卻說吳大澂欣賞費仲深的文采，將小女吳本靜許配給他為妻，吳本靜與費樹蔚共生有三兒一女——長子費福燾（以後還要多次提到），次子費福熊（即費鞏，字香曾），長女費令宜（1906 年出生，畢業於上海「中西女學」，1926 年留學美國，獲英文文學碩士學位。1930 年與王守競博士結婚，王後來是戰時昆明中央機器廠總經理。費令宜後也在雲南大學教授英文。1943 年王守競赴美國，費令宜及子女也於戰後赴美與王守競團聚，從此定居美國），幼子費福煦（1909 年出生，畢業於上海「南洋公學」和「交大」，1934 年留學美國，獲土木工程碩士學位，後在滬寧鐵路工務處、上海工務段、蘇州鐵路技校、衡陽鐵路工程學校等任職。1957 年被打為「右派」，又於「文革」中被誣陷為國民黨「中統」特務，1971 年因受迫害而死）。費樹蔚的三兒一女，除女兒定居美國，三個兒子，費鞏死難，費福煦不幸殤於政治運動，只有長子費福燾得以全身，特別是他還經歷了「費鞏案」的全部過程，是此案的親歷者和見證人之一（費福燾之子費洛初，現為上海一機部第二設計院的「高工」）。

再說費鞏從小功課優秀，人品也極好，其母吳本靜的姐姐吳本嫻（吳大澂的另一個女兒）因為喜歡這個外甥，後來到了男大當婚、女大當嫁的時候，就提出要把自己的女兒袁家第許配給費鞏，這就是親上加親了。恰好吳大澂的六小姐吳本嫻的夫婿是袁世凱的長子

袁克定，袁、吳兩家聯姻也是晚清有名的一場政治聯姻事件，即由雙方老太爺做主，為了彼此在官場上的利益，用傳統的豪門聯姻的方式來鞏固彼此的勢力，袁克定是力推袁世凱稱帝的「準太子」，他早年留過洋，喝過不少洋墨水，精通德文和英文，但他有政治野心，不料卻是一場噩夢。其夫人吳本嫻是出生於姑蘇城裏的大家閨秀，她謹守婦道，對政治很少關注，只對繡工很感興致。

袁克定與吳本嫻生有女兒袁家第（1903～1989，又名袁慧泉），她也是袁世凱嫡出的長孫女，及其長成，就在雙方家長的撮合下，與表姐弟的費鞏成了親，這已是民國時代的 1925 年了。據說當年費鞏的父親費樹蔚為了這椿婚事，不惜重金買下了蘇州桃花塢大街 76 號的大宅院（也即當年唐伯虎的老宅子），宅子中還有很大的花園，所謂蘇式園林的小橋流水、亭臺樓閣，極富靈氣。費家出賣良田而盤下豪宅，而袁家第作為袁府唯一嫡出的孫女出嫁自然也不吝嗇，史載當時「費家迎娶袁克定之女，嫁妝陳滿五間屋，中西綾羅，珠翠炫目，座間宮燈刻絲成雲龍，燈架亦雕龍首，桃花塢費家名動一時。」（《蘇州名門望族》）其母吳本嫻還補貼給這對新人許多自己的私蓄和嫁妝。那一年，費鞏 20 歲，袁家第 22 歲，費鞏是「抱金磚」的新郎官，又以袁世凱的孫女婿聲名在外。婚後，袁家第改名為袁慧泉。

費鞏和袁慧泉，雖非自由戀愛而成親，但卻是典型的「中國式婚姻」——先結婚後戀愛，兩人始終非常恩愛，所謂齊眉舉案，相敬如賓。當時費鞏還在復旦大學社會科學繫念書，在蘇州辦完婚事後，新郎官仍回滬讀書，新娘子則在費家陪侍婆婆。1927 年費鞏畢業，他想出國留學深造，可是那時費家已經家道中落，袁慧泉見

此情狀，將自己的首飾交給丈夫以補其川資之不足，於是費鞏得以成行。費鞏於 1928 年先到法國，後轉入英國牛津大學研讀政治經濟學，1931 年學成回國，先在上海中國公學任教，繼在復旦大學講授「中國政治制度」，又自 1933 年起，在浙江大學任副教授、教授，講授「政治經濟學」和「西洋史」，隨之全家也搬到了西子湖畔，直至抗戰爆發。

貳、費鞏來浙大之前

費鞏（1905～1946），原名福熊，字香曾、寒鐵，江蘇吳江人。1926 年 6 月畢業於復旦大學政治學系。1928 年赴法國留學，1929 年轉入英國牛津大學主攻政治經濟學。

1931 年「九一八」事變之後，他改名為費鞏，回國任《北平日報》社評委員。1932 年，他返回覆旦大學任教，至 1933 年秋應聘到浙江大學任教並兼註冊課主任。

費鞏與復旦大學淵源頗深，從 1923 年至 1926 年，他只用了 3 年半的時間就完成了本科的學業，獲文學學士，期間還熱心校務，並積極參加民主活動，他曾被復旦大學學生自治會推舉為學生會評議委員會主席，當時費鞏年僅 19 歲。1925 年「五卅」運動期間，費鞏曾組織發動在江灣一帶的演講和群眾示威活動。

費鞏又以留學歐洲兩國有聲，特別是在牛津大學專攻政治經濟學和各國政治制度以及西洋史，是當時這一領域罕有的中國學者。就在「九一八」事變前後，年僅 26 歲的費鞏出版了他的處女作《英

國文官考試制度》。隨後的 1933 年，他的代表作之一《比較憲法》也出版了，並被很快列為「世界法學叢書」以及國內各大學的專業教材。

費鞏正當事業有成和年富力強之時，正逢國難當頭，這激起了他強烈的愛國主義情懷，就在他學成回國而航經日本海和黃海時，他悲憤地看到大海上懸掛日本旗的日本軍艦橫行左右，悲憤之餘，他把自己唯一的一身西裝拋入大海，誓為國家出力。

歸國後，費鞏沒有憑藉自己的資歷和特殊的社會關係在政界、經濟界、法學界尋找出路，他秉承蘇州費氏清流的身世和家風，不入官場，而是冀望於傳播自己所學的西方民主知識和理念，旨在救亡和振興中華。不久，他受任《北平日報》社評委員，後經陳望道介紹，任教於上海中國公學。期間他又在上海結識了鄒韜奮先生，開始為《生活週刊》撰文，並為母校主編《復旦同學會會刊》。

1932 年秋，費鞏受聘在母校復旦大學主講「英國政治制度」，至翌年秋，又應聘赴杭州，在浙江大學任教，由此開始了他在浙江大學一共 12 年的教書生涯。

參、浙江大學時期的費鞏

費鞏 1933 年抵浙大任教，當時浙大校長是他復旦大學的校友郭任遠，甫至浙大，費鞏被聘為副教授，講授政治經濟學、西洋史兩門課，後又兼任註冊課主任。不久，他被升任教授，當時他的《比較憲法》獲得出版，因該書對當時世界各列強與新興國家的憲法進

行了系統的比較研究，以資中國之參照，是當時不可多得的一部政治學論著，引起了各界的注意，費鞏也因而成為浙大當時較有外界影響的一位青年教授（28 歲）。

費鞏在浙大講授政治經濟學等，他也時刻關注中國和學校周圍的政治動向，1935 年浙大發生學潮，當時在外文系學習的胡喬木等是學潮領導人，而學潮主要針對的是校長郭任遠，雖然費鞏和郭任遠有校友之雅，以及費鞏得以升任教授等，但他主持正義，他對郭任遠辦學理念和方針也大為不滿，遂以同情態度對待學潮，並在北方青年掀起旨在抗日救亡的「一二・九」運動後，也隨同浙大進步師生予以響應。

浙大的學潮進入「驅郭」運動之後，影響所及，在南方的國民黨統治區受到震撼，蔣介石更不惜「親臨」浙大予以訓戒，要求和逼令罷課學生複課。費鞏曾與鄭曉滄教授等商議，向蔣提出收回被開除的兩個學生的命令，使事態得以緩和。

未數年，1937 年抗戰爆發，浙大被迫西遷，費鞏決定與學校一同遷徙它地，事先他回滬安頓好家屬，然後告別家人，隨浙大幾經搬遷，最終落腳於西南的貴州遵義，這一段艱苦的行程使「大公子」和教授出身的費鞏得以親眼目睹了民族的苦難和抗爭、百姓的流離和堅韌。也就是在這一過程中，費鞏的思想發生了急劇的變化，目睹時艱，他得以切身感受到中國抗戰的偉大和問題所在。這一期間，他撰寫和發表了〈容忍敵黨與開放輿論〉等，熱烈地主張抗戰和民主的結合，並批評國民黨統治的落後。隨之，在戰時的浙大，費鞏以政治見解犀利、敢言敢行而著稱，特別是他在擔任「訓導長」時期，由於竺可楨校長對他的信任和

廣大同仁們對他的支持，以及全校學生對他的熱烈擁護，使費鞏大名爆起，從而也使其反對派愈加嫉恨，最終導致了「費鞏案」的釀發。

肆、作為訓導長的費鞏

費鞏在浙大，一向為學端正、溫厚有德，特別是他喜歡接近學生，處處為學生考慮，從而贏得了廣大學子的愛戴，於是當浙大開始實施「導師制」之後，許多學生紛紛爭作其的「導生」（第一期竟達 50 餘人），甚至不少理、工學院的學生也跨院選他為自己的導師。即使在平常，時常就有學生經常去教師宿舍與費鞏促膝長談，他們談論的話題很廣，有學習、生活、現實政治等等，久而久之，費鞏與許多學生之間建立了亦師亦友和水乳交融的師生關係，甚至許多畢業離校的學生也和他經常保持著書信的來往。

浙大遷至遵義之後，因戰時動盪，而西南偏僻，本來就在各方面無法與杭州相比，突出的問題是物資匱乏，學生和教師的生活無法得到保證，特別是在戰火中與家庭斷絕了聯繫的眾多學生，生存問題就很棘手，而戰時學校的學習生活條件也相當艱苦，費鞏看在眼裏，急在心中，於是他向竺可楨校長提出了意見，這就是浙大校史上著名的所謂「香公奏議」。

費鞏的意見，即他所痛陳的浙大須改革的五點建議，分別是關心學生健康，給學生以寬大的貸金；學校行政進行改進措施；減輕學生的功課負擔，提倡言論自由；推行工讀等。這些建議，竺可楨

校長表示願意採納，相當多的教師也附和費鞏的建議，至於學生更是熱烈擁護，於是費鞏在浙大的人望大大增加，竺校長更視之為摯友，不惜「三顧茅廬」敦請他出任訓導長（按例須由有國民黨黨籍和有聲望的教授擔任），費鞏在推脫多次無效的情況下，又在眾望所歸的呼聲下，最後以提出自己不參加國民黨、不領取訓導長薪俸（以此來改善學生的生活）為條件，欣然接受了這一職務。

費鞏出任訓導長的背景，是 1940 年 8 月前後，原訓導長姜琦因招致學生的反對而黯然下臺，此時竺可楨校長熱情邀請費鞏勇於擔當，而廣大學生更是熱烈歡迎他們所熱愛的費鞏出任，於是費鞏在再三考慮之下，終於接受了任務。

1940 年 8 月 12 日，在就職典禮上，費鞏發表了自己的〈就職宣言〉，他說：「吾願意做你們的顧問，做你們的保姆，以全體同學的幸福為己任」，隨即他以聲明、政策、立場、希望四點來說明自己施政的方針和就職的態度，他的表態得到了全體師生的熱烈和長久的掌聲。

此後就是浙大校史上的「費鞏訓導長時期」了，我們看到了這樣一位學校的官員——他深愛著自己的學生，在生活上他體恤學生，對學生的生活起居尤其關懷，並不遺餘力地為學生改善住宿和衛生條件以及各種生活問題。如當時學生的宿舍都是屋舊樓破、臭蟲橫行，這嚴重影響到學生的生活，於是，在炎炎夏日裏，費鞏親自用開水來澆燙鋪板，這樣來撲滅臭蟲，他還組織員工來檢漏、開天窗、補樓板，等等；為了改善學生宿舍的照明條件，費鞏發明了一種辦法，即用香煙罐改制設計了亮度較大、煙霧較少的油盞，這也就是在校史上傳為佳話的「費鞏燈」了，當時他自己出資，並親

自到洋鐵鋪定製了八百多盞這樣的燈，分送到學生宿舍；為了能讓眾多貧困學生得以爭取到教育貸金，他多方與學校交涉，此外又開闢各種工讀形式，如打字、繕寫、油印、清掃、勤雜等，分配給貧困同學去做，以此改善他們的狀況，他還提倡同學互助，開展勞動自助；此外，戰時的學生平常難得吃到肉蛋，費鞏便每月拿出自己薪水的一部分，請學生來打牙祭；許多學生因生活質量太差，不幸患上了讓當時的醫生也棘手的肺病，費鞏卻不顧自己會感染，時常去肺病休養所看望生病的學生。

生活之外，作為訓導長的費鞏更關懷學生的思想成長。其實，在浙大提倡「導師制」最早的，就應該是費鞏了。所謂「導師制」是源出於英國的大學，費鞏對此並不陌生，這種學校的制度用於中國，又被雜以中國傳統的「書院制」影響，其主要的作用是讓師生之間能夠建立良好的互動關係，特別是讓學生在做人和思想成長方面受到教師的教益。後者，作為浙大訓導長的費鞏曾說：「思想這個東西，是無法統一的，我們做學生的導師，倒不是要我們去監督學生的思想，而是要我們積極地去培養學生品格。」他認為教員不僅要教學生技能知識，更要教學生為人立身之道。他不僅這樣主張，更是這樣踐行的，費鞏在浙大十數年，受到他思想薰陶和精神教誨的學生應該為數不少，後來他們都特別感懷費鞏。

正如費鞏在「就職宣言」上所宣佈的，他主張對於學生的思想，應該採取「不統制干涉」的態度，原來那位訓導長之所以被學生請下臺，就是因為他被稱為是浙大的「警察廳長」或「偵探長」，費鞏對此本來就深惡痛絕，所以在自己擔任這一職務之後，他宣佈：自己是來做學生的「顧問」和「保姆」的，並「以全體同學的幸福

為己任」。於是，不僅僅局限於在思想上提倡學術研究的自由和言論自由，他還公開支持學生自治會辦的《生活壁報》，贊同揭櫫民主，主持正義，抨擊時弊，揭露時弊，也包括大膽批評校政的不當之處，真正發揚「求是」精神。在他擔任訓導長的期間，由於得到他的關懷和保護，浙大許多進步同學包括中共學生得以免遭國民黨特務的迫害，如 1941 年初，費鞏聽到一些不利的消息，他馬上讓幾位相關的學生到自己的宿舍裏來，將消息告訴他們，並指導他們如何進行防範，還接濟了他們一些出走所需的化裝衣服和費用等。至於他自己，他曾四次公開拒絕參加國民黨，並不斷地發表政論性文章，對當局多有抨擊，1942 年，他也參加了後方各校盛大的「倒孔運動」，翌年以蔣介石名義發表的《中國之命運》出籠後，費鞏也參與了批評，而且更加熱烈地主張「實施憲政應有之準備」等，在〈民主政治與吾國固有政制〉、〈論治權與政權之分配〉、〈王之反對黨〉、〈政治風氣之轉移〉等文章中，他還系統地提出了改造中國的政治體制、推進民主制度等主張。也就是因為費鞏是以政治學為自己的專長的，他更加成為當時中國民主政治的鼓噪者，以及代表了知識份子的良知，此外他在浙大訓導長期間的所作所為，也就讓別有用心的人所嫉恨，並在戰後日益壯大的民主運動中格外引人矚目，於是他也就成了國民黨浙大組織所「重點防範」的人物。

終於，在不到半年的時候，費鞏就被重慶教育部以「放縱共產黨活動，阻撓黨務工作」為由，被迫辭去了訓導長一職。此前浙大校友的陳布雷就表示過：訓導長一職，需由「黨部」之人出任，而國民黨當局自始即對費鞏擔任浙大訓導長所耿耿於懷，期間不斷指令浙大校方須「早日物色繼任，不容久令非黨員攝行」，而費鞏身

非國民黨黨員，以致其「內外交迫，外則教部之表示，內則儘是讒言」，終於迫使他於 1941 年 1 月辭去了訓導長一職。

伍、重新認識和評價訓導長的費鞏

過去大學制度的「訓導長制」和「導師制」，如今早已不見了蹤影。那麼，它是良制或劣制？抑或在現在的大學教育制度中，還存在著當時相同的一些問題麼？

當然，過去與現在，是不能相提並論的，然而之所以又要提出以上的問題，是我們無法回避當今中國現實中「三座大山」之中高等教育所存在和面臨的問題，因此，回顧過去也是為了當下的改進，從而使歷史研究真正能夠成為「借鑒」之用。

先說所謂「訓導長制」。過去國民黨統治時期實行「一黨專制」，在大學體制上也普通實行所謂「訓導長制」，即由國民黨的「黨棍」對大學實行監督，特別是對大學生實行思想控制和監控，從而普通引起了大學師生的厭惡和反感，以致「訓導處」被稱為大學中的「廁所」。然而，在當時的浙江大學，曾經是當時唯一一例的非國民黨黨員的大學校長竺可楨（作為大學校長，他曾兩次拒絕加入國民黨，最後因被迫出席「三青團」的「一大」，結果「當選」為中央監察委員，遂被迫加入「三青團」，又於 1944 年 8 月被迫加入國民黨，而在此之前，他是國民黨統治區唯一的一位非國民黨的大學校長），大膽起用了唯一一例的非國民黨黨員來擔任大學訓導長——費鞏，這真是民國時期中國大學的一個罕覯！

　　原來，1940 年，原浙大訓導長姜琦因遭師生的反對而被迫辭職，經慎重考慮，竺校長決定起用無黨無派、敢於仗義執言的政治學教授費鞏出任訓導長。在遵義，費鞏出任浙大訓導長 4 個月，開創了民國時期大學訓導長由非國民黨黨人擔任的例外。這所以能稱為是例外，一是校長竺可楨的獨具慧眼，一是當時貴州遵義的國民黨專員高文柏又恰好是費鞏留學英國時期的同學。這應該是特殊的機遇了。

　　「訓導長制」，一般來說，在當年的國民黨時期，它在高校中扮演了一個尷尬的角色，即它是在國民黨「一黨專制」特殊政策下的一個措施，而在浙大它卻「變形」為「費鞏式」的自由主義和服務於學生的「改良版」，儘管時間不長，卻影響深遠。

　　「訓導長制」和「導師制」，當年在浙大，是有著連帶的關係的，而這又是由費鞏所聯繫在了一起的。對於「導師制」的浙大推行，費鞏起了相當的作用，當然竺可楨校長和浙大眾多同仁（如鄭曉滄等）也起了非常重要的作用。

　　早在 1939 年 1 月，費鞏就在《浙江大學師範學院院刊》發表了一篇〈施行導師制之商榷〉的文章。此前的 1938 年 3 月，教育部「為矯正現行教育之偏於知識傳授而忽於德育指導，及免除師生關係之日見疏遠而漸趨於商業化起見」，訓令各校「參酌吾國師儒訓導舊制及英國牛津劍橋等大學辦法」，規定中等以上學校普遍推行和施行所謂「導師制」，費鞏此文就是由此有感而發的。

　　那麼，所謂「現行教育」究竟出了什麼問題？在文章中，費鞏首先揭示「新式教育」被世人詬病的三點，即（1）「教法偏於呆

板」。這是說教師教學偏重於知識傳授，疏於質疑問難，這是是灌輸而非啟發式的教育；此外，現代教育強調「毛入學率」，學生人數激增，班級人數甚廣，卻又程度不一，師生之間缺乏互動，即缺乏能夠教學相長的互動的關係。（2）在費鞏看來，在校園中最令人不安的，尤其是「師生關係太疏」，教師教學法的所謂止於「口耳授受」而已，最終形成「在講堂為師生，出講堂為路人」的尷尬局面，所謂「教師如負販者，學生如購貨者，交易而退，緣盡於此」，使教育呈商業化的趨勢。（3）教師教書「過重技術之傳授，忽略人格之陶冶」，以上三個問題是聯帶的。對於這些問題，費鞏是深惡痛絕的，於是他認同教育部採納「導師制」以補救其弊，為此他還追述了發源於中國傳統的書院制和西方大學的成功學制，所謂前者可為稱道者，是「為自由講學之風氣，與人格訓練之注重」，如宋學「為師者皆忠信篤敬，毫髮無偽，訓警懇至，語自肺腑流出，宜其為群士信向也」，如明儒更「致力於氣節之提倡」，這有東林黨人等等，在晚清，則有浙大前身的中國第一家新式書院——杭州求是書院，它更是「自由講學」與「人格訓練」的垂範。這裏，費鞏所推崇的，無論是中國傳統的書院抑或西方英倫的學校，其實質即揭櫫「通才教育」的理念，於此又彰顯出「導師制」的優勢，即這一制度若予以實施之後，是教師教學注重「博覽群書」和「思想見解」，所謂導師者對導生「命題作文指示應讀之書，批改課卷糾繆指正而外，相與探討辨難，導師發問，誘導學生思索，學生質疑，乃得導師薪傳」，如此，「導師與二三學子，時常相聚一堂，或坐斗室相對論學，或集諸子，茶點小飲於導師之家，剖析疑難而外，並得指示學生修養之法，解答學生個人問題。導師視門人如子弟，

門人視導師如良師益友，從學之期雖暫，而締交輒終身受其潛移默化，不覺品德與學問俱進也。」

不過，時過境遷，教育部此時訓令推行「導師制」，能否得以暢行呢？費鞏以為其中「頗多出入」，因而「恐未必遂能推行盡利也」，這一，導師被上課和著述分去精力，且導生眾多，無暇一一訓導，使導師「多未能專致精力於斯」；二，現代教育的學制，以授課為主，師生缺乏更多交流；三，如果施行「導師制」，多數教師「學有專長」，「唯對一般問題，未必皆有興趣，擔任指導，容或缺少熱忱。」費鞏進而提出若干建議：一、學生課業重，教師亦苦於授課無度，於是師生無暇於「導師制」之所要求，或以為「額外之負擔」，「敷衍了事」，「虛應故事」，進而他建議「補救之道應自減少上課鐘點著手」，變灌輸式教學為啟發式教學，教師職責在「領導」、「指導」學生讀書，而非「代替」，於是「凡可於書籍雜誌內得之者，概可令學者自閱，不必代為講述」。如此，「教師上堂，於某一問題，述其心得而外，只須提綱挈領，指示門徑，開列參考書籍，令學者循依綱領，自加鑽研，爬梳抉剔，作成札記。以其所得，乃於下次上堂，作為析疑問難之資，或由學生報告，或由教師發問，相與研討探索，乃能有徹底之瞭解。」二、「導師制」要求教師除專業知識外，須能回答和指導「一般問題」，也即須能諳通社會和人生的基本問題，如此才能「訓導」於學生。對此他建議試行梯階式的導師配備，即學生在大一、大二時所配給的導師「專教以為學而為人之道，其責職偏於修養方面，學校可就全校教授中徵聘之，尤以文科方面之教師對此應多負責任」，分配時，可採取「雙向選擇」機制；至學生高年級時，「則應有一本系教授為其導

師，其責職偏於專門學術之指導。」此外至於具體指導方法，費鞏也設計了詳細的方案，如指定時間，分組接見，「導師應就學生性之所近，指定有裨益修養之書，令於事前細心研誦體會，例如名人傳記、先儒文集，以及記述先哲先賢嘉言懿行之書，皆足以為學生課餘假期良好之讀物。而為之師者，尤宜先自讀過，每次接見，先聽學生述其所見，然後出其修養所得，閱歷所及，以告諸生。諸如勉學問、謹言動、慎交與、練事情、宏度量、勵志行、省愆尤、安義命等道理，均足為逐次談論之題材。循序漸進，每次見面有一題目可講，始有實益可言。而於平日，導師尤應隨時考驗諸生身體力行之工夫如何，而有以督教之。舉凡禮貌、儀態、舉止、言動，皆應懇切訓教，隨時指正。所謂應對進退，穿衣吃飯，皆是學問，所不可忽。必如此，師生之關係始能日進於親密，而亦始有師道可言。關係既深，相知有素，學子自肯吐其肺腑，個人如有難題，必樂就教於師，若人生觀，若公民之立場，甚至戀愛經濟就業等問題，均可就商於導師，導師因人因事而施教，而所謂生活指導之一問題，亦聯帶解決之矣。」四、學生步入高年級後，導師除規定其專業訓練之外，人格修養方面並非不再施導，只是此時須以「身教」為主了，即「導師者，品學端純，足為表率，學生傾心相從，薰陶日久，自被感化於無形。是故人其作業，亦即同時受其陶冶。可以身教，正不必複以言教。師生相喻於無形，潛移默化之功，在不知不覺之間。」

　　費鞏的這篇〈商榷〉，通篇強調施行「導師制」，須「具備若干條件」，即從師生兩方面出發，前者須視之為自己「重要職務之一」，「始能致其精力於是」；後者則須「覺受教於導師真有實益可得，始能自願從學，感悅奮發」，至於此外的形式等等，「皆為

末節」。可以看出：求實，亦是「求是」，這是費鞏這篇文章的精髓，它也是費鞏先生自己的寫照。

　　就在〈施行導師制之商榷〉撰寫和發表的同年，6月，費鞏又主動上書竺可楨校長，是為著名的〈香公奏議〉。以上兩文，構成了費鞏在浙大時期彰顯其教育理念的代表作。

　　當時，浙大西遷到了廣西宜山。由於連年的戰亂和遷徙，浙大辦學遇到了前所未有的困難，學校在受到重大摧殘之後不斷遇到新的挑戰和考驗，費鞏此時及時上書，就是痛感學校存在的問題，他以主人公的姿態揭櫫「奏議」，是有所建議和貢獻。

　　費鞏信中所揭示的學校存在的問題，除了是他目睹的，很多也是學生通過他所反映的問題，這主要是學生「功課過繁、疾病叢生、營養欠豐、睡眠不足」等等，而問題之嚴重，費鞏認為已經到了學生「稍有能力者紛思轉校，其不克離去者，則是困於財力、交通，既非真願留此，自不免怨望煩悶」，這是費鞏和他的同仁所見所聞而憂心忡忡的，於是他出於為「浙大前途之隱憂」，毅然上書校長，他還以為，這是「不得不加重視者」。

　　顯然，戰爭、流徙，以及宜山惡劣的氣候，這是問題出現的客觀原因，至於從主觀上看，則是學校內部在教務、行政等方面存在有問題，如學生功課繁重、宿舍潮濕湫隘、膳食粗劣簡單、醫療人手不足等。對此，費鞏除建議校方早日確定「遷黔之計」，以「得一氣候高爽之地為校址」，還在許多方面提出了他的改善建議。

　　這如學生學業繁重的問題。費鞏認為問題主要是因戰爭造成開課推遲，學年縮短，學校和教師又未相應減輕功課分量，以致有「趨

課」的現象，即半年要上完一年的課，於是教師講課「不復求詳」，學生上課和實驗的時間過多，作業也「日不暇給」，其中又「數理偏重，影響他科，此一問題由來已久，於今為烈」。再如學生經濟拮据的情況也非常嚴重，由於戰時學生經濟來源受限，政府貸金又限制過嚴，物價騰漲更使學生吃不消，其中學校存在的主要問題是貸款如何發放的問題。再次，如教學秩序存在的問題，它實質反映出學校的設備不敷所用，由此造成學生不守規則的現象，從中又折射出學校行政效率存在的問題。最後，如學校管理存在的問題，所謂下情難以上達，校內會議雖多（校務會議、導師會議等），而「每次會議尋章摘句時多，自由發表意見時少，耗可貴之光陰精力於紙面文章，於校務初無裨補，實至可惜」，當然它又牽涉民主管理的問題，對此費鞏對胡剛復、張紹忠等意見尤多。

上述費鞏揭示的問題，他是要讓竺可楨校長予以高度重視（校長為了學校正常辦學，東奔西跑，已經嚴重精力透支，或許也就因此疏忽了內部諸多問題的存在），同時也要讓浙大同仁們共同予以重視（此前費鞏與眾人常有議論，但是寫成「奏議」還是始於費鞏），當然，要解決它們則就不僅是校長等相關的幾位負責人的責任了，所謂守土有責，浙大辦學浙大人亦共有其責在焉，所謂「民主辦學」等等，當時就有賴於「教授治校」以及費鞏上書等這樣的體制和事件。果然，竺可楨看到費鞏的「奏議」後，相當重視，同時他有一個念頭強烈地湧上心頭，即姜琦既然「下臺」，那麼，應該把「訓導長」這一重要職位交與責任心和能力皆十分突出的費鞏來繼任。

如是經過一番努力，1940 年 8 月 12 日，費鞏宣佈就任浙大「訓導長」，隨即他發表了〈就職宣言〉。

　　作為政治學教授的費鞏，他當時所景仰的政治家，是中國古代唐朝唐德宗年間的翰林學士陸贄；至於「良制」，他則信服英國的文官制度。此前，他常用陸贄的言行來啟導浙大學生：「教以存心仁厚，舉止厚重，砥礪風節，持正不阿。」現在，他受任「訓導長」，他不是沒有猶豫和困擾，費鞏曾自言：自己「本來天性泰然，乃以是否就訓導長一事而心緒紛煩。出任則可一展抱負，為學生解除痛苦……不出則懼此一席復不得人，莘莘學子拯拔何日，思維再四，夜眠不安」。最後，他決定為學生計，為浙大計，他接受了竺校長的懇請，並在就職演講中真誠地對學生說：「訓導長有人稱為警察廳長。但吾出來做，決不是來做警察廳長或偵察長。吾是拿教授和導師的資格出來的，不過拿導師的職務擴而充之。吾願做你們的顧問、做你們的保姆，以全體同學的幸福為己任。」他是說到做到的。

　　費鞏就任時的演說，無異於是他的「施政綱領」，這一是他的「聲明」，所謂本來沒有資格擔任（係黨外人士），只是出於「校長的誠意」，以及自己「當仁不讓」（同學生活太苦了）而斷然「個人犧牲」，即不支薪俸，其款項用於改良學生的物質生活；二是他的「政策」說明，這可分為兩個方面：學生的精神生活與物質生活的改革，前者擬推行「導師制」，後者改善生活條件也有種種考慮，如發放宿舍汽油燈、植物油燈，減少學生近視眼現象；疏散宿舍（減少宿舍人數）；改善宿舍狀況，修理、採光、殺臭蟲；配置放書板、熱水爐、沙濾缸、長凳；增加醫生；改善貸金制度……等等（費鞏表示，以上皆已獲得了校長的同意，以及獲得了總務處的合作許諾）。此外第三，是費鞏所公佈的其施政的「立場」，作為中國政治思想史的學者，費鞏熟知各種傳統思想資源，如黃老無為而治、

法家嚴刑峻法、儒家以德服人，等等，費鞏就任「訓導長」，他所宣佈於眾人的，是取儒家為其立場。他還又表示：自己出為「訓導長」，絕非「政客」而是出於「政治家」心態，非為謀私而是服務於大家，進而「發展抱負」，造福學生和學校。至於對於學生的思想，則採取「不統制干涉」態度，因為他自己就是一個「自由主義者」。

這就是費鞏之為浙大「訓導長」的事件，就費鞏個人而言，這也是一個轉捩點，他從一個世家子弟、溫厚書生、學有所長的學者，一變而為一個「公眾人物」，可以說當時有四股力量推動費鞏放棄了他原本的「清高」姿態，這一是校方（特別是竺可楨校長）對他的「信任」，二是同事同仁與之的「合作」，三是浙大學生對他的「信仰」，最後則是他自己的「一股剛直之氣和一腔熱忱」。費鞏不負眾望，在他宣佈上任後，浙大的「訓導處」從此即大門洞開，學生有事盡可進來談話，當時費鞏還公佈了自己的辦公時間（每天下午三時至五時），同時還宣佈了自己在假期時的活動安排，以及他可能隨時到學生宿舍訪問的通告。

費鞏就任時的演說，最後是他的「希望」，那是他希望於全體學生的，即「合作」、「守法」、「自治」、「虛心」四項。至於他自己，他堅持聲明是「臨時和代理的性質」，即「不屬正式名義」、「不多拿一個錢」，如果一旦遭到教育部的反對，或者失去「各方面的信任和合作」，自己即刻可以退出，還其教師和「一個清流」的身份。當然，費鞏就任不是沒有條件的，費鞏強調自己的職務是有時間限制的，即從 1940 年 8 月始，「至多做到」翌年 6 月，所謂「苟有用我者，三月而已可也，一年有成」，這是他以為

一則自己本無資格受任（非黨），二則自己「犧牲亦有限度」，同時考慮屆時「已經奠定了一個基礎，上了軌道」，後任者已可以得而繼續了。費鞏的這番說明，與當年竺可楨受任浙江大學校長時如出一轍，不過，不同的是，竺可楨後來因種種原因可謂一發而不可收拾，終於為浙大貢獻了十三年之久長，費鞏則不及一年即至1941年1月就因重慶國民黨方面的憚忌而被換了下來。不過，也就是在費鞏擔任浙大「訓導長」的五個月時間，他在浙大廣大師生中建立了崇高的威望，並成為浙大巔峰時期的輝煌中的一道靚麗的風景。

陸、費鞏的「失蹤」事件

費鞏後來的「失蹤」，是意外也是不意外，前者，人們都知道他是袁世凱長子袁克定的女婿，又是教授名流，如此之人發生「失蹤」的情況不是讓人意外麼？後者，其人效法陸贄「砥礪風節，持正不阿」，抨擊時弊，顯然這對獨裁者來說是難以忍受的，如此之人發生「失蹤」的情況，或者也不意外了。

有人以為，導致費鞏「失蹤」的因果，其前因是1943年蔣介石發表《中國之命運》之後費鞏發表的一系列政論文章，如〈民主政治準備與我國固有政制〉、〈實施憲政應有之政治準備〉、〈王之反對黨〉、〈論制憲之原則〉、〈英國議會政治〉、〈論政治風氣轉移〉、〈容忍敵黨與輿論開放〉等，其中他明言：國民黨「自奠都南京直至今日，吾國政治之接近獨裁，則又屬事實……然事實

上，國民黨以外，並無法律准許存在之第二黨，國民黨既無容許他黨出現之表示。憲法頒佈以後，中國仍未踏入憲政時期，並且將無見真正憲政之日，名為憲政，實為獨裁。」此外，他還有許多相關的演講，以及要在重慶開展的調研活動，以上便構成了他被國民黨當局不能容忍的口實，於是乎，費鞏不僅以知識份子的愛國心和良知，敢於仗義執言，而且又借助於豐富的政治學專業知識和他政治學教授的身份，在反對國民黨獨裁的鬥爭中一馬當先，自然會對國民黨統治具有更強的「殺傷力」，遂成為當局的眼中釘而必欲除之而後快。這是一種推斷，也是本文需要致力於澄清和考證的。

那麼，國民黨特務除掉費鞏的陰謀，是什麼時候啟動的？現在也有一種說法，即早在 1943 年，在當時浙大所在地的貴州遵義，當地的國民黨特務組織已經有一秘密決定，即由國民黨「中統」特務負責監視費鞏的行動，再準備讓「軍統」執行暗殺的任務，結果當時他們懾於費鞏的聲望，遲遲沒有下手，但費鞏一直是處於他們重點的監控之下的，負責監視費鞏的特務每月還可以獲得高達 200元的特別津貼。對此，還需要詳細的考證。

這裏作為一個環節，僅就費鞏「失蹤」的事件作一個簡單的回溯：那是 1945 年 1 月，費鞏利用為期一年的休假機會，應邀前往重慶，在母校復旦大學開設一個講座，題目是〈民主與法制〉，為了準備講座所需要的素材，費鞏在重慶用了一個月的時間頻繁出入國民黨政府的交通部、財政部、外交部、教育部、考試院，對國民黨政府的運作進行了考察和研究，那麼，他的這一舉動，是否會招致乃至觸及國民黨當局的禁忌，從而又招致了他們的報復呢？這是一個對本案研究的思路。

　　此外，同年 2 月 7 日，重慶文化界人士發表了一個〈對時局進言〉，內容是響應中國共產黨關於召開國事會議和建立民主聯合政府的號召，要求國民黨取消「一黨專政」和特務統治，召集各黨派會議和組織聯合政府，廢除妨礙人民自由權利的各種法令。這份檔是由郭沫若領銜起草的，當時有數百名後方的著名文化人和知識份子予以連署，其中包括費鞏。文件發表後，它成為國統區民主運動的一顆炸彈，使國民黨當局極為震驚，於是公然派遣特務四處活動，對簽名者分別進行威逼利誘，妄圖迫使其中的軟弱者聲明反悔（有人遂登報否認簽名之實），費鞏是否也受到相應的恫嚇，也是本文需要考證的（主要是他與陳立夫的一次會面）。換言之，如果費鞏確也受到了脅迫，以及他表示出堅定的態度，甚至是痛斥了當局的卑劣行徑，這也就進一步引發了國民黨對費鞏的嫉恨，那麼，費鞏的「失蹤」以及遇害也就不是沒有可能了。這也就是我們在眾多歷史書籍所讀到的場景了：國民黨特務礙於「陪都」光天化日下的作案，於是趁費鞏於凌晨渡江之時，趁前浙大學生邵全聲為其提取行李之機，使之「失蹤」，乃至在人間「蒸發」。此時恰恰是戰爭即將結束之時，在國內外種種壓力下，國民黨一時大唱民主的高調，然而「陪都」居然「失蹤」了一名教授，無疑這讓人難以相信，也使國民黨當局異常尷尬。

　　費鞏究竟發生了什麼事？！1944 年 3 月 5 日凌晨，費鞏前往復旦大學授課，在重慶碼頭忽然「失蹤」。九天後，一位在國民黨中央組織部工作的浙大畢業生將此事告知竺可楨，竺校長甚為震驚，他立即去找蔣介石侍從室的陳布雷、教育部的朱家驊、監察院的程滄波以及救濟總署費鞏留學英國時的同學高文伯，託他們代為打聽

費鞏的下落。在隨後的幾個月之內（1945 年 2 月下旬至 4 月），竺可楨校長因公務之便，在重慶會同復旦大學校長章友三等，可謂遍尋國民黨當局的黨、政、軍、警、特各方要員，費力探詢消息，予以營救，可惜毫無所獲。竺可楨還與復旦校長等聯名正式與國民黨重慶衛戍司令部交涉，要求徹查費鞏的下落。竺可楨還帶領浙大教授，聯名上書教育部和蔣介石，強烈要求徹查「費鞏案」，以維護人權，主持正義。

「費鞏案」在報端披露後，在輿論的壓力下，國民黨當局不得不啟動調查程式，即由美國名探克拉克和「中美合作所」總務處長沈醉等在重慶長江水域以及遵義浙大等地查訪，結果不了了之，誣告和囚禁邵全聲也終告為假案。國民黨的特務機關最後咬定沒有逮捕費鞏，費鞏的下落因此也始終不明。根據當時以及後來的種種線索和推斷分析，所謂「費鞏案」，是費鞏在重慶千廝門碼頭被國民黨特務秘密逮捕，後又被囚禁在「中美合作所」，最後他被殺害並被投入鏹水池毀屍滅跡，對此，尚需認真和大量的調查和考證，才能予以坐實。

柒、費鞏「失蹤」後的其眷屬情況和費鞏被確認 為烈士

卻說 1937 年抗戰爆發後，費家回到上海的宅子裏（靜安寺路滄州別墅 150 號），費鞏自己則隨校行動。1938 年，費鞏隨浙大西遷至廣西宜山，後抵達貴州遵義。

　　戰亂時期，交通不便，費鞏自然無法照顧家庭，他在上海的一家老小的生活只能由妻子袁慧泉獨立支撐，那也無非是拆西牆補東牆，靠「吃嫁妝」即把自己從娘家帶來的家底典當來養家糊口。這期間，費鞏曾先後兩次回滬探親，也不過是短暫的一年有餘。這一期間，許多親友曾勸費鞏不要再回內地去了，所謂路途遙遠而危險，生活又太苦，何苦呢，不如留在上海找一份工作。但費鞏不這麼想，他認為在民族危亡的關頭，「天下興亡，匹夫有責」，何況自己作為人之師長？當時竺可楨校長和許多浙大同仁也不斷有信催促其返校，於是費鞏決定重返學校。

　　費鞏風塵僕僕來往兩地，其夫人袁慧泉雖出身名門，又是大家閨秀，卻懂得相夫和持家的道理。費鞏在日記中曾寫道：「接慧書，對吾不願做官之事已想通，見之大喜也」、「續接慧書，識見胸襟均有進步，余尤喜其『邦無道，富且貴，恥也』之語，（王）駕吾譽為有才有德，有福有此賢妻也。」兩人之默契可見一斑。孰料費鞏最後一走，兩人竟告永別！袁慧泉在「費鞏案」事發之後，時常以淚洗面，她無法相信這是事實，然而她又是堅強的，靠了她的堅韌，在漫長的歲月中，她帶著全家老小一直支撐到新中國的到來。

　　新中國成立後不久，據說周總理曾在 1950 年派人慰問費鞏遺屬，此後又給予費鞏遺屬以優撫金（每月 150 元），此後直到 1989年，袁慧泉才因病故去。

　　費鞏和袁慧泉有四個孩子（二男二女），其中二兒子五歲時因病夭折，只剩下三兄妹──費灝若、費川如、費瑩如。長子費灝若，讀書於清華大學電機系，後為上海電器科研所「高工」；長女費川

如，讀書於上海財經學院，後在廣西統計局任職；小女費瑩如讀書於上海同濟大學，後在上海市政工程設計院工作。費瀼若、費川如、費瑩如撰有〈父親永遠活在我們心中〉（刊上海龍華烈士紀念館《烈士與紀念館》第 5 期）等回憶文章。

費鞏遺屬在上海的家中曾珍藏有當年費鞏留下來的一隻鐵皮箱子，裏面有 16 本費鞏的日記，以及他 60 餘本的著作，此外還有費福燾生前剪貼的 1945 年至 1946 年有關「費鞏案」的各種報紙等。「文革」結束後，有關方面追認了費鞏的烈士身份，費鞏遺屬也把費鞏的文物凡 128 件捐獻給了上海龍華烈士陵園（詳見蕭炳龍《關於愛國民主教授費鞏和費鞏遺物及其價值評估的若干問題》），此後又將部分費鞏的文物捐獻給了重慶「紅岩」紀念館，這其中最為珍貴的，是《費鞏烈士生前日記》（16 本），後經國家文物局審定，被定為國家一級文物。

在費鞏遺屬及費鞏生前友人和浙江大學等的不斷呼籲和交涉下，「文革」動亂結束之後，1978 年 9 月，費鞏被當時的上海市革命委員會正式追認為革命烈士。隨即，在蘇步青、王淦昌等 300 餘位浙大校友的聯名倡議下，經中共中央統戰部批准，浙江大學於 1979 年 10 月 30 日隆重召開了「費鞏烈士紀念會」。1997 年，在浙大「百年校慶」時，又在校園內建造了由浙大老校友捐款興建的「費鞏亭」。2005 年，在費鞏烈士百年誕辰之際，浙大又召開了紀念大會暨《費鞏文集》的出版儀式，同時又舉行了費鞏銅像的落成典禮。1980 年 3 月 16 日，在上海龍華烈士陵園又隆重舉行了懷念會暨費鞏衣冠盒安放儀式。

民國謎案之「費鞏案」再探

回到歷史現場

　　費鞏以及「費鞏案」的情況大體已如上述，不過，如果細加分析，整個「費鞏案」中仍然還有一些有待解開的「謎」，換言之，「費鞏案」仍需經過詳盡的調查和考證，才能充分夯實全部論據和結論，使之成為確鑿的一段信史，因此，有必要通過大量的史實考證和持續的調查（主要是檔案和文獻了），做到回到或接近歷史現場，揭示出當年「費鞏案」發生時的一幕幕場景，從而再現「費鞏案」的完整面貌。

　　關於「費鞏案」，值得關注的有如下幾點：

壹、何以為「謎」的費鞏「失蹤」及「被害」？

　　「費鞏案」，全部謎點在於費鞏當年是生不見人、死不見屍。那麼，當年費鞏的下落究竟是怎樣的，他究竟是在哪裏呢？根據後來已知的說法，即當年費鞏「失蹤」後，迫於輿論壓力，國民黨當局不得不進行類似「破案」的表演舉動，而實際上，當美國的克拉克等人要求對國民黨「軍統」看守所進行調查時，費鞏似乎正被秘密關押在那裏，由於戴笠做賊心虛，所以他拒絕了克拉克的要

求,不久,鑒於社會上就「費鞏案」大事呼籲加緊調查的呼聲越來越高,為了遮入耳目,國民黨特務索性暗下毒手,偷偷殺害了費鞏,並且將之殘忍地扔進了重慶楊家山附近的一個鏹水池裏毀屍滅跡。這個說法,是很長一段時間裏人們所知道的費鞏最後的悲慘命運的事實,不過,卻又一直缺乏詳實的實證(人證或物證)和論證,因此,不能不說,當年費鞏的下落還是一個有待解開的「謎」,也就是說,費鞏當年的「失蹤」,以及「被害」,其完整的過程究竟是怎樣的?如果上述事實的確是歷史真相,那麼,所有環節的指證,包括人證和物證,以及相關歷史檔案和文獻,也就應該一一呈現在人們面前。

費鞏的「失蹤」,這一歷史案例,如果根據《民法通則》的認定,如果要宣告「失蹤」,須從事主下落不明(指公民離開最後居住地後一直沒有音訊的狀況)的次日開始計算,以兩年為計,如係戰爭期間,則須從戰爭結束時開始計算,那麼,「費鞏案」的發生是在抗日戰爭期間,也可就是說須從 1945 年 8 月算起的,至 1947 年 8 月成為事實的。現有法律又規定:如宣告事主「死亡」(即被宣告死亡者判決宣告之日為其死亡的日期),也是從事主下落不明的次日開始計算的,如係戰爭期間,則從戰爭結束時開始計算,以四年為期,則費鞏的「死亡」屆定,須至 1949 年 8 月,但法律又規定事主因意外事故下落不明滿二年、或者因意外事故下落不明者,也可屆定為死亡。

當年費鞏的「失蹤」以及「死亡」,當然沒有經過法律程式,事實上也毋須如此,從嚴格的意義上說,這不是一個簡單的法律問題,而是一件引人注目的政治案,而國民黨當局始終沒有排除自己

迫害乃至暗殺費鞏的嫌疑，因此，「費鞏案」的謎點也就糾結在抗
戰勝利前後國民黨當局反民主和迫害民主人士的問題上。

貳、儘管如此，關於費鞏之案，仍然還可以提出以下有待能夠解釋清楚的問題

一、國民黨特務為什麼要暗殺費鞏？即當年國民黨特務暗殺費鞏的「合理性」解釋問題。

　　如前所述，費鞏只是一位無黨派的帶有正義感的教授學者，換
言之，稱之為左派或左傾人士（從與當時中共的接受程式判斷）也
是不妥的，因此，他的「失蹤」和「遇害」的內情，迄今一直也沒
有發現十分確鑿的證據，現有的僅是當時對此的懷疑和質疑，那
麼，這就讓人有一些費解了：當時的國民黨並非到了窮途末路而喪
心病狂，如費鞏的身份和他的政治態度，是否有必要讓國民黨特務
去對他暗下毒手？如果說是國民黨特務實施了綁架和暗殺費鞏的
命令，那麼，這個命令是來自哪裏？又，其具體的執行的情況又如
何？以及當時有無親見或親聞的當事人？

　　這些問題，應該結合人們對本案已知的種種線索，來進行一些
必要的分析，本文對此進行了一些嘗試，希望可以起到投石問路的
作用。（本文隨後有詳細的分析）

二、本案之外，當年國民黨特務意欲殺害的其他幾位民主人士的命運。

　　像費鞏教授一樣留學西方學習和研究政治學的諸多學者之中，也同樣敢於直面蔣介石獨裁統治的，還有羅隆基、王造時、張奚若等，他們都在歷史上留下過輝煌的記錄。不過，如果說費鞏是被國民黨特務所綁架和暗殺的，那麼，活不見人、死不見屍的，卻惟獨是他一個人。如人所說：他的死，甚至也不像聞一多、李公樸那樣廣為人知地被寫進多種版本的歷史教科書中，因為他「沒有組織，既不是共產黨員，又不是民主黨派成員，連左傾也稱不上。他只是個正直獨立的知識份子，純粹是一個有社會責任感的民主教授」而已。

　　當年在西南，比費鞏更加激烈的也大有人在，如當年也被國民黨特務關押的馬寅初。據《在蔣介石身邊八年——侍從室高級幕僚唐縱日記》（群眾出版社 1991 年出版）的記載：1940 年 12 月 8 日：馬寅初迭次公開演講，指責國民黨「四大家族」中的孔、宋豪門利用抗戰機會大發國難財，國民黨特務頭子唐縱由此感慨：「因孔為一般人所不滿，故馬之演說甚博得時人之好感與同情。但孔為今日之紅人，炙手可熱，對馬自然以去之為快，特向委座要求處分，委座乃手令衛戍總司令將其押解息烽休養。蓋欲以遮阻社會對孔不滿情緒之煽動也。」顯然，國民黨特務對著名民主人士下手，是須經過國民黨高層甚至直接由蔣介石授意的。那麼，除了馬寅初，此後的 1941 年 11 月，以西南聯大學生為首的反對孔祥熙的示威遊行

發生後，蔣介石認為此事係「國社黨」領袖羅隆基在背後操縱和鼓動，蔣遂派康澤前往調查事件的背景，以及予以平息和處理，結果，經查與「國社黨」無關，但根據唐縱的日記，當時「委座怒不可遏」，這樣後來到國民黨潰退時羅隆基的被捕也就與之有關了。

顯然，我們在「費鞏案」中沒有發現相應的線索。

參、費鞏「失蹤」及「遇害」消息的披露過程

費鞏「失蹤」和「遇害」的消息逐漸流傳和披露後，當時很多人確信他是被國民黨特務所為的，其中最早的，應該就是竺可楨校長。

如前所述，費鞏原本是一位無黨派人士，但他畢竟是教授政治學的學者，時常也發表時局和政治方面的文章，據說在 1943 年他撰寫和發表了〈容忍敵黨與開放輿論〉等文章後，就被國民黨「軍統」所注意，最終被列入「黑名單」，而貴州遵義的「軍統」組織（組長錢之益）也曾計畫將之「秘密清除」，但未獲上峰的批准。

到了 1944 年，浙江大學曾開除過幾個國民黨特務的學生（他們每月可從特務組織那裏領取 200 元的津貼），這被認為是費鞏作為「訓導長」的決定，因此這年年底，國民黨遵義警備司令部遂以「阻撓黨務活動」為由，要求浙大解除費鞏的「訓導長」職務，當時重慶國民政府教育部也電令浙大校長辦公室對「訓導長」一職須「早日物色繼任」，此後費鞏辭去「訓導長」職務，隨後又赴重慶北碚復旦大學講學，計畫講授「英國政府」、「中國政治」、「中國政理」諸課。1945 年 2 月 22 日，費鞏又在發表在《新華日報》上的

〈對時局的進言〉上簽名，此後到了3月5日即告失蹤。以上各個環節的邏輯關係，當然引起了人們的懷疑。此後，對於「費鞏案」，有幾乎無數的線索，當時竺可楨對此都一一記錄在日記中，這也是我們現在分析「費鞏案」需要分析和一一證明和排除的：

「費鞏案」的線索（引文見《竺可楨日記》）：

(1) 「疑其簽字於《新華日報》之宣言主張各黨派聯席會議有關」。于震天。1945年3月14日。未能證實。

(2) 「除為特務機關所捕外無其他可能」。竺可楨等。1945年3月16日。未能證實。

(3) 「疑為香曾所入黨內小組織所為」。重慶警察局檢緝大隊隊長李某。1945年3月21日。顯係誣陷。

(4) 「羅鳳超有電話謂香曾之蹤跡已有線索」。1945年3月23日。無果。

(5) 「疑香曾仍為中央調查統計局所閉禁也」、「疑中央統計局所為」。1945年3月28、29日。竺可楨、費福熹等。無法證實。

(6) 「疑軍統局所為」。1945年4月1日。費福熹。同上。

(7) 謝力中「來渝理由謂因浙大事」。1945年4月13日。竺可楨、費福熹。無果。

(8) 「費被禁在衛部督察稽查處」、「香曾事一星期後必可水落石出」。1945年4月14日。朱可（？）、王新衡。無果。

(9) 「邵全聲已有供詞，謂香曾常罵他，故銜之，因起謀害之意」、「其情節殊可疑也」。1945年4月16日。陳布雷、竺可楨。最終撤案。

(10) 「係三角戀愛，被學生推入江中」。1946 年 2 月 28 日。
流言。

(11) 「潘際炯云香曾閉禁在漱廬」。1945 年 4 月 30 日。無
法證實。

(12) 「有被害之說」。1945 年 4 月 24 日《新華日報》。待證實。

(13) 「衛戌司令王瓚緒對記者談香曾安全」。1945 年 5 月 18
日。《大公報》、《中央日報》。撒謊。

(14) 「謝文治自重慶來電，謂不久可以釋放」。1945 年 5 月
18 日。同上。

(15) 「有一林姓者方自磁器口訓練所與香曾同房間之某君
傳言，謂在磁器口製鋁廠旁一洋房內」。1945 年 9 月 27
日。楊良瓚。「傳言」。

(16) 「在三民主義青年團所辦合川某地」。1945 年 9 月 27
日。不知名。傳言。

(17) 曾被「閉禁於興隆場」。1945 年 10 月 11 日。薩空了。
誤傳。

(18) 「友人曾在渝郊親見香曾，謂尚優待」。1946 年 2 月 14
日。費令儀。傳言。

(19) 「據共產黨陸定一云，有人報告，香曾被捉後曾加嚴
刑，於三月十號左右即埋屍滅口。」1946 年 2 月 23 日。
費福燾。待證實。

(20) 「戴雨農汽車在千廐門接香曾至其寓，不久入中美合作
所。」1946 年 2 月 28 日。無法證實。

(21)「香曾被捉,係三民主義青年團主使,而中央調查統計局將其致死。」1946 年 4 月 17 日。汪旭初、徐樂陶、錢學榘。待證實。

(22)「去年四、五月間,即有一特務親告徐,謂三月五日此特務即拉香曾到汽車上疾馳而去,香曾怒罵特務,遂被殺。可知乃軍統局所為矣。」1946 年 4 月 19 日。徐學崢。待證實。

(23)「徐恩曾則認青年團所為,亦有傳說謂其在臺灣。」1949 年 3 月 27 日。邵力子。無法證實。

(24)「香曾之死係三青團康澤所為」。1949 年 12 月 31 日。費福燾。難以證實。

(25)「曾經在貴州息烽被特務關禁之某君云,香曾由軍統所捉,而被害於軍統。」1950 年 4 月 16 日。費福燾。無法證實。

(26)「香曾之死,確係調查統計局受陳立夫之命而主謀。」1950 年 10 月 9 日。于震天。無從證實。

(27)「1950 年 11 月 17 日上海《解放日報》曾登有具名屈楚的回憶中美合作所一則新聞,其中提到該所曾將費的屍首在化學池裏化掉事。」1967 年 6 月 4 日。係傳言。

(28)「證明香曾是被軍統特務所拷打而死,因香曾入獄後,大聲責問,所以被殺。將屍體拋入硫酸池中以滅跡。」1972 年 7 月 10 日。屈楚。同上。

(29)「香曾被捕後即處死」。同上。中統特務、重慶衛戍司令部稽查鮑滄。不詳。

(30)「費鞏慘死事至今是一個疑團」。1964 年 2 月 15 日。
竺可楨。最後的結論。

(31) 據費鞏好友程滄波在〈記費鞏教授〉文中言:「當時只有
幾種猜測:一種猜測是被他的學生謀害,因為費先生在浙
大曾任訓導長,或對學生訓導方面過嚴。另一種猜測是共
匪將他謀害而想嫁禍於國民黨。其餘各種猜測,亦只是猜
測,軍警機關對此案始終是沒有隻字的報告披露。」(陳
正茂〈離奇失蹤的費鞏〉,《南方都市報》2011 年 5 月 26
日)前者,見前所述;後者,則是來自國民黨方面的謠言。

以上 31 條資訊,來源不一,內容也不一,其中有說明案件原
因的,有指明和猜測案件策劃者和實施者的,也有揭露案主行蹤
的,以及案件進程的,乃至案主死亡消息的。本文也據此試圖進行
一些分析,藉以尋找出最大可能的資訊。(詳見下文)

肆、追蹤當年費鞏「失蹤」及「遇害」後的輿論 報導及社會反響

一、「費鞏案」發生後,目前已知最早對之加以報導的, 是重慶的《新華日報》。

1945 年 3 月 22 日,該報發表了一則〈代郵〉,其云:

> 文茂先生：
>
> 　　來信已悉，所問浙大教授費鞏在渝失蹤事，我們也略有所聞，惟不知其下落，聽說他的友好最近正在積極營救，特覆。

　　顯然，這是當時中共活動在重慶的黨組織（中共中央南方局）發佈的一個消息（「文茂」也許是一個代名），通過這樣一個「代郵」的「啟事」，將「費鞏案」公開出來，以之與國民黨展開鬥爭。

　　1945 年 4 月 21 日，《新華日報》又發表了署名「茜」的〈浙大近事〉，其稱：

> 費鞏教授失蹤了，大家都十分的關切，自治會打了電報給重慶浙大校友會和復旦大學自治會，請設法營救，近有人提議舉行「費先生懷念會」。

　　這是進一步揭露「費鞏案」，並披露具體營救的情況。

　　翌日，也即 1945 年 4 月 22 日，《新華日報》又發表了署名「方」的〈夏壩點滴〉：

> 費鞏教授失蹤，至今生死不明，復旦學生非常關切，四處打聽，託人營救，但沒有一點消息。同學們問到某系主任：費教授哪裏去了？他說：「有幾種可能：一、費先生失足落水淹死了；二、費先生被汪精衛漢奸派在重慶的特務暗殺了。」這種話叫誰相信呵！不過，從此卻透露了重慶確有特務暗殺的事情。據英文《大美晚報》載，費教授是因政治原因被逮捕起來了。現「北碚學生爭取民主同盟」發表告各界宣言，請各界援助費教授，使他早日恢復自由。

這是最早公開揭露和譴責國民黨特務(文章中用了一個「特務」的名詞,並隱晦地提到兩種「特務」,一是漢奸「特務」,一是所謂重慶的「特務」)製造了「費鞏案」的,文章還轉載了英文《大美晚報》的消息,可見「費鞏案」當時已在眾多中外媒體上已被曝光了。

兩日之後,即1945年4月24日,重慶《新華日報》又在第三版發表了署名「啟光」的〈費鞏教授盛傳已被害——聞謀害費氏凶徒正佈置嫁禍陰謀〉一文,文章稱:

> 浙江大學名教授費鞏先生,在渝失蹤,將近二月,戚友惶慮,雖到處奔走,迄今仍無音信,日來盛傳已有被害消息,並聞兇犯尚企圖嫁禍於人,製造一幕類似「德國國會縱火案」類似的把戲。

這一段簡約的文字,實際上已經把「費鞏案」的全部完全公之於眾了,同時又予國民黨當局以強烈的譴責,所謂比喻於希特勒的法西斯主義,由此在國統區開展的反對國民黨的獨裁和專制的民主鬥爭,「費鞏案」無法不是其中的一個重要事例。在戰後中國的中共領導的民主運動中,「費鞏案」當然是針對國民黨的一個炮彈。

二、中共和社會各界對費鞏的營救。

除以上對「費鞏案」的揭露報導之外,《新華日報》等還不斷發表社論等呼籲國民黨當局釋放費鞏。

1946 年 1 月 17 日，重慶《新華日報》發表社論〈迅速釋放政治犯〉，其中提到：

> 像費鞏教授自年前「失蹤」後至今生死莫卜，……我們希望
> 政府首先把張學良、楊虎城二將軍、費鞏教授、葉挺將軍、
> 廖承志同志等釋放出來。

當時國共兩黨進行談判，中共方面提出條件，要求國民黨釋放先後被國民黨關押的張、楊、葉、廖以及費鞏，這五個人，張、楊兩將軍是因為發動西安事變而被國民黨軟禁和囚禁的，葉將軍是在皖南事變中被軟禁的（後來他恢復了中共黨員的身份），廖承志是共產黨的高級幹部（又是國民黨元老廖仲愷和何香凝的公子），而費鞏則是進步教授和學者（也是唯一沒有黨派歸屬的，而且其被捕情況不明）。後來人們得以知道：當時中共方面之所以提出這樣一個名單，是有策略的，即當時已被國民黨關押的中共黨員其人數之眾自不待言，而所以沒有提出具體的要求釋放的名單，是基於防範國民黨突擊殺害這些同志（廖承志因是國民黨元老的公子，國民黨當局當然有所忌憚），提出五人的名單，於情於理，國民黨當局都在下風，至於費鞏，國民黨當局更是尷尬和狼狽：如果沒有逮捕費鞏，那麼為什麼又遲遲不放人呢？

隨之，在戰後的民主鬥爭運動中，要求釋放政治犯成為一個亮點，由此要求釋放和公佈費鞏其人以及其處境的呼聲越來越大。延安的《解放日報》於 1946 年 1 月 21 日發表〈浙江大學學生會要求釋放費鞏教授〉的報導，報導說：

新華社延安 20 日電：

　　要求釋放政治犯，立即實現蔣主席在政協上所允予人民之四項諾言，已成為全國人民之一致呼聲，據合眾社重慶訊，昨日馮玉祥將軍要求蔣介石宣佈大赦，除漢奸與貪官污吏外，一切政治犯與民事犯均應予以釋放。同日浙江大學學生會要求釋放費鞏教授，並有效實施雙十協定中所規定之保障人民自由。

同日，《新華日報》又發表了〈歡迎政治犯出獄〉一文，其稱：

　　雙十協定後三個月沒有動靜，政協會議上蔣介石宣佈，國防最高委員會例會決定一周內調查明確，分別釋放。此最後一日，希望非自食其言，以滿腔熱誠準備歡迎出獄──張學良、楊虎城、葉挺、費鞏、廖承志，一切知名與不知名，為了真理和正義而被身繫囹圄的戰士們。

　　不久，1946 年 1 月 23 日，《新華日報》又組稿編輯了〈人民要求釋放政治犯〉的專版，此前廖承志已獲釋，該報遂發表了署名「友仁」的〈釋放一切政治犯〉的文章，以及〈釋放羅世文〉、〈要求釋放車耀先〉等的文章，同時也發表了署名「浙大學生應翠」的〈釋放費鞏先生〉。

　　署名浙大學生的文章稱：

　　本月十四日政府開出一張支票，說是要在七日內釋放政治犯。雖然政府過去向人民開出不少從來未兌現的支票，而使信譽大受損失，但我對此仍然歡迎。因為能夠開這樣的支票，那就證明政府自己承認是欠了人民的債，侵佔了人民民

主自由生存的權利，而必須重新把它還給人民。不論它兌現不兌現，這筆賬總算是又一次明確的記下來了。一個還有決心改過向善，與民更始的政治家，起碼就應該把這張支票兌現，假使不如此，人民就更有理由去不信任這個無信無守的政府，而要求建立一個有信有守的政府。

釋放一切政治犯，這其中，我嚴重呼籲應該釋放費鞏先生。費鞏先生是什麼政治犯？他是浙大教授中道德文章最為學生所信仰敬佩的教授之一，一不賣國，二不貪污，只是因為對中國抗戰時期的黑暗政治，基於一個中國人愛國的正義而不得不有所批評，只因為這樣一點溫和的反對態度，就被政府目為「政治犯」，糊裏糊塗地抓住關起來了。今天說釋放政治犯，像費鞏先生這樣的自由主義者，首先就要釋放，而如果竟不釋放，那就不能證明當局是否有一點實行民主、寬容異己的誠心。

釋放一切政治犯，釋放費鞏先生，二十一日轉眼就到，我們就看當局這張支票如何兌現。

如文所述，費鞏能夠被稱為是「政治犯」麼？然而「費鞏案」的的確發生，正說明了當時國民黨的昏聵，面臨 1946 年 1 月 21 日的底線──國民黨當局信誓旦旦要在一周內釋放政治犯的承諾，如果國民黨真的抓了費鞏，那麼，有什麼理由還要堅持將人關押下去，而不像廖承志一樣釋放了呢？如此說來，國民黨當局不是引火焚身，陷自身於不義麼？

顯然，在這一場較量中，國民黨方面輸光了。

除了上述中共方面對釋放費鞏的呼聲之外，社會各界也予以懇切的呼籲，其中特別是與費鞏有身世之交的民主人士，更是急人所難，責無旁貸地走在前面。

柳亞子是費鞏的表兄，「費鞏案」發生後，1945 年 9 月 8 日，他在《新華日報》發表了〈懷念費香曾表弟〉的詩詞，其曰：

> 馬策西州痛謝公，鳳毛濟美世堪宗；能言民主昌新運，何意虛舟失旅蹤。問息尋消勞況瘁，履危處困想從容；光明倘見斯非遠，魔窟何當破集中。

此後，柳亞子於 1951 年又在其所撰的《費韋齋集》序文中，稱「香曾復以在重慶簽名民主運動，為蔣逆黨羽所劫持，存亡未卜」，為其當年的詩詞作了背景的補述。

黃炎培與費鞏也是表兄弟的關係，據〈黃炎培日記摘錄〉(《中華民國史資料叢稿增刊第 5 輯》，中華書局 1979 年版)，當年「費鞏案」發生後，黃也為之奔波營救，即：

> 1945 年 3 月 16 日
> 費鞏號香曾，仲深之次子，教授浙大十二年，休假一年，大為學生悅服。當局忌之，令解聘，校長竺可楨未執行。應復旦聘，三月五日啟渝赴校，從千廝門下船，忽失蹤。

> 3 月 19 日
> 訪（錢）新之、（杜）月笙，為費香曾事，未遇留言。柳昌學（中央電機廠辦事處主任）來為費香曾事。

3 月 24 日

費盛伯來,為香曾事。

3 月 27 日

憲政實施協進會召開常委會。余提出費鞏失蹤問題,皆譴責主管當局。

5 月 4 日

參政會駐會委員會內政部張厲生部長報告,余提出陪都秩序問題:一,費鞏失蹤案,皆特務所為,如此橫行,成何世界,答容徹查。

8 月 16 日

訊張厲生,續問費鞏行蹤,附去 8 月 11 日《國民公報》。

8 月 21 日

邵力子招餐參政會,同席張岳軍(張群)、王雪艇(王世杰)、張表方(張瀾)、王雲五及延安去五人。張群徵求對中共問題之意見。我說:蔣主席僅發電邀毛來渝,雖見懇切,尚不夠,必須在日本簽和約後,主辦數事:言論解放了,身體自由了,特務取消了,政治犯釋放了,各黨承認合法了,一面立即宣佈召集政治會議。

1946 年 6 月 10 日

因事早車返滬,車次晤竺可楨,談香曾事。

以上是黃炎培於「費鞏案」後質詢國民黨當局以及會同友人營救的記錄，也是在 1946 年，黃炎培還為費鞏妻子題寫了立軸一幅，其曰：

> 高節虛懷綠繞垣，此君書到盼平安。卅年手種千竿直，個個干雲伴歲寒。

三、竺可楨校長及浙大師生對「費鞏案」的關注和追查

「費鞏案」發生後，理所當然，在浙大引起了巨大波瀾。

1946 年 1 月 19 日，重慶《新華日報》發表了〈浙大學生自治會請立即釋放費鞏教授〉，其稱：

> 本校政治學、經濟學教授費鞏先生，自去歲三月五日於陪都突告失蹤以還，期將一載。本校同學前為費師安全起見，除請求政府徹查以明真相外，迄未對外有所表示。但事隔年許，而道途傳聞，疑慮叢生，故本校同學於今實有不得已於言者焉。
>
> 費鞏教授在本校執教多年，其學問、道德素為同學所敬仰，顧其平日言行，每以澄清政局、促進民治為職志。故其處世極，態度樂觀，是以外傳投江自盡之說，決無可能。由是同學乃懷疑此次失蹤與政府之特務組織不無關聯。蓋以費師平日諷譏時政，深為當局所忌憚者也。

　　本校同學咸認為政府倘不以事實真相白之於天下，固不能釋本校同學之疑，而若全國性之特務組織不加解散，亦無以釋全國人民之疑。職是之故，本校同學所堅持力爭者，非僅為釋放費鞏教授一人而已，乃欲謀全國人民人身自由之獲得也。政府雖一再表示還政於民、實施憲政之決心，但空言無補實際，特務組織一日不解散，全國人民之身體自由一日不得保障，而真正無拘束之自由選舉，亦一日不得實現。

　　本校同學環視國內，流淚滿目，無限痛心，深信欲挽救當局危局，登庶民於衽席，捨民主憲政外，別無他途可循，而欲實現民主憲政，尤當以剷除特務組織為第一要務。值此政治協商會議召開之際，本校同學願以此區區微衷，敬告於社會人士之前，以示本校同學痛絕特務組織之決心，下列各點，尤盼政協代表諸公，本國家人民立場，力為申言，敦促政府切實履行：

　　1、立即釋放費鞏教授；2、立即取消中統與軍統局等一切特務機關；3、立即解散勞動營、青年營等一切類似集中營之組織；4、切實履行國共會議紀要之中所載之釋放全國除漢奸以外之一切政治犯及愛國青年；5、切實保障全國人民之人身自由、言論出版自由及集會通訊之自由，全國各地除正式司法機關遵循正當法律手續外，無論何人不得逮捕人民，搜查人民住所及限制人民各種基本自由。

　這份聲明沒有把「費鞏案」當作一件孤立的案件，而是與戰後中國的民主政治相聯繫，特別是聲明中提出的要求，代表了包括浙大師生在內的全國人民的正義要求和呼聲，於是在公佈後產生了很

大的影響，由此也推動了包括浙大在內的國統區的民主運動的熱
潮。就浙大的校史來看，「費鞏案」之後，其學潮更加帶有明顯的
政治意義，這不僅推動了「民主堡壘」浙大民主運動的高漲，也提
高了包括竺可楨校長在內的廣大師生的政治覺悟。

　　如當年肩負重要的責任並曾深入查尋「費鞏案」真相的竺可
楨，後來他在 1961 年 12 月所作的《思想自傳》中回憶整個事件的
前前後後：

> 　　費鞏任訓導長後，處處掩護前進同學，為「三青團」學
> 生所不喜，教育部以其非國民黨黨員，示意要更換，使費不
> 安於其位，至一九四一年一月，遂以張其昀繼任，直至一九
> 四三年張去美國止。
>
> 　　一九四五年，費鞏在浙大告假一年，赴其母校復旦講
> 學。三月五日侵曉，費在重慶千廝門碼頭搭輪赴北碚復旦大
> 學，有前浙大學生邵全聲送行。當輪船要開時，邵為費去拿
> 行李回來不見費之影蹤。邵以為費已上輪，到一星期後打電
> 話至北碚探詢，知費未到復旦，才知道費已失蹤。
>
> 　　這時我也在重慶，到十四號，我從邵全聲和于震天的報告
> 始知其事。我和復旦那時校長章益向各方探聽，總無著落。我
> 們並去看了重慶衛戍司令王瓚緒、教育部長朱家驊，毫無結果。
> 這時費鞏之兄費福燾已從昆明飛到重慶，四處奔波迄無下落。
>
> 　　費鞏是江蘇吳江人，資產階級出身，曾至英國牛津留
> 學，是一位典型的自由主義者。平時好批評反動蔣介石政
> 府，在一九四五年二月間又在重慶報上發表贊成民主同盟的

言論。這時正值中國共產黨駐重慶代表林伯渠在重慶國民參政會上要求廢止國民黨專政、成立民主聯合政府之後，遂為蔣、陳所忌。他到重慶後，陳立夫曾約他和章益到陳家裏吃過飯，陳和費鞏素不相識，事後回想這是不懷好意的。當時國民黨特務，將邵全聲拘捕，并用體刑硬逼其承認三月五日這天他在千廝門碼頭和費鞏口角將費推落江中。但同時卻在報上先後登費鞏出現於某地，以疑亂人心。

黃任之先生和費家是世交，我也曾向他問費鞏下落，他以為費已為特務所害，主張在重慶開追悼會。我卻以為雖是凶多吉少，總還有一線希望不贊成這樣辦。實際我怕一開追悼會，浙大馬上會鬧風潮。

三、四個月以後，費鞏失蹤事件報紙上已少登載，社會上已漸把此事忘卻。一九四五年九月間，我在重慶和費福燾到警察局拘留所看邵全聲。他告訴我們被捕後衛戍司令當時逼供情形，他寫有自己承認如何把費推入江中的筆供，自忖必死。到六月間（在戴笠乘飛機撞死以前）一天，軍統頭子戴笠忽親自提詢，問費鞏是否是邵推落江中，邵堅決自承。問至第六次，邵始放聲大哭，高聲喊冤。戴吩咐下屬以後寬待邵全聲。到九月間我們去看邵時，他已解到警察局。一九四六年邵全聲被釋放，他的招供全文曾經登在重慶報上。到重慶解放，費鞏仍無著落。費鞏之死已無可疑，但邵全聲所說是否可靠則有疑問。

費鞏死於國民黨特務手，和一九四六年昆明李公樸、聞一多二人一樣地慘酷。但聞、李二人之死引起了全國轟轟烈

烈學運的一幕,「一個人倒下去,千萬人站起來」。費鞏之死竟是無聲無息,回想起來我要負相當責任的。

竺可楨近二十年後的這一歷史回顧非常珍貴,他不僅清楚交代了「費鞏案」的全部過程,包括事前的蛛絲馬跡,以及事後的各方反響,其中最值得關注的幾點,是竺可楨始終認為「費鞏案」最大可能的疑點在國民黨當局(他還表示邵全聲的表白和回憶仍有可追究之處,當然這是出於案件本身的複雜和檔案資料等的闕失而言的,這也是他「求是」精神的一種體現,在這當時的條件下是可以理解的),也反映了當年竺可楨對浙大民主運動和學潮等的意見和處理態度,以及後來他的反省和認識。需要說明的是,當年浙大師生針對「費鞏案」的反應是非常強烈的,竺可楨所稱的「無聲無息」,只是出於一種自責,抑或只是反映了當年「費鞏案」在全國影響的程度不及「李、聞案」之轟動而已。

其實,「費鞏案」發生後,在當時的浙大很快引起了巨大反應。

除上述學生自治會的聲明之外,當時浙大教授們也為費鞏的「失蹤」案件致書蔣介石,這就是著名的由當時文學院教授王煥鑣先生用文言文撰寫的〈呼籲書〉。

王煥鑣後來回憶此文是「作於 1945 年 5 月前後,(文章)以頌其抗日功德和豁達大度的虛文作引子,以費鞏之正直忠清而無辜失蹤,為之不平呼冤為正文,希望蔣能下令嚴查此事,昭雪其冤。(文章)將頌德與呼冤形成強烈對比」,這是這篇文章的亮點,也是它的獨特之處,它起的是所謂「反諷」的效果,因而廣為人傳,不脛而走。茲抄錄如下:

主席勳鑒：

伏維我主席以八載之堅貞，雪百年之恥辱。神武聰睿，振古所無。食生之輩，共被覆燾。懷德感恩，靡有紀極。下至草木蟲魚，亦欣欣然無夭折之患矣。抑某等聞之，一夫不獲，時予之辜，聖哲之用心也；一人向隅，舉座不歡，世俗之恒情也。我主席功蓋天下，澤及萬世，決不忍草野之間，尚有一夫未蒙恩澤者。某等是以敢盡言之。

竊見同事政治教授費鞏，稟伉直之資，萃忠清之操。家在江南，老母年高。兩次省親，旋去旋返。寧缺定省之禮，不戴仇讎之天。萬里間關，歸我明辟。日盼中復，復遂初服。其政治之學，雖崇尚英美民治主義，而立身制行，實以陸宣公為法。理求是當，則無忌諱之可避；義本忠悃，則忘激切之非宜。某等與共交遊，多歷年所，未見其言行或有過差，掛於物議。不意今年三月，忽在陪都失蹤。當局偵查至今，尚無下落。

茲當舉國復員，熙熙樂生，而斯人獨飲恨莫伸，良足痛也！我主席惻隱之衷，朗澈之懷，豁達之度，寬裕之量，方之前修，有過無欠。而費君之冤，乃不得昭雪於求治之時，其忠貞之操，亦幾淹沒於需材之世。士類嗟惜，久而未衰，豈非明時之小纇，清紀之微疵哉？

某等今者幸逢國家大慶，意氣昭蘇，睹漢日之重輝，感國恩之深渥，願我主席益推不忍一夫失所之心，下嚴峻之令，理沉淪之冤，使費君等輩，咸獲更生，則蠕飛動植，一命之微，莫不鼓舞而向化矣！

冒昧上白，乞垂省察！

　　王煥鑣先生是文言文的高手，他一向代浙大起草對外公文等，因此也頗得竺可楨校長的鍾情，其實，從文體上看，這樣的「舊文學」方式，用於討伐當時國民黨的暴政，其力量絲毫不輸於白話文的功效，特別是對於有傳統影響的人來說，這樣的文章可謂淋漓盡致，其殺傷力一點也不弱。

　　王煥鑣先生此後又疾書一闋悼詩，是為〈悼亡友故浙江大學教授費鞏烈士〉，其曰：

烏乎！枉生可辱，直死堪歌。君之所行，與眾殊科。或希苟活，瑟縮嬌嬰。或競幸進，肥己賊他。君抱勁節，執義峨峨。松筠是友，梟鴟是訶。芒寒色正，絕佞嫉阿。苟利於民，弗憚鉗羅。歲在丙子，東鄰肆虐。豕突狼吞，乘我昧弱。航航金湯，日損月削。曾不數年，盡撤圻堮。實維中共，游擊踴躍。號召持久，浴血奮搏。惟彼獨夫，心存閃鑠。及共則勇，禦寇則卻。余時與君，浙學秉鐸。且遷且止，弦誦咸若。泰和宜山，遵義旅泊。君講政理，嚴正動魄。旋長訓導，承竺公託。曰欲救亡，必鋤四族。亢亢矯矯，百鳥一鶚。聽者景從，歡呶磅礴。獨夫何心，潛訽陰撓。廣布坑陷，嗾夫猛獒。君若弗聞，益厲風標。揚清激濁，位仆志豪。乙酉之春，復旦見招。道經重慶，麇集英髦。彈抨獨裁，眾口囂囂。徵君簽名，卓焉揮毫。北碚履聘，江�滸待舫。時為三月，五日昧爽。一瞥失蹤，送者惝恍。變出非常，震駭穹壤。奔走呼籲，多士慨慷。余以無能，亦謀下上。筆伐口誅，取嗤魍魎。彼夫己氏，益縱羽黨。興謗造誹，十百其罔。人之視之，肺腑

洞敞。赫赫周公，來自延安。於政協會，為君聲援。迨寇受
降，敵竄臺灣。邦命維新，億兆騰歡。綿歷三紀，遂雪君冤。
名錫烈士，萬古桓桓。君之在難，宣於犴獄。吾頭可斷，吾
口不曲。彼猁無那，投君鏃涤。骨雖易熔，望重喬嶽。衣冠
以葬，金石以錄。榮哀之典，家歡戶哭。君之治學，貫串古
今。斟酌舊史，晨夕駿駿。遊於牛津，識解日深。歸揚民主，
一掃聾喑。君於弟子，推腹置心。行導師制，疏親盍簪。與
余體《易》，力索窮探。致命遂志，無愧素諳。緬懷規範，
涕泗曷禁。言不盡意，助以長吟！

這首長歌，湯湯洋洋，代表了浙大同仁對於費鞏教授的悼念和
懷念，足茲存世，並與日月不朽。

王煥鑣先生晚年集有《因巢軒詩文錄存》，由上海古籍出版社
於 2005 年出版，從而保存下來這些珍貴的文獻。在「文革」中，
面對當時杭州大學的「紅衛兵」的審訊，王煥鑣不得不重新回憶
了上述的悲痛歷史，他在自述與費鞏的交往經過時，再次鄭重地
回憶說：

> 費鞏是我在浙大最相契的朋友。在天目山時經常晤談，
> 以為可交，尚未深識其人。到遵義後，每開校務會，他侃侃
> 而談，總是站在學生一邊，心異之，以為不平凡。他講的功
> 課，我記得的，有《中國政治史》、《隋唐官制》等。其人嫉
> 惡如仇，敢於直言，深惡蔣匪幫政治腐敗，在課堂中講學時
> 也毫無顧忌；因此深為反動派所仇視，而進步青年則趨之如
> 鶩。浙大幾個訓導長都為同學們所打倒，竺可楨因而要教授

中負有名望而非國民黨員者為訓導長，以為緩和之計，而請費鞏出任此職。費鞏在職，推行導師制；除智育外，很注意同學德育體育；關心同學生活，每日定時接見同學，談話很扼要，時間有限制，不集中在少數人，使多數同學有和他接談的機會。學生視之幾如慈母，浙大辦學以來從來沒有看到這樣的訓導長。

他住在石家堡，我住在大悲閣，相距約二里強。兩人隔兩、三天要會面一次，多在夜飯後，會面時不作空談。我為他講《易經》，幾乎講完一部，他作有筆記，裒然成冊。我向他學太極拳。兩人相交，兄弟不過。

1944 年他屆休假之年，這是浙大的規章，做滿七年教授，可以休息一年。復旦大學是他的母校，這時遷在四川的北碚。他於 1945 年二月赴重慶，準備到北碚就復旦講學之約。動身前在我家住了一宿，談至深夜。我因此寫了一副對聯送他，聯語是：「不問今何世，尚友古之人。」不料此言，竟成讖語，痛哉痛哉！

他到重慶後，於三月三日清晨準備在千廝碼頭搭輪船赴北碚，一忽兒就失了蹤。送行者是他的學生邵荃生（現在浙江師範學院。即邵全聲。筆者注），當局把邵荃生關了半年，放釋出來。一時傳說紛紜，有說掉在江裏的，有說入山做和尚的，有說他談戀愛的。我認為這都是統治階級放出的煙幕，掩蓋自己的罪行。費鞏在重慶曾寄我兩信：說明到考試院會過院長賈某（名已忘。賈景德？筆者注），又說陳立夫請他吃過飯。我和友人高學洵（已故）研究，認為這次陳立

夫請他吃飯，是對他下毒手的最後一次判斷，第二天他就失
蹤了。

（費給我的兩信已於去年 8 月 25 日為附中紅衛兵小將
們收去，如果沒有作為普通信件銷毀，請向我親愛的革命戰
士索回，交上級保存。）

費鞏失蹤消息傳到遵義後，我希望他還在世間，或者關
在牢獄裏，因而通過陳布雷的弟弟陳訓慈，寫信給陳布雷（陳
是蔣介石的侍衛長，管秘書長的工作，參加機密的），要求
他設法釋放費鞏，並發動全校教師簽名。陳覆信其弟，說什
麼書生說幾句批評政治的話，可供參考，算不了一回事；你
可告訴王某，政府保證沒有抓他（原文記不得了，這是大
意），這全是騙人的話，是反動統治階級的慣技，我當然不
相信。因為劉子衡認識反動軍官很多，又寫信請他多方調
查，也不得要領。

浙大進步同學也馬上開會聲討反動統治階級，請的教師只
有我和楊耀德（現任浙大機械系教授），秘書孫祥治（還在浙
大校長辦公室）。我的發言，激動了大家的情緒。第二天貼出了
一張油印的報導，說「王教授慷慨發言，鼓起了大家的義
憤」。……費鞏反蔣匪幫而致死，死得其所，我不如他，我對他
五體投地。……我這個朋友的仇至今未報，我還不能死，總有
一天我們政府可以把這事弄個水落石出的。那是我唯一的希望。

這一篇回憶，與竺可楨的反省回憶同樣極其珍貴，即王煥鑣真
實又樸實地再現了當年「費鞏案」發生後的情景，以及他與費鞏之
間的情誼。（王煥鑣 1946 年 6 月的日記殘頁，還記載有：「夜夢楊

耀德告余：香曾（費鞏）於去歲除夕為夫己氏所賊，號泣而醒。」
案：所謂「夫己氏」，是古漢語中稱不欲明言的某人，則當係即國
民黨蔣介石。）

當然，在浙大與費鞏曾建立了濃厚友誼的，不止王煥鑣一人。
筆者在找尋到的有限的浙大同仁在「費鞏案」後撰寫的回憶文章
中，還有當時史地系的陶元珍教授的〈我所知道的費鞏〉一文，以
其同樣的珍貴，茲抄錄如下：

> 日前在報上看見聞一多氏遇刺的消息，不禁聯想到費鞏。
> 費氏從去年失蹤到現在，已經一年多，始終沒有下落，
> 八成被害死了。聞氏於光天化日之下，在街頭被打死，簡直
> 是被明殺，倒還死得轟轟烈烈的。費氏果真被害，那準是遭
> 暗殺，使得他頂著失蹤人的頭銜，生死不明，家屬連喪也不
> 能發，較被明殺淒慘多了。
> 我和費氏認識，始在三十二年（即 1943 年。筆者注）
> 秋天。當筆者剛剛到遵義浙大不久，第一次參加宴會，主
> 人蕭氏兄弟也在浙大教書，和他及筆者都有世誼。經過主
> 人介紹，筆者問知他是江蘇吳江人，便再問他：「吳江有
> 位袁世凱的親戚而反對袁世凱稱帝的費先生，是一家嗎？」
> 他說：「是我的先君。」筆者這才曉得他是費樹蔚的兒子。
> 再瞧他舉止雍容，頭童髮疏，頗有學者的風度，心想名父
> 之子，果然不凡，不覺肅然起敬。因係初次見面，他在席
> 間又很緘默，終席並未多談。但他留給筆者的印象是極深
> 的。以後，筆者又和他同過幾次席，談來甚為投契。更從

浙大其他同人處，聽到不少關於他的事。如像他兼訓導長時親自督飭校工給學生燙床上的臭蟲啊，捐薪水給學生試造新式植物油燈啊，教育部規定做訓導長的必需入黨他便辭去訓導長不做啊。筆者覺得他的確是一個肯負責有操守的人，他之不做訓導長實在是浙大的損失啊。他辭去訓導長之後，浙大學生對他格外敬重。

浙大關於導師、導生的分配，並不全由學校作主，原則上儘管由學校指定某些學生為某先生的導生，而某些學生也可自行選擇他們所要的導師。不知怎樣，浙大在三十二年度（即1943年。筆者注）分配導生時，一個導生也沒有分配給他。但學生自願請他指導的卻不在少數。所以他名下的導生，仍較其他同人為多。可見青年畢竟是有良心的。

他早年在復旦大學學政治，畢業後又到英國牛津大學繼續研究。歸國後一直在浙大教書，著有《比較憲法》一書，由世界書局出版。浙大沒有法學院，他是唯一的政治學專家。三十三年（即1944年。筆者注）三月某日，浙大奉命舉行憲草座談會，目的在發揮五五憲草的精義，亦即是頌揚五五憲草的好處。座談會在是日下午舉行，恰好筆者亦於同時在寓所舉行茶會（事先發帖，並不知要舉行座談會），午前代行校務的文學院長梅光迪氏及訓導長郭斌和氏，都親自到筆者寓所申明屆時因公不能赴約的歉意。筆者以為此次座談會一定是請費氏主講，恐他也不能來了。那知茶會剛開始，他便悠然走到。他說：「憲草座談會本要請我主講的，我把自己要講的話先向梅院長略說一

番，梅公嚇得發抖，不敢請我講了。我想還是到你這裏吃茶點的好。」他一面吃茶點，一面提起他近來做了一篇文章，交給《思想與時代》發表。《思想與時代》的編者郭訓導長（即郭斌和。筆者注），一看即便退還給他。他很慨歎辛苦做成的文章無處登載。筆者順手把舜生先生寄來的《民憲》稿約遞給他看說：「大作就在《民憲》發表何如？」他說：「別忙，待我先寄給張志讓主編的《憲政月刊》試試看，改天我再到你這裏細談吧。」少頃，他起身告辭，茶會也散了。碰巧，王造時氏路過遵義到重慶去，他趕到新城車站（遵義有兩個城，一名老城，為住宅區，一名新城，為商業區，川黔公路由新城通過，車站在新城北邊。費氏住在老城，離車站有幾里路遠）與王氏相晤，把文章託王氏帶給張志讓氏。隨後，他得到張氏的回信，裏面只有兩張白紙，一個字也沒有。另外接得復旦某教授來信說：「張季龍先生（張志讓字季龍，時任復旦法學院長）託我告訴你，你的文章被沒收了。」他深為憤慨，跑到筆者寓所道及前情，因對筆者說：「我在復旦讀書，便超出復旦之外，我和程中行先生，那時都加入國家主義青年團，曾與程氏一道去看過左舜生先生，也許他忘懷了，我不久休假到重慶，還要去看左先生。程中行先生，自進了國民黨，屢次勸我仿效他，他曾寫信給我，請我也入黨，我是不願參加任何黨派，我是決不從他的。我這篇文章原稿在這裏，你看，有何不能發表呢？」筆者接過他的文章看了一遍，原來是主張中國仿行英國式的政黨政治的。這在專攻政治學又曾到英國留學的他，實是言其所

學，決沒有危險性。不知此文何以如此命苦，竟碰了兩次壁。當即對他說：「請你找人謄清一份送給我，我暑假回家，路過重慶時替你面交左先生，我想《民憲》一定可以發表的。」他說：「我此文發表後，也許於我不利吧。」我說：「這倒不必過慮，政府對在大學教書的人是較為客氣的。」過幾天，他命人將清稿送來，筆者臨行，他又約筆者到新城丁字口大眾食堂吃晚飯。及經重慶，筆者將他的文章親交左先生。左先生允即發表。暑假在家接著新到的《民憲》，他此文果然註銷來了。後一期又登有他一篇介紹英國政黨政治的文章，是他直接寄給左先生的。

暑假期滿，筆者回到遵義，在由車站到老城寓所的途中，便碰見他。他就兩手舉起，表示歡迎之意。筆者連忙跳下人力車同他談話。他說：「王駕吾（名煥鑣，時任浙大中文系教授）請我今晚在他家過中秋節，他知道你回來了，一定要請你的，我們在駕吾家裏再會吧。」說罷分手而去。筆者回到寓所，將行李匆匆放下，還未佈置就緒，王氏便派人來請。到了王家，同人在席間談到軍事失利，都很憂愁而得到政治必需改善的結論。他微笑說：「我的文章發表出來了，卻並沒事，恐怕政治已略為改善了吧。」而前方戰況，一天惡劣一天。

到十二月初，浙大便決定遷到四川與武大合併（其事不詳，或係擬議之中。筆者注），筆者是四川人，自然先走。走前在出納組支錢遇見他。他因料理新故同人黃翼氏（浙大教育系教授，中國唯一完形心理學專家）的善後事宜，不能

就走，對筆者說：「你先走，我隨後就來，我們在四川會吧。」筆者回到川北某縣家中，適值戰局好轉，浙大停遷，催筆者返校。筆者懶得再去，便留在家裏休息。稍後，他也休假到了重慶（他本應於三十二年休假，因浙大苦留，多教了三個學期），他果到四川來了，同筆者卻並沒有會著。誰又料到在浙大出納組碰見他，是最後一次相晤呢！

去年在報上看見他失蹤的消息，心裏非常難過，曾寫信給左先生，請其就近設法營救。左先生自他失蹤，即盡力營救過，真如大海撈針，毫無著落。現在事隔一年多，他究竟是死是活，正似一個未解的謎。而令筆者最納悶的，是他在《民憲》上發表的兩篇文章，言論並不偏激，怎竟使他得到這樣的不幸呢？真令人有余欲無言之歎。

陶元珍的這篇回憶文章，撰寫於 1946 年 7 月，應該是距離「費鞏案」發生後不遠，其可信度不言而喻。文章不僅再現了費鞏在浙大時的高大身影，同時也揭載了費鞏「失蹤」前從事民主運動、撰寫文章於各刊的真實情況，以及他當時的思想狀況（同時提及費鞏在復旦大學時曾加入過「中國青年黨」的事實）。

以上竺可楨、王煥鑣、陶元珍的回憶，反映了浙大同仁對費鞏的懷念和悼念，難得是筆者還從當年重慶《新華日報》上發現了浙大學生對費鞏的懷念文章，那是 1946 年 1 月 21 日署名「冷火」（即王知伊，浙大學生，時被迫離開浙大，在廣西桂林開明書店工作，為著名出版家）的一篇長文〈懷念費鞏教授〉。因其同樣十分珍貴，也抄錄如下：

費鞏先生，一個矮胖的人，走起路來慢吞吞地，眼睛看著腳底下，好像無所關心的樣子，可是實際上他是什麼都關心著的，要是有個同學忘了向他打招呼，他會為了自己的準備招呼沒有招呼而臉紅起來。他說話的聲音不高，可也不低，不論喜怒哀樂，感情發作的時候面部就現紅色，他的臉面輪廓是個圓形，假使「感情」來了，我們可以看到他的臉和小孩子的蘋果臉面一樣紅得可愛，我們會感覺忘了他是發怒——即使在他發怒的時候。

我在大學一年級就選了他教的經濟學，平板的句調和有條有理的說明，我們都覺得寫筆記極□□，又覺得要「及格」這一門經濟學似乎也不難。二年級，我修畢了他教的西洋近世史。三年級，我在他主講的政治學這個課程上聽講。他是浙大聘請的公共課程教授，附帶的在史地系兼開一門近世史，這樣，比較旁系的同學，我和他接觸較多。到他家裏去，他客客氣氣地請你坐下，親自倒上一杯茶。接著，你就看到他在抽雪茄了。他像課堂裏那樣地和你談話，他的聲調還是那樣平和誠摯。他關心你的生活，問你許多話。他不時微笑，不時臉紅，他笑得很天真，他臉紅得很可愛。要是談到彼此家庭的情況，他的眼睛亮了，好像他的眼睛裏有你的家，也有他是家，一種師生間的感情使他特別快活起來。

費先生的家是令人羨慕的。他的家境很好，他和費師母的感情很好，他的孩子們逗人喜愛。這些，他從來不明白地說出來，可是只要從他的談話與神色中，你可以想像到了。假使費先生沒有跟學校在一起，他將如何喜慰地生活在他的家裏。他

不是窮教授，他根本不需要靠教授的薪金來維持他和他一家的生活。可是他覺得做一個人應該對社會盡些力量，所以他到浙大來教書，並沒有任何勉強的心情，他認為這是人生的義務。

費先生是一個感情的人，他處理事情，待人接物，總帶有幾分感情的成分。他是一個英國留學生，在行動上，似乎帶有幾分紳士風度。可是他討厭洋氣，討厭奢華，甚至討厭穿拉鏈衣服的人，一絲兒也沒有英國人那種沉默固執的習性。他常常稱讚儒家道德，忠、孝的觀念和尊卑之分，在他腦筋裏，留有深刻不可磨滅的印象。他覺得孟夫子比孔夫子更好，因為孟夫子在儒家學說裏加上了一個「義」字，補救了仁字的不足。他批評墨子的學說不近實際。他說道家學說的中心應該是「無為無不為」。從他個人的氣質上說來，可以說是以儒家為典範，加上道家的涵養，墨家的博愛，把自己拘禁於君子觀念之中的人物。至於法家的刻薄寡恩，他是深惡痛絕的。

這裏要趕緊來一點補充。費先生的忠孝觀念是一種濃厚的國族思想，費先生的尊卑之分，那是從親幼敬上的名分上說的。在做人道德上，他是一個最可敬佩最可親的人。他因此也常常罵孟子勞心者治人、勞力者治於人的說法，他對於同學、校工和為他洗衣的女傭，都一視同仁地愛著的。

學校實行導師制度，同學們誰都願意受著費先生的教導。我僥倖做了費先生的導生，首次舉行個別談話時，他笑嘻嘻地問我：「依你說，導師和導生之間應該怎樣才相處得好呢？」我想了一想回答道：「導師對學生要能實行一個誠字，

不光掛個名兒，要誠摯地去愛學生。至於導生對待導師，應該由衷地去『敬』。不過，我總覺得導師應該先對學生相見以誠。」費先生聽了頗以為然，後來在他當浙大訓導長的第一次紀念周上，就把我的意思當眾宣佈了出來，他希望教授和學生都能以誠相待。浙大實行導師制度，一般說來要比旁的學校切實些，這可以說完全是費先生能夠示範著去做的緣故。

費先生當浙大的訓導長，那也是極偶然的事，前任的一個只知運用權力，無視學生意見的人被迫辭職以後，竺校長就決定請費先生暫代。費先生起初不答應，後來答應暫代，同學們聽了沒有一個不喜歡的。他當了訓導長，第一件事就是親往各宿舍察看屋漏的情形，雇工修補。熱天來了，他親自督率工友把學生們的床鋪「泡臭蟲」。同學們有困難，他竭力相助，那時候，他照樣上課教書。他比以前忙得多了，可是他的精神很好。他說：「我兼了訓導長，還是支的教授薪水。那訓導長的薪金便可拿來為同學們做些事了。」費先生的犧牲精神和愛護同學的熱忱，實在使我們衷心感佩。

費先生不僅感情地愛著人，他又有極強烈的正義感。他恨著一、兩個掛名的教授，他說，既然一心想做官，就去做官好啦，何必再在這裏獻媚求沽？！（他不反對做官，但是他認為做官的人要有骨氣。）他恨著那些實際已經失掉了學生身份的同學，他說在學生時代就這樣了，將來不知會懷到怎樣的程度。他卑視那種世俗的諂媚，他說，莊子上有無欲則剛的話，要剛，就先該問問自己有欲沒有。他自己的思想並不新，可是他不討厭那些具有新思想的人，他覺得在大學

裏，「思想自由」和「學術自由」是天經地義，大學生應該有思想，不怕他亂想，只怕他不想。

費先生自己是一個無黨無派的人。他醉心於歐美的民主政治。他一講到歐美的民主政治便不禁手舞足蹈地高興起來。他主張實行民主，不妨從小處做起。他在浙大教書，當訓導長，便樹立了浙大民主的作風。他做人凡事講求實際，所以他不說民主在中國如何如何需要的話，但在《憲政月刊》上一連發表了幾篇介紹英美實施民主的具體情形和組織狀況的文章。費先生愛自由、愛民主、愛國家、愛民族，他知道他怎樣去愛，他更知道自己應該怎樣去愛。他是一個誠篤實踐的人。

去年十月間我到沙坪壩去拜訪了一位中大的教授，他是和費先生同在浙大教過一時期書的，我們談到了費先生的「失蹤」，大家衷心地慨歎著。後來我和這位先生說：「浙大的一些教授中有好幾位先生是使我們做學生的永遠不會忘掉的，因為他們有正義感。」這位先生聽了我的話，用沉靜的聲調回答道：「光有正義感是沒有用的，現在還要講到如何發揚正義才行。」啊！這是多麼有力量的話！費先生的友好和學生們卻對費先生的不幸的遭遇感到束手無策，人「失蹤」了快一年了，生死存亡，不卜究竟，到今天我還只能在這裏表示一點無可奈何的懷念。

有些人說，費先生的「失蹤」太離奇，他的「失蹤」是缺乏人身自由保障的一個例子。誠然，以費先生那樣熱情而富有正義感的人，在這樣的社會裏，他是很可能遭受屑小的毒手的。他已是一個四十多歲的人，大概不至於「自行失足

　　落水」吧。現在政府當局又再一次宣佈保障人民的各種自
由，釋放一切政治犯，像費先生這樣一個熱愛國家、熱愛民
族的正義之士，有什麼理由要遭到政府當局的秘密拘捕呢？
我們希望政府當局實踐諾言，立即把費先生釋放出來！

　　文章感情熱烈，以紀實的手法記述了費鞏在浙大任職時的言談
舉止和聲容笑貌，可謂傳神。特別是細膩地表現了當時費鞏的思想
情感和精神操守，也是因此，它給人以強烈的感受，即這樣美好善
良的教授，居然會被「失蹤」，從此消失在人間，而口口聲聲予民
以權利的國民黨當局對此萬難逃脫干係。

　　在「費鞏案」沸沸揚揚的時候，浙大的許多同學都是這樣緬懷
並祈禱著費鞏。

　　那是以他名字命名的「費鞏燈」，浙大同學首先會想起那一盞
油燈，它光焰微弱，卻「明淨而純潔」。它是剛剛擔任了「訓導長」
的費鞏親手打製的。他見學生宿舍的油燈太暗，就拿出自己的薪
金，親自試驗植物油燈；為了能讓油燈亮度大、煙氣小，他在房間
裏敲敲打打，甚至連自己的香煙罐也用上了。

　　所謂「訓導長」，以前總是動輒「陷害好人、做假彙報、開黑
名單」的黨棍，他卻不同了，因為他開宗明義地宣佈：他是不做「警
察廳長」或「偵察長」的。作為大學教授，他風度翩翩，溫文爾雅，
雍容大度，卻又為人處事正直不阿，所謂「不入時流」。

　　學生回憶起他來，總是那樣又嚴肅又親切。

　　他是出身於牛津大學的，應該是「西化」得很，不過，他在出
任「訓導長」時制定了許多規定卻被學生們視為「保守」和「固執」，
譬如在他的課堂上是不允許男女混坐的，用他的話來說，就是女孩

子要像個女孩子的樣子，不能瘋瘋傻傻地；他甚至不准學生去街上的飯館吃飯，理由是「大家子弟，不入市廛」，許多學生因此揶揄他「封建落後」。

在上課時，他同樣「固執」得可以，比如他非常懷念中國古代書院式的教學，批評流行的新派教學，以為是讓學生失去了根基（這與馬一浮先生如出一轍）。

當然，最讓學生難忘的，是他堂堂的「訓導長」和教授，居然聲稱願做學生的保姆，而且動了真格的，親自率領校工到學生宿舍來燙臭蟲。

有位學生不幸因病夭亡了，那一天費鞏的日記是「悲憫之情，令人動容」。

他還堅持主張：「學校不比官場，空氣應自由」，他認為「思想這東西是無法統一的，我們做學生的導師，倒並不是要我們去監督學生的思想，而是要我們去積極培養學生品格」。他熱烈地信仰自由，也要求學生追求自由，所謂「君子不黨」，進而他還主張要開除那些隱藏在學生中的國民黨特務（「軍統」等）。

他支持學生創辦「生活壁報」（後來被命名為「費鞏壁報」）同時規定：壁報撰文作者不受任何檢查和限制，其姓名也絕對保密，以此來維護言論自由。有一次，有一篇文章被訓導處的職員撕去了，他竟「聞之氣憤」，馬上到訓導處去責問。他說：「我相信每個人自己都長著一個腦子，他們有判斷好壞是非的能力。」他還說：「我不喜歡強制人們必須去接受某一種思想，把思想標準化。」他是這樣說的，也是這樣做的。為了防止學生受到當局的迫害和追捕，他讓學生在自己家中躲避，並借給他們自己的皮鞋和衣服。他

還以為這只是一名教師對學生應有的「本分」，其實與自己的政治傾向並沒有什麼關係。

同樣，浙大同仁也在懷念著他。費鞏的名字與浙大是融合在一起了。

在校務活動中，費鞏不是「省油的燈」。他的主人公意識很強烈，讓他保持「緘默」是很難的。有時甚至在校長竺可楨主持教務會議時，往往他會跳出來，提出自己的主張；當自己的意見不被接受時，他又會冷言冷語地表示：「竺校長是學氣象的，只會看天，不會看人。」他還寫信給校長，要求「會議要自由討論、勿專尋章摘句」。在他的日記中，他對竺校長以及眾多同事嘖有煩言，此也無它，大家都是直來直去，凡事出於公心。

費鞏出身高貴，性格亦極清高。他對權勢視若敝履，一名昔日好友去南京做官了，他聽說後在日記中寫道：「此君本性士，奈何竟作賊。」

在抗戰中，國民黨當局要求學者須普遍地加入國民黨，他卻以為這是「出賣靈魂」。

面對時弊，他大膽抨擊。特別是國民黨在抗戰中積重難返形成嚴重的貪污腐化風氣之時，他不時撰文或演講，往往震驚四座，自己也「頗覺痛快」。此也無它，本來費鞏就是最喜歡文天祥《正氣歌》以及服膺唐相陸贄的「砥礪風節，持正不阿」的，作為學者，或竟作為一個人，費鞏所追求的，首先是做人的尊嚴，進而他無比嚮往精神上的自由，他恥於「倚門賣笑」。

「費鞏案」之後，浙大的師生們對他無限懷念，後來，還曾在每年的3月5日（費鞏的「失蹤」之日）都要召開一次「費鞏教授懷念會」，而浙大的《生活壁報》也改名成了《費鞏壁報》。

甚至到了今天，仍然有「浙大人」在懷念著他，記述著他。筆者在網路上曾看到過許多這樣的文字，值得一提的，是這樣的一篇文章：

　　我的表叔公，也是我媽媽的族叔，已經過世十多年了，我小時候喜歡聽他講故事，因為小時候我心裏，他就是一個武林高手，他講的很多故事都是鮮為人知的，有破案的，也有很多機密事件。他在上海做過探長，好身手，神槍手，（是）國民黨陸軍中將，在「軍統」服役，保護戴笠多年，也保護過胡宗南，大家要知「軍統」的地位和軍銜的不匹，所以在我心裏他好了不起，雖然在「戰犯改造所」待了十年以下，我只陳述表叔公給我講的事情。

　　那還是我小時候，當初根本不知道費鞏是哪位，只道是表叔公故事中的一個主角，直到「大三」了常去「教七」上課，才曉得費鞏，才和小時候的見聞聯繫在一起。事情大致是這樣的（我記得大概事件，其中涉及人物是我後來一直尋證的，也查過史料和表叔公做政協委員時寫的材料，我雖不才，也秉承求實精神，當然也很可能有涉及的人名和事件錯誤）：浙大的進步教授費鞏，於一九四四年春應復旦大學邀請來到重慶講學。有天早上，費鞏教授在重慶千廝門碼頭準備搭船去北碚，和他同行的留在碼頭上看行李，自己到岸上去買早點。等這個學生把早點買回後，便再也找不到費鞏，到開船時還不見影子，他只好一個人回到學校去報告。等了一天，還不見費鞏到學校，復旦大學便把這一情況向重慶衛戍總司令部作了報告，要求設法尋找。衛戍總部的處置辦

法，便是傳訊這個和費一同候過船的學生，問去問來也得不出結果。這時，費鞏教授的失蹤引起了教育界的許多人的注意。他們認為一定是被那些無法無天的特務秘密抓去了，便紛紛進行營救工作，希望早日釋放出來。

一個星期過去了，也得不到一點消息。事情越鬧越大，許多教授們認為個人安全這麼沒有保障，都人人自危。後來蔣介石知道了便向戴笠查問這件事。戴回答他「軍統」沒有抓這個人。當晚，戴又約集「中統」局長葉秀峰、憲兵司令張鎮到「軍統局」「漱廬」辦公室開會，這兩個單位的特務頭子也矢口否認秘密逮捕過費鞏。蔣介石便準備以不了了之，置之不理算了。但一個大學教授突然無端不見了，除了費鞏的家屬和親友們異常關懷以外，社會上一些進步的輿論也為此而提出了指責，而反動派仍舊不理會。這時便有與費鞏先後在美國同過學的大學教授四十人聯名上書美帝駐華的遠東戰區參謀長魏德邁，請求他出面來營救這位留學過美國的教授。這一下果然引起了魏德邁的注意，他曾親自去問過蔣介石。蔣介石雖一面答覆沒有抓這個人，但還不放心，便再一次叫戴笠詳查，也無結果，而只把那個同行的學生再嚴刑逼供一次。當蔣介石得到戴笠的再次回覆而轉告魏德邁之後，魏德邁為了要想樹立美帝在華的威信，便決定把這件事交給梅樂斯來辦，希望通過美帝特務把費鞏找出來。梅樂斯當時感到很棘手，便找戴笠商量，希望在戴的幫助下完成這一任務。戴同意之後，梅樂斯便把在「中美所」的一個紐約名探克拉克少校派出來去負責這一工作。戴笠便叫表叔公

參加協助，並向梅樂斯吹噓說表叔公過去是上海的名探。因表叔公抗戰前在上海搞特務活動時是以偵探來作掩護的。戴笠在派表叔公時，曾再三叮囑，如果發現了可靠線索一定要先行設法把費鞏弄到手中，不能由克拉克弄去，以免他在蔣介石面前丟臉。戴並叫表叔公不要多出什麼主意，一切看這個美國名探的辦法。因此表叔公在和克拉克初次見面商談時，便問他準備怎樣進行？他主張先去復旦和浙大調查一下再作計較，表叔公同意先去浙大瞭解費鞏過去的情況再說。

第二天表叔公和他帶了「中美所」一個翻譯潘景翔由重慶動身去貴州遵義，先去見浙大校長竺可楨先生。表叔公記得那天竺先生很不耐煩地在校長辦公室接待了表叔公，表叔公向他說明了來意之後，他便用英語直接和克拉克交談，答覆了這個美國名探提出的有關費鞏的問題。表叔公記得竺先生對表叔公十分肯定地指出，遵義是絕對找不出費教授的，說要找到這個人，最好是回到重慶向那些專門逮捕和囚禁政治犯的政府機關去查詢，在那裏可能得到圓滿的答覆。但是表叔公對這樣一個肯定性的回答並不滿意，又請他介紹一下費先生在遵義和其他地方的關係，表叔公好去多方瞭解。竺先生想了很久，最後又問了在旁的其他一些人之後，便要表叔公去附近的湄潭縣費教授一個親戚處去瞭解一下。表叔公並向他要了一張費鞏的最近照片。第二天表叔公便驅車趕往湄潭，見了費鞏的一個親戚和幾個與費相識的人，他也和竺先生所說差不多，說費教授平日思想很進步，對政府常有不滿言論，浙大的學生都很尊敬他等。

　　從湄潭回來後，表叔公便找了「軍統」在遵義負責的貴州站遵義組組長陳某查問情況。他告訴表叔公，費在浙大教授中一向是表現很激烈，除了「軍統」對他注意外，「中統」也很注意他，「中統」並派有特務監視他，這次去重慶可能還有「中統」特務跟他一路去。他認為「軍統」如果沒有逮捕他，很可能是被「中統」秘密逮捕了。

　　表叔公在遵義「軍統」設在茅草鋪的植物油煉代汽油的工廠住了近一星期，便返回重慶。克拉克認為竺校長告訴他向政府機關查詢的意見很值得重視。當表叔公向戴笠和梅樂斯一同報告去遵義調查經過情況以及竺校長的意見後，梅樂斯也認為如果能向重慶治安機關去查詢一下便可能水落石出；萬一沒有，魏德邁也好回答給他上書營救費教授的四十名留美教授。戴笠當時也只好答應仍舊叫表叔公陪同去向重慶稽查處和警察局刑警處等單位去查閱自費鞏失蹤後的有關捕人檔案，必要時可拿著費的照片去查對一下這一段時間內所逮捕到的人犯。在走出來的時候，表叔公悄悄問戴笠，萬一克拉克要看看設在「中美所」內的「軍統局」看守所時怎麼辦？他聽了立刻把臉一沉，厲聲地回答表叔公說：「他想討好這幾十個留美的教授，別的都能依他的，要是提到看表叔公的看守所時，你就乾脆回答他這都是些很久以前關起來的人，沒有最近逮捕的。」停了一會，他又補充一句：「沒有抓費鞏，你不是不清楚，怎麼會提到這個問題？」當表叔公翻遍了稽查處和刑警處等單位的檔案而找不出一點線索時，這些單位的負責人又向表叔公建議可能是由於失足落水

淹死了，所以到處找不到。克拉克一聽也很以為然，便和表叔公到碼頭上調查，後來又到長江下游唐家沱一處專門打撈屍體的地方去查詢，甚至還把最近所撈到的無人認領的屍體十多具一起挖出來對證一下。當時天氣很熱，表叔公在唐家沱附近的墳地裏，搞了兩天，仔細查對了那十多具腐爛得已經發臭的屍體，沒有一具可以勉強聯繫得上是費鞏，才失望而歸。

　　正在這個時候，重慶衛戍總司令部突然接到一個署名浙江大學學生××的一封告密信，說他親自見到失蹤的費鞏教授在巫山縣過渡，費身穿和尚裝束，經他認出後，費叮囑他不可對人聲張，因他看破了紅塵，決心出家，要這個學生一定要守秘密。衛戍總部正急著沒有辦法好交代，因為一個大學教授居然丟了找不出來，又驚動了美國主子來出面查詢，實在沒法可辭其咎，得到這封信後，便連夜由稽查處派人去巫山尋找。衛戍總部去的人還沒有回來，梅樂斯也得到這消息，也要派人去，戴笠又叫表叔公陪著克拉克趕赴巫山縣。巫山縣政府一聽洋大人要找什麼和尚，便準備下令各鄉鎮將巫山縣各寺廟的和尚全部押到縣裏來由表叔公當面查對。表叔公和克拉克都不贊成這個打草驚蛇的辦法，決定親自到各寺廟去查訪。結果花了半個多月的時間，表叔公遍曆巫山十二峰，尋訪了幾十個大小廟宇，仍舊找不到一個可能是費鞏的和尚。表叔公在巫山渡口住了兩天，留心觀察渡河的來往行人，也沒有看到這位教授來過，才掃興而回。最後，總算由於抗日戰爭得到勝利，消息傳來，美國人紛紛作回國的打

算，這件事也就這樣不了了之。直到解放後，表叔公也沒有聽到費鞏的下落，這一件大學教授失蹤案，始終成了一個謎。

以上的回憶，內容並不新鮮，文中的那個「表叔公」，實即沈醉，或者曾有一位浙大學生的「表叔公」就是沈醉（抑或仿冒），儘管如此，其描述的情節還是值得一睹的（本文還將涉及於此）。

費鞏的浙大同仁和友人蘇步青先生曾為費鞏寫有一首悼念詩，其曰：

> 香曾燈火下，風雨幾黃昏。護學偏忘己，臨危獨憶君。沉冤終已雪，遺恨定長存。恩德屬於黨，淚沾碑上文。

「沉冤」，如上文所述，曾是許多人認為費鞏是被國民黨「軍統」特務暗殺於「中美合作所」的，而事實究竟，是如何的呢？

讓我們還是慢慢來追尋吧。

四、「費鞏案」中關鍵人物──浙大畢業生邵全聲的回憶文獻

以上多次提到，在「費鞏案」中曾有一個關鍵的人物，他就是浙大畢業生的邵全聲。費鞏「失蹤」時，他是隨侍在費鞏身邊唯一的人，因此，他也是唯一的人證。

邵全聲後來曾有多篇相關的回憶，為了取證，以下轉抄其中的若干。

在〈撲朔迷離的費鞏失蹤案〉的回憶中，邵全聲稱：

　　費鞏，字香曾，1905 年生，江蘇省蘇州市人，早年曾就讀於英國牛津大學，1933 年到浙江大學任教，著有《英國文官考試制度》、《英國政治組織》、《民主政治和我國固有政制》、《中國政治思想史》、《經濟學原理》等，是一位造詣頗深的政治學、經濟學專家。

　　費鞏教授有著強烈的正義感和嫉惡如仇的個性。他曾不顧自身安危，毅然收留思想進步、正面臨逮捕危險的學生在自己家中躲藏，並向學生面授計策，以逃脫搜捕。（在另一篇回憶中，邵更詳細地回憶說：「1941 年初，學校得到資訊，遵義警備司令部當天夜裏將以捉拿『逃犯』、清查戶口為名，到校中搜查，幾位平日較受注意的進步同學有被逮捕的危險。學校設法阻止這個行動，但並無把握。此時，費鞏教授毅然要這幾位同學在夜晚住到他的家中去。後來在風聲稍緩和時，虎羆、喬新民、曹煜亮、王世謨四位同學，在費師資助下，安全離校，輾轉去到解放區，參加革命。以後，虎羆在抗日戰爭中英勇犧牲，另外三位同學都成為負有一定責任的革命幹部。34 年後的 1979 年，喬堅（即喬新民）寫了題為〈高風亮節見丹心〉的文章紀念費鞏教授。這篇文章寫道：「回憶這一段情景，使我深深地感到費鞏教授的正義感是那樣的強烈，對我們的關懷愛護是那樣的真摯入微。」又說：「他是政治學、經濟學教授，又任過訓導長，是懂得國民黨兇殘手段的。他勇於收留我們躲藏到他的宿舍裏，又勇於給我們透露國民黨的陰謀，指點並幫助我們怎樣應付，他是懂得這種風險的。這是什麼精神？就是魯迅說的橫眉冷對千夫

指,俯首甘為孺子牛的精神。他這種與革命事業息息相關的崇高氣節與品德,使我幾十年不能忘卻。回憶起來,這也是鼓舞我走上革命道路的推動力。」)

浙江大學校長竺可楨非常敬重和信任費鞏,1940 年,竺校長不顧大學訓導長應由國民黨黨員擔任的規定,懇請非國民黨黨員的費鞏擔任浙大訓導長。在費鞏的倡導下,浙大參照牛津大學的做法,實行導師制,要求導師經常關心學生的品德、學業和身體。在對全校師生講話時,費鞏在鼓勵大家共同做好學校工作的同時,也直率地批評了現實政治中的一些弊病。

費鞏是準備赴復旦大學講學而在千廂門碼頭等船時失蹤的。當費鞏失蹤的消息傳出,位於重慶北碚的復旦大學原先貼出的歡迎講學的海報被呼籲營救的海報所覆蓋,學生會召開了營救費鞏的緊急會議並號召定時罷課;位於遵義的浙大學生會也召開了緊急會議,發出了「還我費師」的呼籲,並發表〈敬告社會人士書〉,明確宣稱費師受迫害的原因是「蓋以費師平日譏諷時政,深為當局所忌恨也」。《新華日報》多次發表關於此事的新聞報導和評論,伸張正義,《中央日報》、《大公報》也有這一方面的報導。40 多位曾經留美的中國教授聯名致信駐華美軍司令魏德邁將軍,要求他出面營救。1946 年 1 月,舊政協開會,以周恩來為首的中共代表團向國民黨當局提出八條要求,其中第七條提出:立即首先釋放張學良、楊虎城、葉挺、廖承志、費鞏 5 人,這些都使國民黨當局陷入窘迫的境地。

　　費鞏是我在浙江大學就讀時的導師。1938 年夏，我考入
國立浙江大學文學院外國語文學系的公費生，有幸結識費鞏
教授。後來，費鞏表示願意成為我的導師，他熱忱關心我的
品德修養和學業進步，指導我進行課外閱讀，循循善誘，盡
職盡責，這在《費鞏日記》（載《費鞏烈士紀念文集》，浙江
大學校史編輯室編）中有較詳細的記載，真可謂師恩深重。
1942 年我離開浙大，費師仍一如既往地關心我，我們之間保
持著頻繁的通信聯繫，情意篤深。作為「費鞏失蹤案」的直
接當事人，我對該案的謎底至今未能揭破仍感痛心疾首。當
年，我為營救費師而身陷囹圄，被宣判死刑，有過一段刨巨
痛深的經歷。我相信這段經歷對人們瞭解「費鞏失蹤案」大
有裨益，但願我的憶述能為查清案件原委提供一些旁證。

　　1944 年底，在浙江大學任教已滿十年的費鞏教授，依
照規定可以休假一年。當時遷校到重慶北碚的復旦大學聘請
費鞏教授利用這一年的假期前去講學。費鞏教授為此前往重
慶，在開學前暫住在重慶上清寺（路名）。這時我在重慶小
龍坎的大公職業學校任教，分手三年的師生得以重逢，令我
十分高興，我成了他家的常客。沒有別的來客需要接待時，
我們師生兩人就隨意長談，詳告別後的具體情形，或談論共
同關心的事。有時他要出門去訪晤親友，或購買物品，也就
要我和他一同去。有一次，他要去訪問他父親的友人黃炎培
先生，帶了我一同上街。但到達黃老先生住處的大門前，費
師說，事前他不曾約好帶我一同來，同時黃老先生也不認識
我，突然帶了個陌生的人到他家中，不大合適。所以要我在

大門附近等候，由他一人進去訪晤，等他出來時，再同我一起走。當時我感到費師對長者是很尊重和注意禮節的。當時左舜生和李璜主編一個政論性質的雜誌（刊名似為《國訊》），曾發表費鞏教授的論文，因而曾與費鞏教授通信。在知道費將到重慶時，邀約他同他們晤談。費應邀去訪左、李時，帶了我一同去。到他們住處附近的朝天門後，費師手中拿著寫有左、李住址的紙條，對著門牌，逐家尋找。找到以後，費師與左舜生互通姓名，說些寒暄的話。不久，又來了一個人，經左舜生介紹，才知道是李璜，也一起談了一會兒。他們曾談到馬寅初能對當時在重慶的國民黨政府提出率直而尖銳的批評和指責，受到很多關心國事的人的敬重，因而受到政府的迫害。在談論這一類話題時，他們對政府不滿的態度是相似的。我只是在費師的身邊坐著聽聽，沒有插話。當時的左舜生和李璜是中國民主同盟的成員。有一次費師告訴我，蔣介石的重要親信、當時任教育部部長的陳立夫，邀請費師到他家吃一餐飯。費師平素同陳立夫並無交往，並且對他很是不滿。費師想不到陳立夫會請他吃飯，也猜測不出究竟是怎麼一回事。他曾對我說，他準備著，如果請吃飯時出現意見的重大分歧，他將在席上和陳立夫爭吵一場，當面鬧翻了也不在乎。但後來費師告訴我，陳立夫對他很有禮貌，並未提及各種意見分歧，因此未曾發生爭吵。像陳立夫這樣長期在官場中生活的人，不會輕易把心中的實話流露出來，我想這是不足為奇的。但這次陳立夫為何出於費鞏教授意料之外，邀約費與他會面並一同吃飯，我一直搞不清楚。

費鞏教授到達重慶之後，當時在重慶的一些著名文化界人士聯名簽署了擁護毛澤東關於建立聯合政府主張的〈文化界對時局進言〉。由郭沫若執筆的這個聲明，筆鋒直刺國民黨當局及其專制政治，費鞏教授也簽了名，1945 年 2 月 22 日在重慶的《新華日報》上發表了。這表明費鞏教授的思想有了新的發展。費鞏教授曾把他在這檔上簽名的事告訴我。他向我說到這件事時情緒振奮，覺得這樣做是很應該的。

費鞏教授定於 1945 年 3 月 5 日凌晨 4 時左右到重慶千廝門碼頭乘輪船赴北培，將應邀在復旦大學講學一年。他的寓所離千廝門碼頭較遠，這季節早晨 4 時以前天還是黑的，雇挑夫把他隨身攜帶的箱子和鋪蓋搬運到輪船碼頭很不方便，容易耽誤上船時間，因此他決定頭天下午就把行李寄放到千廝門碼頭附近他的一個鮑姓同鄉的囤船倉庫中，以便次日凌晨上船。鋪蓋既已運出，4 日晚就須另找棲身之處，最好離千廝門碼頭近些。我便同住在林森路的一位郭姓同鄉商洽，他答應給我準備兩個臨時鋪位，供我與費師借宿。

3 月 4 日下午，我陪同費師把他的鋪蓋和箱子寄存後，就從江邊拾級而上，看到路旁一家燈籠店正出售用紙和竹絲製成的不用時可以折疊得很扁的燈籠，就順便買了一盞。店中備有在燈籠上寫字用的毛筆和顏料，費師就要我在剛買的燈籠上寫一個「費」字。在燈籠上寫所有者的姓，是民間的習慣。豈料，日後加罪於我的別有用心者竟宣稱這盞燈籠是我與殺害費鞏教授的同謀者進行聯絡的信號和關鍵性的罪證。

　　當晚，費師到早已約好的友人處吃飯，我則在借宿的地方等他。晚飯後不久他就回來了。因次晨要早起，我們稍休息一下即就寢。因為此地到千廠門碼頭還有一段路程，如果上船較遲，就有可能找不到坐位，所以夜裏兩點多鐘我們便起床，草率地吃了點早點就動身了。大馬路上有路燈，行走並無困難。離開大馬路轉入通向江邊碼頭的石級道路時，路上光線較暗，費師就要我從手提包中取出那盞燈籠，點亮蠟燭，照著走路。到達碼頭時，通向輪船的門尚未開，約 10 餘個旅客已在門外等候。費師說他就在這裏等著，門一開可早些上船尋找座位。要我到二、三十米外的囤船倉庫中把寄放的行李搬來。

　　我到了囤船上，叫醒了正在熟睡的鮑姓管理員，等他穿了衣服，一同到倉庫中取出行李。但我一人搬這兩樣東西，力氣不夠，就立刻到岸上叫了一位挑夫，把費師的鋪蓋和箱子運到輪船上去。我沿著船邊走，大聲喊：「費先生！費先生！」但無回音。這時船上乘客已多，人聲嘈雜，尋人不易。我就借了一條凳子，立在凳子上大喊：「費先生！費先生！」仍聽不到回答的聲音。換個地方也是如此，始終見不到費鞏教授的蹤影。等到輪船即將開行時，我只得回到碼頭上。眼見這艘輪船在晨曦中溯嘉陵江漸漸遠去，我悵然若失。我不知道發生了怎樣的事，也不知道怎樣做才好。在無可奈何的情況下，我想：我找不到費師，費師也同樣找不到我，他會不會上岸找我去了？我就在附近岸上仔細尋找，仍無蹤影。我沒有辦法，只得把費師的行李仍寄放到鮑管理員

的倉庫中，一人回到借宿的同鄉處，剛巧還有其他的同鄉同學在場。我很焦急地把在千廝門碼頭找不到費師的情形對他們說了，他們也想不到會有這樣的事發生，只好向好的方面設想來安慰我。如強調乘客擁擠，船上雜亂，不易找到費師等等，等到下午輪船到達北碚後，可以給復旦大學校長室打個電話詢問費師是否到達。我想不出別的辦法，只好試著這樣辦。

這天傍晚，我由同鄉同學們陪同去打電話。電話打通了，對方的回答是，從重慶來的輪船已經到達北碚，費鞏教授也到了。這樣，我就放心了。接著我趕快託一位即將去復旦大學讀書的李姓同鄉同學，把費師的鋪蓋和箱子帶去。這位同學到達北碚後，在復旦大學多方打聽費鞏教授，但找不到。我接到他的來信後就更加著急，即通過復旦大學校長章益先生（字友三），調查 3 月 5 日傍晚有人答覆費鞏教授已經到校究竟是怎麼一回事。調查結果是：在電話中回答的職員，當時一點也沒有想到會有什麼意外發生，只認為既然這班輪船上別的乘客已經到達，費鞏教授當然也不例外。

這時我得知浙江大學校長竺可楨先生正在重慶，遂立刻就去晉謁竺校長，報告費鞏教授失蹤的經過。竺校長聽了我的報告後，很快就判斷費鞏教授是被政府逮捕了，並表示要趕快設法營救。竺校長還告訴我，他在遵義時，曾接到上級的指示，要他設法監視費鞏。他發出一個公文作為答覆，認為費鞏教授只是在有些問題上有他自己的見解，並沒有什麼需要加以監視的事情。竺可楨校長除了自己四處奔波、盡力

設法營救費鞏教授外，還用他自己的名義寫了介紹信，要我去向重慶衛戍總司令王纘緒查詢。

憑著竺可楨校長的介紹信，我去找王纘緒3次，但得不到什麼結果。當我第三次去時，他要我以後不要再去找他，而直接去找重慶衛戍總司令部稽查處（以後我才知道，這稽查處實際上是軍統局的下屬機構，只服從軍統局指揮）。過了一些日子，王纘緒曾向記者發表談話，主要意思說費鞏教授是由政府逮捕，將由政府處理，希社會上不要驚擾。這件事，在報紙上曾經登載。但王纘緒不久又在報紙上否認了上述談話。出爾反爾，很不正常。

竺校長曾用電話和監察院秘書長程滄波聯繫，要我去同程滄波面談一次。我接竺校長的囑咐去了。程滄波是費鞏教授早年的同學，對費鞏教授突然下落不明一事，也很關心。我還拜訪時任國民參政會參政員的左舜生和李璜，希望他們協助查詢和營救費鞏教授。他們表示關心，願加以協助。

在費鞏教授失蹤以後，我一邊教課，一邊從學校所在地小龍坎趕到重慶市內多方查詢和營救。過分的疲勞和內心的焦急，使我心力交瘁。有一天早晨想要去打開房門時，不覺跌倒在地。幸好過了不久又能行動。但這一跌卻使左腳大腳趾的關節部位因突然過度的折屈而受傷，過了一兩個月疼痛才逐漸減輕。直到現在左腳大腳趾的關節部位還有不正常的凸起。當我為查詢和營救費師而四處奔波時，有些同鄉和同學卻在擔心我的安全。他們提醒我應想到自己的安全問題，但我心繫失蹤的恩師，哪有心思考慮自己的安危！

　　根據重慶衛戍總司令王纘緒的指點，我先後三次到位於重慶市內石灰市（路名）的稽查處去查詢，每次都由稽查處第二科科長宋廷鈞出面和我談話。3 月 29 日下午，我第三次去稽查處時突然被扣押。過了約十來天，我才被允許寫一張字條請一位同鄉同學把日常用品送到指定地點，經檢查後才轉交給我。我被押解到稽查處衛兵隊裏面很小的拘留室中囚禁起來。約七、八平方米的室內，已關著六七個人。大家白天只得倚牆而坐，晚上擠著躺下。門上掛著一把粗大的鐵鎖，真如籠中鳥一般。當晚，我從拘留室被押解到重慶稽查處的一個辦公室，由稽查處第二科科長宋廷鈞和特地來到此處的重慶市警察局偵緝大隊大隊長李連福兩人審訊（以後我知道，偵緝大隊和稽查處同屬軍統管轄）。開始我還以為是為了弄清問題的審訊，便以冷靜的態度，清楚地回答他們的問話。沒過多久，李連福突然把桌上的一杯熱茶直潑到我的臉上，以顯示他的權威和強橫。這一明目張膽的欺凌和侮辱，使我猛省到這不是為了弄清問題的平常意義上的審訊。我強制自己抑下滿腔怒火，繼續以更加冷靜的態度，依照事實回答他們的問話。除此以外，我沒有別的辦法。問話越多，越暴露出他們審問的意圖是尋求憑據或藉口，以便把我當作謀害費師的兇犯，或者是兇犯的幫手。

　　從這天晚上開始，我經受著夜以繼日的審訊，次數已難記清，我懂得了什麼是「疲勞審訊」，而這又是怎樣殘酷地折磨著人的身心。被捕後的 10 多天中，審訊我的人主要是前面提及的李連福和宋廷鈞。他們也根據我的回答，進行過

一些實地調查。如曾向千廝門碼頭附近囤船倉庫的鮑管理員調查，向為費師料理家務的蘇州同鄉調查，也曾押解我到那家燈籠店，向店老闆詳細瞭解費師帶我購買燈籠的經過，等等。各項調查都證實我所說的都是事實。但他們要把我作為謀害費師的兇犯的意圖，並沒有因此而改變。

4月9日，我戴了手銬，被移解到重慶市區來龍巷的重慶偵緝大隊。在一個房間中，李連福、宋廷鈞等八、九個人已圍坐在一張長桌邊等著審訊我。審訊中發問最多的是李連福，提的問題比以前更為強橫無理，其中有一些顯然是很卑鄙的。我深感不但我，而且費師和有關同學的人格都受到侮辱，我再也忍受不住，竟用銬著手銬的雙手猛擊桌面，並對李連福加以痛斥。接著，他們露出更為猙獰的面目，開始了酷刑逼供，由李連福指揮。他們脫去我的衣服，把我的頭仰著，強按在一個大木盆中，用大木瓢舀水接連不斷地向我的鼻孔猛潑。我不可能長時間屏住氣不呼吸，每呼吸一次，就有不少水從鼻孔吸進，如此潑完兩大木桶的水，很快又挑來兩大木桶，繼續向我的鼻孔中猛潑，其時正值清明前後，冰冷的水令人難以忍受。他們有時還穿插著拳打腳踢。在受酷刑時，深受痛苦的不僅僅是我的身體，我精神上所受的折磨，不在身體上的苦痛之下。我頭腦中殘存的以為現政府也許能使中國好起來的希望破滅了，對國家和個人前途的原已受到傷損的信心崩塌了。我只覺得天昏地暗，眼前一片漆黑。我想到自己被捕後受到牽連的10餘個同鄉同學。我怎能忍心讓受我牽連的這些同鄉同學也冒著受酷刑的威脅？

在當時的情形下，我感到只有我一人獨自承擔所謂的「罪責」，才能使他們避免遭受進一步的摧殘。於是我就含冤招認：費鞏教授是我在 3 月 5 日清晨推到千廂門碼頭旁的江中淹死的。

審訊的人達到目的後就停止了用刑，並要我寫一份書面的供詞。我寫的主要內容是：1945 年 3 月 5 日晨，我與費鞏教授一起走經千廂門碼頭從岸邊通向輪船的小浮橋時，費鞏教授說我在離開浙江大學後，沒有認真讀書，對我嚴加責備。我寫供詞時，恐這原因不夠重大，又加上憑空想出的一句話：怕費師揭露我的隱惡。並說我因早一晚沒有睡好，精神比較浮躁，不服費師對我的責備，兩人爭吵起來，越爭越厲害，我一時生氣，未曾仔細考慮，就把費師從兩囮船相界的空隙中推落江裏淹死。這份供詞有 3 處完全不合情理：(1) 我與費師到達千廂門碼頭時，小浮橋進口處的門還關著，已有 10 餘人在門外等候。等到開船時間漸近，打開進口處的門可以走經小浮橋上船時，旅客已越來越多。當著眾多旅客的面，豈能把一個大人推落水中致死？（2）小浮橋並不長，橋下江水只二、三尺深，怎能把人淹死？（3）在忙亂的上船過程中，費師哪有閒情逸致責備我讀書不用功？即便責備也不會引起殺師之心，要知道我已經當了 3 年的中學教師。這 3 年中，費師寫給我的信僅被搜去的即有 18 封，其中從無指責之處。由於有 3 處不合情理，以後如有機會推翻這份供詞並不費力，但我正處在秘密囚禁中，無法把受酷刑逼供等情形告訴外界的師友和同鄉。

　　重慶稽查處第二科和重慶偵緝大隊那些審訊者，對我的供詞並未表示任何不滿，也沒有向我提出任何疑問。他們正在為破了一件大案而感到高興。按常理，破了大案的人不乏升官受賞的機會。他們便把我那荒謬的供詞向他們實際上的長官呈遞上去。後來我才知道，這份供詞一直呈遞到國民政府軍事委員會調查統計局局長戴笠的手中。酷刑逼供以後，我被囚禁在重慶偵緝大隊看守所中坐以待斃。過了約 10 天，我被押解到重慶郊區磁器口附近中美合作所的一個房間中，李連福、宋廷鈞以及重慶偵緝大隊一個姓何的中隊長等在場。我被當面宣告死刑，但可以書寫遺囑，他們答應代為轉交給我要交的人。那時我沒有成家，無妻兒之累，也沒有什麼身後需要料理的重要事情。但既可讓我寫一張遺囑，我就隨手寫了一張。寫的內容很簡單，只有一件事情，就是我近來用的一張棉毯是從一朱姓同鄉處借的，希望通知他把這棉毯拿回去。當時我腦中閃過兩個念頭：其一是，此後再不需要對我施行酷刑；其二是我曾目睹被拘捕的那 10 餘個同鄉同學，可望不再受到牽連了。這兩個念頭都有助於我保持沉默的態度。遺囑寫好後，並未立即執行死刑。我當然弄不清個中的緣由，只好靜等著執行槍決的那一天。就在死神向我一步步逼近時，戴笠親自提審了我，又授意美國心理學家舒萊勃用測謊機對我進行嚴格的審訊，經過兩年半種種非人的折磨，奇跡出現了，我竟被宣佈無罪釋放。

　　4 月 22 日清晨，隨著鎖匙和大鐵鎖的碰觸聲，囚室沉重的木柵門忽然打開了。看守人員把我叫了出去，有人立即

把我押向看守所的大門口。我還來不及猜測究竟是怎麼一回事，已走到停在大門口的一輛轎車旁邊。我被安排在後排座位的中間，左右是握著手槍的便衣人員。車窗緊閉著，但沒有拉上窗幔。汽車向我熟識的沙坪壩方向駛去。在路經我任教學校所在的小龍坎時，我留心那條通向學校的小路，但沒有看見什麼認識的人。過了一段時間就進入有武裝哨兵站崗、警衛森嚴的地區，從其地理位置、嚴加警戒的狀況等來判斷，這顯然就是爾後我在書刊上多次看到過的位於磁器口與歌樂山之間的中美合作所了。

我被押到一間房子裏，李連福、宋廷鈞等人已在房外站立，過了一會，我忽然聽到有人壓低嗓音輕輕說道：「來了。」我看到外面站著的人，個個神情緊張，有的還把衣襟拉直，檢查一下頸項上的風紀扣是否扣好。這時，一個人進了大門，一直向我在的房間走來。此人中等身材，穿著深灰色中山裝，膚色黝黑而紅潤，表情沉穩，後來我知道這就是戴笠。戴笠沒有向等候的人們打招呼或寒暄，只看了他們一眼，並示意他們離開。他進屋後在一張三斗桌後面坐定，指著桌子前面的一把椅子叫我坐下，房間裏不再有別的人。在作了審訊開始時一般的問答之後，戴笠提到我的供詞，問是不是我把費鞏教授推到江中淹死的？我回答：「是的。」戴笠凝視著我，沉思了一會，搖搖頭說他不相信，並要我據實相告。我受到他的下屬的殘酷迫害，深刻地體驗到他們這套機構的殘忍和野蠻。我深恐他誘我翻供，接下來是更加兇狠的酷刑逼供，我那些被拘留的同鄉同學，難免再次受到嚴重摧殘。處在任

人宰割的地步，有死無生，何必再遭受更加悲慘的虐待？所以我仍回答是我把費鞏教授推到江中淹死的。戴笠仍不相信，要我不要有什麼顧慮，希望我據實直說。前後共有五、六次之多，但我豈敢輕信他。戴笠無奈，又問我：「你在老家有些什麼人？」我回答：「有祖母、父親、母親和弟妹。」他說：「你想想看，你的祖母和父母在你高中畢業後，把你送到大學讀書，對你抱著多大的希望？他們已六、七年沒有見到你了，多麼想念你。如果一旦接到消息，你冤屈自認害死老師，在重慶被槍斃了，家中的三位老人會多麼傷心？」這正是我多日來故意回避的問題，卻被戴笠特地提出來。我聽著，不覺流下淚來。戴笠接著又說：「你認識軍需署署長陳良嗎？」我說：「認識，他是我父親的同班同學。」戴笠說：「陳良署長有電話打給我，託我留意你的案件。如果你有什麼不敢說的話，不要有顧慮，可以照實告訴我。」這時我明顯意識到，外界有人正設法營救我。我原陷入束手無策的絕望境地，而現在我想可能會有推翻供詞的一線希望，我可能不至於含冤而死，更重要的是有助於調查費師失蹤的真相。我心中竊喜，明確回答：「那份供詞，是李連福等人用酷刑逼供，冤枉寫成，全非事實。」戴笠聽了這句答話後，就不再問，要我隨同他到另一個地方去，我隨他去的是裝有測謊機的房間。由美國心理專家舒萊勃用測謊機對我進行審問，戴笠則在一旁靜觀。為保證準確性，我們歷時兩個小時的問答都很簡略。過了兩、三天，舒萊勃再次對我進行細緻的審問。此後，我被單獨關進一間房子裏，受到更為嚴格的監管。

　　據《竺可楨日記》（人民出版社，1984年版）載：第二次審問後，舒萊勃曾由沈醉陪同，到我近幾年生活過的地方進行實地調查，並在遵義同竺作了兩次長談。1945年5月17日的日記中寫道：「舒萊勃詢香曾及邵全聲二人事極詳，據云香曾迄今無下落，唯一線索為邵全聲。」大約兩個月以後，我又接受第三次測謊試驗。是年8月，我曾向重慶稽查處副處長張達詢問審訊結果，他說：「從測謊機檢測的結果看，你所答的話都是真實的。」使我迷惑不解的是：軍統中層人員李連福等人既已用酷刑逼取他們所需要的供詞，如果以假充真，宜布對我執行死刑，藉以了卻此案，向其上級交差，排除社會輿論的懷疑，豈不簡單方便？為什麼戴笠要親自複審，再三勸說我推翻已寫成書面材料的供詞，甚至還請美國人用測謊機對我進行詳細審問，派親信沈醉陪同美國人到近幾年我生活過的地方進行深入的實地調查？後來我想到，只有從戴笠本身的得失來弄清他這樣做的原因。其一，蔣介石手下有兩大特務系統，即軍統和中統，兩者既有共同為蔣介石政權效勞的一面，又有著互相競爭、互相矛盾的一面。謀害費鞏教授究竟是軍統幹的，還是中統所為？在掌握確鑿的證據以前，兩者的可能性都不能排除。但我們可以設想，如果這件案子是中統幹的話，軍統豈願誣害無辜，主動替中統隱匿罪行，使中統安然無事，暗中甚至會受到獎賞；萬一誣陷無辜的真相大白（由於《解放日報》、《新華日報》等的揭發，竺可楨校長與費鞏教授的胞兄費福燾先生等人公開表示絕不相信這項誣陷，正盡力營救被誣陷者），軍統將

代人受過，成為眾矢之的，戴笠不會做這樣的傻事。他至少也需要讓自己知道真相，再考慮下一步怎麼辦。其二，我在浙大曾參加打倒孔祥熙的愛國學生運動，被勒令退學轉到西南聯大時，又被列入可能逮捕的黑名單，這就難免引起猜疑：我是否參加了什麼政治組織，是否有什麼秘密身分（在用測謊機對我審問時，這是詳加追究的重要問題之一）。戴笠容易想到，對我嚴加審問和追查，也許會獲取線索或突破口，順藤摸瓜，揭露出一個隱藏著的組織。對這樣的人，嚴加追查總比草率地殺掉更符合他們特務工作的需要。

自我被捕以後，竺可楨校長等人即開始全力營救，即便知道是蔣介石下令逮捕我的也未停頓。竺校長經過力爭，還兩次到監獄探望，囑咐我保重身體，同時又將營救的情況儘快通報給我的父親。其間，我被迫忍受惡劣的生活環境，在與世隔絕的孤獨狀態下艱難地消磨時光。經竺校長不懈的努力和請求，我於 1947 年春被轉移到重慶地方法院審理。此後境況大有好轉，既可與外界通信，又可接受親友的看望，法院因我的案情已清楚也不再審問。8 月中旬的一天，法院工作人員把我帶到一位檢察官（後來知道他的名字叫宋世懷）的住所，宋世懷給我看了竺可楨校長簽名蓋章營救我出獄的正式文書，並簡單地說：「你今天可以離開看守所了，再隔幾天到這裏領取即將辦理的有關文件。」

在經歷了長達兩年半的折磨以後，突然聽到就此釋放，不由得令人感慨萬千。幾天後，我領到重慶地方法院檢察官簽署的《不起訴處分書》。其主要內容是：兩年半以來歷經

偵查審問，未發現任何犯罪事實，沒有向法庭提出起訴的依據，所以決定不予起訴。也就是確認無罪，應予釋放。

半個世紀過去了，費鞏失蹤案仍未了結，我們只能從種種蛛絲馬跡中揣測這個案件的具體經過。我經以竺可楨校長為主的長輩竭力營救，雖已脫險，但謀害費鞏教授的兇犯尚未查出，所有關心此案的人都抱憾殊深。我被捕後到移送法院前的兩年中，幾乎與外界隔絕，無法知道當時社會上曾有過的關於費師的消息。此後，也僅在《竺可楨日記》中讀到一些關於費師下落的報導或傳聞，雖都未能證實，但我覺得有令人思索之處。例如，1946 年 2 月 14 日記載：「四點半晤羽儀太太（筆者注：浙大心理學教授黃翼字羽儀），余索香曾之妹王守競夫人（費令儀）函一閱，其中有云友人曾在渝親見香曾，謂尚優待云云。」4 月 17 日記載：「余至牛角沱 66 號晤費盛伯（筆者注：費鞏胞兄費福燾字盛伯）。據云近得汪旭初的報告，謂香曾被捉係三民主義青年團主使，而中央調查統計局將其致死。去年四、五月間，機器廠職員柳昌學得居覺生之女婿徐樂陶與錢學榘二人之報告，謂係中統局所為，且人無下落。柳即打電報與昆明費福燾，因此徐樂陶被監禁兩個月之久，以其岳父之營救得免，錢以周至柔營救得免。而香曾不見前某公又曾請客（《竺可楨日記》編者原注：「疑指陳立夫，費鞏教授失蹤前不久，陳確曾宴請他。」），則蛛絲馬跡，不無可疑矣。」在《竺可楨日記》中記載著的有關費鞏教授下落的消息或傳聞不少，未聞其他提供消息或傳聞的人曾受迫害，只有這一則消息的提供者徐樂

陶因此而被監禁兩個月之久，錢學榘則以周至柔的營救得免。周至柔是國民黨政府的空軍總司令，若非有較重要的案情，何必麻煩地位這樣高的官員來營救？關於別的消息或傳聞，在查無著落以後，竺可楨校長在日記中曾寫著「似皆捕風捉影之談」。但對以上消息，竺可楨校長在日記中寫著的是：「則蛛絲馬跡，不無可疑矣。」竺校長在 1945 年 3 月 16 日的日記中對失蹤的具體情形加以分析後寫道：「囚船與岸有短浮橋，但水深不過二、三尺，不能溺人，故除為特務機關所捕外無其他可能。」

對費鞏教授是否可能在千廝門碼頭溺水而亡，沈醉曾參加實地調查，他在〈中美特種技術合作所內幕〉一文稱：在到千廝門碼頭調查以後，又到長江下游唐家沱一處專門打撈屍體的地方去調查，「甚至還把最近所撈到的無人認領的屍體 10 多具一起挖出來對證一下」，結果是「沒有一具可以勉強聯繫得上是費鞏，才失望而歸」（全國政協文史資料委員會編《文史資料選輯》第 32 輯）。這使竺校長說的「故除為特務機關所捕外尤其他可能」顯得更為有力。

關於費鞏的下落，還有一事應當記述。1945 年 7 月，重慶稽查處副處長張達在審問我時拿出一封信，寫信人自稱是浙江大學學生，信中敘述他最近在川東巫山附近遇到身著和尚服裝的費鞏教授，費鞏囑他不要聲張，就走開了。我閱信後，斷然指出信中所言之事子虛烏有。費一向心胸開朗，意志堅強，絕不會遁入空門。此信出在對我的審訊無結果、政府和軍統的壓力陡增的時候，顯系真正的兇手擾亂視聽之

舉。後來，沈醉等人遍尋巫山附近的寺廟，查找費鞏未果，即是明證。此後，關於費師下落的傳聞迭出，但都無事實佐證，這在《竺可楨日記》中均有詳細的記載。

直接經手謀害費鞏教授的兇犯是什麼人？至今尚未聞有正式的定論。我只能說一下自己的推測。由於逮捕囚禁並用酷刑逼供、誣陷我的重慶稽查處和偵緝大隊是軍統的下屬機構，以後把我送去複審的地方又是中美合作所，由此我以為謀害費鞏教授的可能是軍統。約在 1950 年冬季（可能是 11 月中旬）上海《文匯報》編輯出版了〈中美合作所罪行特輯〉，內有一篇文章說費鞏先生是被投入中美合作所的鏹水池中化屍滅跡的，我看了不覺淚下。我曾把這一消息告訴費師在上海工作的女兒，請她就近查詢。她回信說：她只查到那篇文章的作者此時已去雲南，但不知其地址，無法再查核下去。經過長期辛勤調查後寫成的《費鞏傳》於 1981 年面世，其中有一段引起我的注意，就是原國民黨中統黔北督導區主任鮑滄曾經交代：「費鞏被逮捕前，早於 1943 年，就由軍統特務組織遵義工作組負責人錢濟霖（已亡）會同國民黨遵義縣黨部書記長潘宜英（已亡）秘密召開了預謀逮捕和暗殺費鞏教授的特種會議。我當時是秘密參加這個預謀會議的。其時間是 1943 年上半年，地點是在遵義縣黨部。秘密參加開會的有錢濟霖、潘宜英、屠劍秋（已亡）、應高崗（已亡）和我。會上首先由錢濟霖提議要秘密逮捕費鞏教授，並由軍統方面進行暗殺。當時潘宜英和我都同意軍統方面這一提議，通過了這一預謀由軍統方面執行逮捕和暗殺的決議

案。」後來因為費鞏教授「是較有聲望的教授，軍統方面唯恐輕舉妄動地捕殺費鞏要引起全國輿論的譴責，所以遲遲未予執行，只是由軍統方面和中統方面都分別派特務嚴密監視費鞏在校內外的活動而已。」可見，在逮捕和謀害費鞏教授這件事上，軍統和中統早在 1943 年就有合作，並在一起開會討論過。在這段交代中，說的是當地的有關人員自己開會討論和通過決議案，並未說及奉到中央一級指名謀害的具體命令及執行中的具體事項。這是寫交代時的行文省略？還是實際情形正是如此？如果在符合國民黨當局鎮壓異己的方針政策下，地方上或部門的權要可自己討論，通過決議案，並佈置實行的話，那麼在發覺禍闖大了，就盡力滅口滅跡；或者在清查過程中，其上級雖有覺察，甚或查出此案經過情形，但為了減輕當局受國內外嚴厲譴責的窘狀，代部下隱瞞，那麼 50 多年來，雖經多方盡力調查，謀害費鞏教授的兇犯仍未歸案落網，就並不奇怪了。」

邵全聲的上述回憶，以當事人的角度，再現了「費鞏案」前前後後的經過，當然非常值得高度重視，其中所述及的許多線索和細節，本文將在以下的篇幅中一一予以分析和比較，希望由此能夠得出一個比較合理的答案。

重審「費鞏案」之謎

　　以上本文用大量的材料揭示和再現了「費鞏案」的全部經過，為了澄清其中的若干疑點，或者是為了進一步定讞事實，有必要結合《費鞏傳——一個愛國民主教授的生與死》（正棠、玉如著，三聯書店 1981 年版）等相關書籍的記述，著重就其中重要的環節予以更加詳細的記述和說明：

壹、「費鞏案」發生之前的線索

一、國民黨特務組織在遵義時對費鞏的監視活動

　　通過現存費鞏和竺可楨校長當年的日記記載、「費鞏案」相關人員的交代材料，以及上海民政局追授費鞏為革命烈士前的調查報告，我們可以獲知如下事實：

　　據原國民黨「中統」黔北督導區主任鮑滄（後在貴州省金華農場就業隊勞改）的交代：「費鞏被逮捕前，早於一九四三年，就由

匪『軍統』特務組織遵義工作組負責人錢濟霖（已亡）會同國民黨遵義縣黨部書記長潘宜英（已亡）秘密召開了預謀逮捕和暗殺費鞏教授的特種會議，我當時是秘密參加這個預謀會議的。其時間是在一九四三年上半年，地點是在偽遵義縣黨部。秘密參加開會的有錢濟霖、潘宜英，屠劍秋（已亡）、應高崗（已亡）和我。會上首先由錢濟霖提議要秘密逮捕費鞏教授，並由『軍統』方面進行暗殺，當時潘宜英和我都同意『軍統』方面這一提議，通過了這一預謀由匪『軍統』方面執行秘密逮捕和暗殺的決議案。後來因為『倒孔運動』是全國性的，費鞏以進步面貌活動積極，是較有聲望的教授，匪『軍統』方面唯恐輕舉易動的捕殺費鞏要引起全國輿論的譴責，所以遲遲未予執行，只是由匪『軍統』方面和匪『中統』方面都分別派特務人員嚴密監視費鞏在校內外的活動而已。」（上海市民政局的「調查報告」）

這一當事人的事後交代，說明在「費鞏案」發生前，國民黨特務的兩大組織「軍統」和「中統」就曾聯合密謀對費鞏採取行動，即「逮捕」和「暗殺」。交代還指出了參與者的名單，即包括當事人在內的 6 人，遺憾的其中 5 人已全部死亡，這也就是說不可能得到另外的查核資訊了，因此這一交代即成了孤證。至於當事人鮑滄，估計現在也已死亡有時了。不過，這畢竟是十分重要的來自國民黨特務方面的重要人證，應該予以相當的重視。

又據竺可楨 1972 年 12 月 11 日致王國松的信，竺校長在信中提及上述原國民黨「中統」黔北督導區主任鮑滄，竺可楨說：「遵義鮑滄誣衊浙大教職員，胡亂告發人數不少，當然我個人自亦在內，幸而我個人受上級保護得以免於衝擊，但拖累你和浙大同人受

審查達四、五年之久，像鮑滄這樣人也應由受害者加以揭發，判罪處理方為公正。」由此可知鮑滄在「文革」中回答外調人員時曾「胡亂告發」當年浙大的教職員，因此，來自鮑滄的證詞就存在了一定的可靠性的問題，當然，這可能與上述的問題有所區別，如果有可能，也有必要瞭解竺可楨、王國松等何以被鮑滄所「胡亂告發」的事實，此外當然更有必要去查驗鮑滄此人的檔案等了，但不知貴州金華農場尚存在否。

另據南京水利學院某某的交代，其在浙大時也曾執行過監視費鞏的行動，其離校後遂由「三青團」骨幹的高某某接替監視費鞏的活動。據說，當年負責監視費鞏的國民黨特務每月可以領到高至二百元左右的特別津貼。又據資料稱：有某一浙大女生，暗自接受了監視費鞏的特殊使命，其遂以與住在費鞏樓上的教授談戀愛為名，沒早沒晚地進出該樓，以監視費鞏的行動。以上情由，需要進行調查，如南京水利學院檔案館，以及那個女生的具體情況（以及曾與費鞏同住一樓的那位教授）。

此外，據竺可楨校長日記的記載：1944 年下半年重慶教育部曾密令浙大校長室特別注意監視費鞏的行動。費鞏自己在同年 3月 6 日的日記中也寫道：

> 退課時，迪生告我謂教部有密函來，謂據密報，余在校內組織政黨，名「自由黨」云云。聞之大笑。真可謂疑心生暗鬼。其實組織政黨並非大逆不道，特須先爭得此權利公開為之，暗中活動豈君子所肯出？然於此可見政府之猶欲把持憲政，云何哉還政於民，騙人哉！而學生同事良莠不齊，此後說話亦須謹慎，勿太任性，致為人附會曲解，甚至陷害。

　　這是說梅光迪告訴他教育部有密函，內容是稱他在浙大組織了一個「自由黨」的政黨，對這一莫名其妙的誣陷，費鞏一笑置之，並由此抨擊國民黨實行獨裁為實、口稱「還政於民」為虛。費鞏通過此事，還覺察到浙大內部的複雜和陰險，因為顯然有人意在陷害費鞏而暗通教育部的國民黨特務，他開始有所警惕，然而終於還是被人所陷。

　　5月7日，費鞏又寫道：「午後見文廣智（教員名），問以何以余一言一行諸葛（校內國民黨特務）便知，得毋漏言，文又對曰，每逢校內有事，學生站在正理一面，談論中必念及余必能主持。當局亦不免如此看法，聞言粲然。……」（傅國湧《再說費鞏之死》。經查，《費鞏文集》中的日記部分失記此日的日記，待查）

　　文廣智，不知何許人也，然而「諸葛」，稍微瞭解浙大校史的都知道他就是校辦秘書諸葛麒，但此人是否是「國民黨特務」，有待核實。

　　據以上資訊，許多人相信：以浙江大學當年地處西南，而為國民黨統治區的「民主堡壘」之一，自然成了國民黨予以重點防範的地方，至於費鞏又一向主持正義，也必然成為這個重點防範之地的重點防範的人物，於是不僅是浙大內部的國民黨、「三青團」、「中統」與「軍統」的特務要監視他，而且貴州、遵義省和市的國民黨黨部以及「三青團」和國民黨特務組織及警備司令部，以及重慶教育部等也都設法監視他。

　　費鞏，這位浙大的教授和訓導長，當時就處於這樣嚴酷的環境之中。

二、費鞏抵達重慶後導致其被失蹤及被害的三個因素

這一是簽名案。

1945 年 2 月 22 日,《新華日報》發表了重慶文化界 400 餘人簽名、郭沫若起草的〈對時局進言〉。當時正是中共領導的國統區廣大民主人士和人民呼籲成立聯合政府的民主運動熱潮之時,對此國民黨驚恐萬狀,國民黨特務也奉命對〈進言〉的簽名者進行威脅、恐嚇和利誘。於是,發生了簽名者中的若干人在報紙上發表聲明,表示自己「並未參加」簽名,同時國民黨當局也另外草擬的一篇「宣言」,脅迫一些各大學和專科學校的教授簽名,以為針對性的反撲。

重慶文化界 400 餘人(一說 300 餘人)的簽名,顯然其聲勢是巨大的,由此也可以想見當時國民黨當局對它的驚恐程度,隨即國民黨當局佈置了要求(威脅等手段)簽名者撤銷簽名的勾當。據《顧頡剛年譜》(增訂本,顧潮著,中華書局 2011 年版),1945 年 2 月,當時在政治上屬於右翼的歷史學家顧頡剛也簽名於〈文化界對時局宣言〉之上,因此國民黨「中統」頭子的朱家驊、張道藩分別派人來要其登報更正,結果遭到顧頡剛的拒絕。(甚至顧頡剛當時也敢公開拒絕國民黨當局的要求,可見當時的政治風氣。據《顧頡剛年譜》,1941 年 7 月 13 日,蔣介石接見了顧頡剛,兩人談及整理古籍事宜。又,1943 年 1 月 28 日,顧頡剛奉命修改〈九鼎銘文〉,當時重慶政府與反法西斯盟國中的一些國家簽訂了幾個「新約」,宣告廢除列強在中國的若干不平等條約,顧頡剛認為這是「抗戰以

來第一可喜之事」，遂在弟子劉起釪起草的銘文基礎上「加以改竄」，是後遭到許多人的反感，陳寅恪因此還寫詩予以譏諷。後來顧頡剛被選為「三青團」評議員，1946 年 11 月，又被選為「國大」的「社會賢達」代表。）由此看來，費鞏簽名於〈對時局進言〉，似乎對國民黨當局而言，並不會構成十分刺激的舉動。

關於簽名案，本文對此進行了考察，特別是對費鞏參與簽名這一事實，根據費鞏當時的日記，也進行了分析，即費鞏在簽名後，是否拒絕了國民黨當局的威脅利誘，堅決不收回自己的簽名，並且對那些表示「否認」的人（其中有的是他的友人）進行了嚴斥，以及他到了重慶後居然獲得了陳立夫的「宴請」，是否個中又發生了衝突，以致國民黨當局對他恨之如眼中釘、肉中刺，最後必欲置之死地，對此有所澄清。

根據費鞏當時的日記，即 1945 年 2 月 7 日，這一天，浙大畢業生吳作和來訪，費鞏在日記中寫道：吳「示我以『文化界進言』，要求政府召開黨派會議，組織聯合政府，取消黨治、特務及妨礙人民自由之法令，懲治貪污等。列名者郭沫若、洪深、馬寅初、張申府、柳亞子等數十人，呈來請我具名，即簽字其上焉。」原來是吳作和邀請他簽名，費鞏隨即毫不猶豫地予以簽名，此時正是距陳立夫設宴的第二天。由此可以說明：如果說陳立夫設宴的目的是勸說或者恫嚇費鞏「收回」簽名的，那麼，這與事實上的時間不相符合，即陳設宴於前，費簽名於後，不可能形成對應的關係，所謂費鞏拒絕國民黨當局的威脅利誘、堅決不收回自己的簽名、並且對那些表示「否認」的人（其中有的是他的友人）進行了嚴斥的說法，不僅無法在費鞏日記中得到證實，而且顯然存在一些時間上的矛盾。

　　不過，1945 年 3 月 14 日，即費鞏失蹤後不到十日，竺可楨獲悉費鞏失蹤，隨即聯想到：「疑其簽字於《新華日報》之宣言主張各黨派聯席會議有關。據香曾告湯，則華林、盧于道、朱鶴年等之報上聲明並未加入，由人冒名，實出於強迫。故香曾如被特務機關禁閉，則性命殊可憂。此時政府大唱民主，而竟有類似 Gestapo 蓋世太保之機構，真可歎！」

　　為什麼竺可楨會很快聯想到這一「簽字」，以及圍繞這一「簽字」發生的「事故」——費鞏的簽名，以及另外三人的對「宣言」的「聲明」？竺可楨為何又將費鞏的失蹤與國民黨特務相聯繫，並謂其「如被特務機關禁閉，則性命殊可憂」，這僅僅是出於一種直覺的感覺麼？顯然，竺可楨的懷疑會在很大程度上把「費鞏案」的考察帶往另外一個思路上去，不過這裏仍然讓人會產生懷疑的是：為什麼 400 餘人的簽名，最後只有費鞏一人遭到不測呢？這是偶然，抑或必然？這正是所謂「費鞏案」之謎了。

　　可以與「費鞏案」中的「簽字」事件（「簽名案」）相聯繫的，是另一「簽名案」。

　　竺可楨在「文革」期間曾接待了大量的「外調」人員，其中大多問題涉及前浙江大學人員的歷史問題，也包括了抗戰勝利前後的幾個「簽名案」，這一是上述的《新華日報》的宣言，這二是國民黨當局佈置的與之抗衡的《中央日報》的「聲明」，對此竺可楨做了認真的回憶，並且查閱了大量的歷史文獻，本文據此記錄如下。

　　所謂《中央日報》的「聲明」，竺可楨在 1968 年 5 月 24 日的日記中，記錄了北京農學院來人調查韓德章一事，即 1945 年 4

月 15 日，「該校農經系教授韓德章參加 750 多人簽名的〈為爭取勝利敬告人民書〉」一事，這個歷史文件，竺可楨說：「我也是簽名人之一」，但「日記查不出有人來要我簽名的事。這時正值費鞏失蹤，我在上海逗留二個月。名單中所認識的多半是校長，如梅貽琦（清華）、朱恒璧（上海醫學院）、林風眠（浙藝）、張孝騫、王撫五（星拱，武大）、胡庶華（湖南大學）等，其餘只知道王家楫、任美鍔等數人而已。韓，我並不認識，此外則有顧毓琇。從名單我認為顧是主持人之一，不然不會有許多校長。」

顯然，所謂〈為爭取勝利敬告人民書〉是在當時的國民黨當局授意下發佈的，簽名者大多是高校的校長和教授，據竺可楨的回憶和分析，具體組織者應該是當時教育部的要員顧毓琇。這個文件是有針對性的，即針對費鞏簽名在上的那個〈對時局進言〉。竺可楨又查閱了當年的這個文件，他在 1968 年 5 月 25 日的日記中寫道：「調查《中央日報》1945 年 4 月 15 日的聲明，其中最反動的是下面幾句：『國民政府是全國人民意志的結晶』和『一切以民族國家為前提，務使政令軍權真正統一於國民政府，任何政黨不擁有自己的軍隊，任何地方不違背中央政令。』我查 1945 年日記，知道我於 2 月 23 日從遵義到重慶，23 日重慶《新華日報》登載了文化界以郭沫若等 200 多人發表〈文化界對時局進言〉，主張設立聯合政府。24 日在張治中家中膳，張治中說和共產黨辦交涉不好辦。最初共產黨要 9 個師，以後說 12 個師，但現在要組織聯合政府了。下午 3 點教育部召開在渝校長會議，到梅貽琦、王星拱、鄒樹文、李蒸、張孝騫、余上沅、歐元懷、劉季洪、齊心清等。3 月 1 日在教育部開了校長會議，到校長 27 人，除上述人外，尚有朱恒璧、

胡定安、歐元懷、王衍廉（邊疆學校校長）、張之江、張洪沅、田伯蒼，此外尚有顧毓琇。談到 1945 年經費，但沒有談這聲明。我看了名單以後，相信這聲明大概是那時簽的名。3 月 2 日最後一句話談到宣言。」這是詳細回憶了當時的背景情況。

此後竺可楨又在 1968 年 5 月 26 日的日記中說：「晚間重新再看 1945 年 3 月初日記。2 日，繼續開專科以上校長會議。日記尾後說：今日開會時有一宣言，題為〈爭取勝利告國人書〉，當場簽名云云。這時離登報尚有一個半月時間。」5 月 28 日的日記中又記錄：「至圖書館看舊《新華日報》（補示：《新華日報》宣言）。晨六點廿分起。聽廣播。收拾房間。早餐後，和允敏乘二三路車至人民路，我別允敏，乘四路電車到院圖書館。好久沒來，因事先打了電話，他們知道我要看 1945 年《新華日報》，我也交了革命委員會介紹信。知道閱報不在王府路而在前語言所地方，須由人民路第十一條走至東廠胡同進去。看書者很少，只是來查材料的人多。館中沒有幾期重慶《新華日報》，《中央日報》更少。幸有漢口的 1945 年《新華日報》，在二月 22 日第二版上有〈文化界發表時局進言——要求召開臨時緊急會議商討戰時政治綱領，組織戰（時）一致政府〉。全文第一句說道，『道窮則變是目前普遍的呼聲』（我想這是駁蔣介石『以一不變應萬變』的），說在全世界戰略接近勝利的階段，而我們竟成為時代的落伍者（當時已定四月 25 日在舊金山開蘇、美、中、英、法會議），說『辦法是有的，而且非常簡單，只要實行民主』。下面提出六點：1、臨時緊急會議作為國民會議的前驅。2、組織統一政府，推行戰時政治綱領。3、停止特務活動，保障人民身體自由。4、停止一切軍事上對內相克政策。5、嚴懲貪

污狡猾官吏。6、取締友邦歧視之言論。這文大觸蔣介石之怒。到四月初停止了郭沫若所主持的文化工作委員會的活動，而於三月初即著手組織四月十五的《中央日報》登了〈為爭取勝利敬告國人書〉宣言。這是有七百多人簽名的，而進言則是二百多人簽名。在後者簽名的有沈鈞儒、郭沫若、沈雁冰、沙千里、邵荃麟、胡繩、侯外廬、馬寅初、夏衍、高崇民、徐冰、曹禺、老舍、曹靖華、章漢夫、馮雪峰、廖沫沙、劉清揚、翦伯贊、劉白羽、潘梓年、潘菽、戴愛蓮、董時進、張孟聞、盧于道、方令孺、周志城（以上四人復旦），農業方面金善寶、梁希，藝術界傅抱石、馬思聰、徐悲鴻。」這是竺可楨認真查閱了兩個歷史上的「簽名」文件，一個是在《新華日報》發表的，簽名者大約是「二百多人」，一個是在《中央日報》發表的，簽名者則多達「七百多人」，顯然這是當時國民黨方面「虛張聲勢」的反撲。

竺可楨又在 1968 年 5 月 29 日的日記中記錄了自己「重閱老三篇」的體會，其中之一是讀了《愚公移山》結尾語的感想，他說：「近兩日來我所要搞清楚 1945 年 2 月 22 日郭沫若等 200 多人簽名的〈文化界發表時局進言〉登在《新華日報》，梅貽琦和我 700 多人簽名的〈為爭取勝利敬告國人書〉，也正是這兩條路線，無產階級和資產階級的鬥爭，中共和國民黨的鬥爭，而我卻站在反動的一面。在當時以為自然科學工作人員不應去搞政治，而實際卻為反動派牽了鼻子走。這在現時看來很明白了。至於 200 多人簽名單中有許多在這次文化大革命中已被揪出來，這是以後的事，在當時他們立場是完全正確的。」這也就是說，竺可楨學習了毛澤東的著作之後，對當年的歷史重新進行了認識和評價，進而「上綱上線」，認

為自己「站在反動的一面」，並且認為自己曾經長期「以為自然科學工作人員不應去搞政治」，「而實際卻為反動派牽了鼻子走」。但是竺可楨還是感到當年自己是被蒙蔽的，他在 1968 年 10 月 21 日的日記中說：「1945 年 4 月 15 日在《中央日報》700 多人簽名的事，那是受蒙蔽的，而且 700 多人簽名的人，如水生所王家楫等也是這樣，而同時和我簽名的 18（名）校長尚有人在，也可以作證的，如胡步曾、胡庶華、廖世承等也可以作證。」不僅是自己，當時稀裏糊塗簽名的校長和教授，應該說也是「受蒙蔽的」，竺可楨後來在 1969 年 8 月 26 日的日記中，還記述了自己對華東師大「外調」人員對於該校教授李銳夫（蕃）在 1945 年「簽名案」中的表現的回答，即李是與王家楫、唐擘黃（鉞）、丁巽甫（西林）等一樣，是「忽然有人把傳單拿進來要他簽名，他就簽了」的。（注：王家楫是著名動物學家，前中央研究院院士，1949 年堅持留在大陸，後為中國科學院水生生物研究所研究員、所長，他是中國原生動物學的奠基人。唐鉞，著名心理學家和翻譯家，曾任前中央研究院心理研究所研究員及所長、上海商務印書館編輯所哲學教育組組長，後為清華大學心理系教授、北京大學哲學系心理專業教授等。丁西林，著名物理學家和劇作家、社會活動家，曾任前中央研究院物理研究所所長。李銳夫，數學家，曾任復旦大學、暨南大學數學系教授，後為華東師範大學教授、副教務長、副校長，以及上海市高等教育局副局長。）

由此可見，當年簽名於《中央日報》上「聲明」的人，以及曾經宣佈收回自己在《新華日報》上〈宣言〉的簽名的人，都很難完全是自己的主意，即在相當程度上是「受蒙蔽的」，對此不必刻意

「上綱上線」。至於費鞏的簽名造成的影響和後果等，筆者認為也應不必過度猜測和估計。

這二是費鞏在重慶為備課而開展的調查，是否觸及到國民黨當局的要害。

如前所述，費鞏是一位帶有書生氣的學者，因此也有人曾說：費鞏可謂是太天真了，即他赴重慶講學，開課前竟在重慶國民黨中樞頻繁開展調查，以取得講學的素材，而他對於國民黨當局對此的戒備和忌憚，卻缺乏任何的防範，於是他在一個月的時間內，連日進出國民黨的交通部、財政部、外交部、考試院、教育部，此外還接觸了許多國民黨的上層人物，而其調查的內容又多是有關國民黨的政治體制和工作效率等，這正好觸及到了後方民主運動的主題，也由此引起了國民黨當局的忌諱和警覺。此外，當時費鞏居住在重慶的上清寺，此地也是國民黨特務聚集的地點，費鞏不啻公開於特務的眼目之下，當時重慶各方面的特務都及時密報了費鞏的行蹤，而費鞏本人卻全然不察，等等。這裏，本文需要分析的是費鞏當時所開展的調查，是否構成了他對國民黨當局的威脅。

筆者認為，費鞏在重慶的調查，似乎很難被認為是對國民黨當局構成了威脅的。費鞏的調查，無非是對國民政府各部委的行政進行考察，也根本不可能接觸到更加深入的內容，而從費鞏日記來考察，當時他近月餘的考察是順利的，並沒有遭到任何意外的阻撓，如果他是會對國民黨形成危害的，那麼，為什麼國民黨當局遲遲不對他進行阻撓呢？抑或必須要佈置一個更加兇險的「費鞏案」麼？這似乎也說不通。

　　最後，國民黨「中統」特務頭子陳立夫是否因獲得了相關的情報後，為了驗證情報的準確程度，便以教育部長之尊宴請費鞏，如有人以為：「費鞏收到這張他所卑視的人的請貼，怒火三丈，當即撕得粉碎。但是在友人的勸說下，以觀察究竟有何為的心情，還是去了。」抑或這次宴請只是一次一般的客套，並不構成國民黨特務必欲加害於費鞏的要素。

　　1945 年 2 月 5 日，費鞏日記：「應陳立夫、余井塘之宴，林同濟、程滄波、章益等陪同。」陳、余，皆是國民黨要員，特別是陳立夫，所謂「蔣家天下陳家黨」的「CC 系」頭子，那麼，這是一次一般的社交，抑或一次特殊的會面？費鞏日記只有這麼幾個字，其他人事後也未見有追述，於是，它供人暇想的空間是非常有限的了（張學繼等所撰的《陳立夫大傳》認為陳立夫對費鞏所設「鴻門宴」是探底、探口風，乃至為暗殺製造前奏。不知依據何在）。

　　費鞏和陳立夫的接觸，幾乎無資料可以說明，對於這次宴請，陳立夫晚年的回憶也無一處提及之。有人以為這是一場「鴻門宴」，但顯然缺乏相應的憑據，很難不是誅心之論了，當然，作為後來發生悲劇的線索，它無疑提供給人們一個非常有價值的思路，不過這需要認真和詳盡的考證。筆者推測，費鞏與陳立夫等的會見，估計與他在復旦大學授課以及在重慶開展考察有關，因為陳立夫是掌握教育部權力的，又是主持黨務的，費鞏要繞開他是不可能的，這也是費鞏此時卻願意接受這場宴請的原因。另外，復旦友人方面，在費鞏來到重慶以後，為之邀請政要相見，這也是從人情出發。至於陳立夫等何以會設宴款待費鞏這個他們並不喜歡的人，或者是別有

用心，或者是虛與委蛇，這只能讓人猜測了。因以上費鞏的日記，認為「費鞏收到這張他所卑視的人的請貼，怒火三丈，當即撕得粉碎。但是在友人的勸說下，以觀察究竟有何為的心情，還是去了」的描述，筆者認為是附會的，是出於想像的，應該不予採信。

當然，孰是孰非，應該由證據來說話，遺憾的是據筆者目力所及，還未發現有相關的可靠證據可以出示。又，章益、林同濟都是當年陪客的當事人，章益 1952 年由復旦大學轉赴山東師範學院（後為山東師範大學）任心理學教授，直至 1984 年退休、1986 年病逝；林同濟則一直是復旦大學外文系的教授，他於 1980 年在美講學時病逝。章、林都沒有對此留下相應的回憶，這是極為可惜的，或許，在他們的歷史檔案中不知是否有相關的文字？總之，能夠證實當年費鞏抵達重慶後導致其被失蹤及被害的三個因素，由於佐證太少，筆者初步判斷為僅是推測而非確鑿的事實。

有人曾憶及當年費鞏的浙大友人顧谷宜教授（史地系西洋史和俄國史）的一段回憶，他曾經是留學蘇聯的中共元老（中共負責人博古的入黨介紹人），後來離開政治舞臺，當然擁有不同尋常的豐富的政治經驗。他說：「費鞏教授離開浙大前，我們二人曾長談到深夜。」我對他說：「既然黃炎培要你去重慶參加他們的民主運動，那麼你一定要他在一個非常重要的集會上把你介紹給大家認識，然後你對所有的政治活動都去參加，而且要多多發言。要學羅隆基那樣，幾乎每天的報紙上都有你的名字出現。那麼他們（國民黨）就不敢逮捕你了。」他還說：「國民黨不敢抓名氣響、影響大的人，他們怕群眾影響。而對剛剛出頭，但還沒有形成群眾影響的人，就會早早動手，把你抓起來。封住你的嘴，以免後患。但對那些不起

大作用的普通人，就不去捉他們。只要警告一下就成了。」循著這個思路，對照費鞏其人，似乎是肯中肯綮。

如上所述，費鞏不是當時中國現實政治鬥爭中的核心人物，他以一個正直的知識份子而關心國家命運，為此參與民主運動，然而他又是理論型的書生，根本不是實踐層面的鬥士，他大概不懂顧谷宜何以會強調到了重慶，一定要由民主黨派的頭面人物黃炎培在重要場合介紹自己，並且積極參與一切重要的政治活動，發表文章，踴躍講話和演講，在報紙上經常出現自己的名字，相反，名士派習氣的費鞏根子上是喜歡清雅安靜的，他為主持復旦大學的講座而去國民黨機構調研，也是形影相弔，自家一個人來來往往的，他豈能知道「國民黨不敢抓名氣響、影響大的人，他們怕群眾影響。而對剛剛出頭，但還沒有形成群眾影響的人，就會早早動手，把你抓起來。封住你的嘴，以免後患」的道理。於是乎，「費鞏案」的發生也就異常詭異的發生了。

那麼，作為「費鞏案」之所以會發生的另一重要原因，即是否是費鞏「因文賈禍」呢？先來看臺灣學者陳正茂在〈離奇失蹤的費鞏〉一文中的分析。陳是根據前浙大史地系教授、費鞏的友人陶元珍以筆名「雲深」撰寫的〈我所知道的費鞏〉一文（刊於《青年生活半月刊》第4期，1946年8月16日）而有感而發的。他說：

> 陶文又提到一事，即費鞏言及他有兩篇文章，主張中國應仿行英國的政黨政治，因無處發表而苦惱。文章曾交給《思想與時代》，卻遭編輯郭斌龢退稿；續投張志讓主編的《憲政月刊》，更慘遭沒收的命運。最後還是接受陶的建議，由陶

赴重慶時，當面交予左舜生，由左任編輯的《民憲半月刊》
予以發表。有趣的是，費鞏還告訴陶，他原本怕文章刊出後，
可能會給自己招來不利，但事後並無任何問題。故在宴請陶
時說：「我的文章發表出來了，卻並沒事，恐怕政治已略為
改善了吧！」費鞏失蹤後，陶一直納悶懷疑，是否因那兩篇
刊載在《民憲》的文章而賈禍？筆者亦想釋疑一下。費鞏投
給《民憲》的第一篇文章是〈實施憲政應有之政治準備〉，
發表在《民憲》第 1 卷第 5 期（1944 年 7 月 16 日）。文章
內容不長，主要強調此次大戰民主國家的勝利，亦即民主政
治之勝利，故戰後民主政治之盛行，為大勢所趨。而實施民
主政治必有憲法，但他憂心實行憲政不難，難於有真憲政。
頒佈憲法不難，難於能真奉行。費鞏說：「憲政也，憲法也，
徒外表耳，政權之嬗遞有常軌，民意之伸張有保障，斯為實
質。名與實果能符合與否，為憲政成敗之所繫。」因此在戰
後中國欲實施憲政前，國人宜有所準備，此種準備即求實行
憲政條件之具備。費鞏說：此憲政條件有物質與精神兩種，
舉凡人口調查、土地測量、警衛治安與交通便利等，中國當
時的物質條件雖不佳，但只要政治清明，行政有效率，尚不
難達到；所難者，乃是精神條件。費鞏提出的精神條件，尤
側重公民政治訓練之獲得與養成，他說，此舉即中山先生所
說的「訓政」，而所謂的「訓政」，除行使四權外，尤甚於基
本之訓練，即是教人民如何成為一個公民。費鞏指出：獨裁
政治之異於民主政治，是前者對社會之輿論謀壅塞；後者對
人民之言論重疏泄。結果所至，在獨裁政治之下，人民捨革

命外無他法，但在民主政治下，人民對政府不滿，可以在法律範圍內，加以指正，縱不見納，憤郁已宣，亦自無礙。故憲政之作用，在使怨誹者有正當之發洩，否則不為政治之無由改進，即為反動之激起，如川壅而潰，傷人必多，此為吾國在實施憲政前應有之政治準備也。第二篇文章是〈王之反對黨〉，登載於《民憲》第 1 卷第 8 期（1944 年 10 月 20 日），內容主要強調民主政治，非有兩個以上之政黨不可。政治主張不同之人士，應可以自由為政治之結合，可以公開活動，以合法手段從事於爭取政柄。蓋民主政治之要諦，為誰出當政，決於選民，故至少須有兩黨始能聽民抉擇，亦始能收互相監督之效也。並舉英國政治之成功，其因在反對黨之得力以證之。英國之反對黨，稱為「王之反對黨」，反對黨之能力，在盡力抨擊政府，且謀推倒當局，取而代之；而政府之所以自處，在申辯，在解釋，在可能範圍內給予反對黨之意見以相當的尊重與容納。所以承認反對黨為合法團體，可由政治常軌取得政權，實為政黨政治成功之主要條件，亦即民主政治成功之主要條件也。看樣子，費鞏發表於《民憲》的兩篇文章，確實客觀公正，對民主政治與反對黨的功能，也分析得鞭辟入裏，實無賈禍之嫌。費鞏之失蹤，我想仍以筆者推論的可能性較大為是。

對此，筆者基本認可該文作者的看法。此外，費鞏的思想傾向顯然不是馬克思主義主義（其政治傾向如陶元珍教授所憶，是曾接受過國家主義的，並且曾參加過「中國青年黨」），在他生前，他是

非常欣賞英國的「費邊社會主義」的理論的，他在留學時期也曾朝
拜於當時英國著名的政治學大師拉斯基，而拉斯基就是繼承了「費
邊社會主義」的政治思想的，並由此創立了一個世界性的學派，從
而影響於西方學術界和中國學術界，後者如羅隆基等都曾出自拉斯
基門下。至於當時費鞏發表的幾篇政論文章偏重於專業理論的闡述
和說理，並非是對現實政治的尖銳揭露和深刻剖析，也非有具體的
針對性，而當時正值抗戰勝利前後，正是國內民主浪潮積蓄和湧現
之時，相類的文章不時可見，因此，如果說這些文章促成了「費鞏
案」的發生，那麼，它也應該只是分量不重的原因之一而已。

貳、「費鞏案」發生之後的線索

一、費鞏失蹤的經過

　　費鞏到了重慶後，由於復旦大學開學在即，費鞏便托人買了去
北碚的輪船票，輪船開動的時間是拂曉時的 5 點鐘，這時天還是黑
的，因此，費鞏要從原來住處的上清寺步行到碼頭，同時又要搬運
行李，就須凌晨很早起床，這樣既不方便，又容易耽誤上船的時間。
於是，邵全聲為費鞏找到一個臨時住處，它位於離碼頭不遠的林森
路，這是邵全聲向他的同鄉和同學（軍需處副官）臨時借用的小房
間，裏面有兩張床鋪。

　　邵全聲是浙江大學外語系畢業的學生，在校時費鞏是他的導師，師生兩人感情很好。據他後來的回憶：「費師曾給我講述明朝末年魏忠賢一夥禍國殃民的滔天罪行，以及左光斗、楊漣等人對魏忠賢一夥進行堅決鬥爭，雖慘遭迫害，受到酷刑和殺戮，卻至死不悔的史實。他講這些史實時，侃侃而談，精神振奮。我用心聽著，有時不由得露出深為激動的心情。費師以為我是可以教育的，對我更為愛護。費師要求我努力認真地學習。多次指出，研究學問最忌『淺嚐輒止』。他訪問教我功課的別的教授，然後對我的學習提出改進意見。為了把我培養成對人民有益處的人，費師在我的品德上、學習上、生活上，化了那麼多的心血，使我在垂老之年，一想起吾師，就不禁珠淚盈眶。」（《費鞏烈士永遠活在我的心中》）兩人的關係由此可見一斑。

　　此前邵全聲是被浙大開除的。那是 1941 年底，「珍珠港事變」後，反法西斯戰爭處於轉捩點，國內的民主運動因國民黨日益腐敗而高漲，當時昆明的西南聯大和遵義的浙大先後掀起了反對四大家族的「倒孔（祥熙）運動」，邵全聲就是因為積極參加這一運動而被迫離校的。此後，他赴重慶郊外的小龍坎，在一所學校任教。費鞏來到重慶之後，邵全聲經常來看望他。3 月 4 日下午即費鞏動身前的一天，費鞏讓邵全聲陪著他把行李先寄放在碼頭附近的屯船倉庫中，這個倉庫的管理員鮑雲卿是費鞏的熟人。在放了行李回來時，在江邊到大馬路之間，有一個小巷，費鞏經過一家燈籠店，看到一種能夠折疊的燈籠，便買了一盞，當時費鞏還讓邵全聲在燈籠上用毛筆寫了一個「費」字，費鞏自己還用毛筆作了修改。這盞燈籠，後來國民黨當局居然懷疑是邵全聲與其同夥用於聯絡的信號。

而當日的晚餐，也就是人們所說的費鞏的「最後的晚餐」了，那是由費鞏的復旦大學校友陸鳳仞、徐森木預備的。徐森木後來回憶：「當時我在信託局工作。我們陪費鞏吃過夜飯後，本想送他回去，費鞏說不必了。他自己一個人要回林森路的臨時住處去。」可見邵全聲不在場。

費鞏回到住處，隨即就寢。次日凌晨 2 時左右，他起床漱洗，隨即由邵全聲陪同，往千廝門碼頭而來。在長江和嘉陵江的匯合處，沿岸有很多碼頭，千廝門碼頭（後稱「第一碼頭」）附近有許多低矮的民房，應該是當地的「棚戶區」了，裏邊大多住著「下里巴人」的腳夫、碼頭搬運工、揀破爛的等貧苦的市民。碼頭周圍，也多是彎彎曲曲的石頭臺階、湫溢的小巷等。那個凌晨，整個山城在黑夜籠罩之中，路上十分陰冷，行人也十分稀少。就在昏暗的路燈下，費鞏和邵全聲的足音伴隨著夜幕，一聲聲地輕輕作響。走到通向江邊的小巷時，費鞏讓邵全聲拿出燈籠，點亮了後，兩人繼續走著。到了輪船碼頭，通向輪船的小浮橋靠岸一端的木柵門尚未打開，當時已有十來個旅客在木柵門外等著。此時，費鞏又叫邵全聲去把寄放在附近屯船倉庫的行李搬來。

邵全聲尋到了那位姓鮑的管理員，又在附近找到一位搬運工人，於是一起把鋪蓋箱子搬來。到了碼頭，原來關著的木柵門已經打開了。邵全聲以為費鞏已先行上船，便走過小浮橋，進了輪船，他從船頭找到船尾，高聲呼叫著，卻沒有聽到費鞏的回應聲。不久，輪船就要開啟了，無奈之下，邵全聲往返岸上和船上多次，都沒有看到費鞏。他只好站在岸邊，癡癡地看著遠去了的輪船。

開往北碚的「民視輪」開走了。誰知道，在邵全聲去倉庫時，在碼頭發生了什麼？費鞏遇到了什麼？究竟出了什麼事？那些在碼頭等船開的旅客，他們也沒有看到什麼嗎？

這，一切都無從知曉了。這就是「費鞏案」的第一個謎了。

不數日，轟動整個國統區的「費鞏案」便傳開了。

二、「費鞏案」之所以為「費鞏案」

費鞏在碼頭失蹤，此後邵全聲焦急地向北碚復旦大學電話問詢，辦公室的秘書居然回答說費鞏「已經到校」了，邵全聲這才安心了。過了數日，邵全聲託人把費鞏的行李帶到復旦大學，卻根本找不到費鞏，這時邵全聲又著急起來。一打聽，原來那位秘書只是看到幾位從重慶乘船來的復旦大學老師，以為費鞏也同船到了，而時間已經過去了一個多星期。邵全聲可謂心肝俱裂。

竺可楨校長因公赴重慶，3 月 14 日，他得知了費鞏失蹤的消息。隨即，他在當日的日記中寫道：「晚中央組織部之于震天來，知費香曾忽於去北碚路上失蹤。緣香曾於四日晚入城，擬坐輪至北碚復旦，曾去看湯元吉，後住邵全聲處。次晨邵偕香曾至輪上，邵提行李上輪，再登，香曾已不見。邵掣行李到處覓香曾，卒未見香曾。故余疑其簽字於《新華日報》之宣言主張各黨派聯席會議有關。據香曾告湯，則華林、盧于道、朱鶴年等之報上聲明並未加入，由人冒名，實出於強迫。故香曾如被特務機關禁閉，則性命殊可憂。此時政府大唱民主，而竟有類似 Gestapo 蓋世太保之機構，真可

歎！」竺可楨可謂神算。這是他的「第一感覺」。那麼,「第一感覺」是不是最可靠的感覺?換言之,這也是「費鞏案」之所以為「費鞏案」了。

如前所述,當「費鞏案」形成後,竺可楨等費鞏的同仁和友人、親戚接連在重慶開始緊迫的多方面的探詢,如竺校長連日派人到國民黨監察院、行政院、重慶衛戍司令部多處查問,乃至問詢至蔣介石侍從室,然終毫無結果。人們開始進行各種判斷,當時正是國統區民主運動空前高漲之時,人們認為以費鞏教授的身份如果竟遭到特務的秘密綁架,那麼,一個教授的生命安全尚得不到保障,那麼,談何什麼民主自由呢?也是幾乎同時,國民黨當局在尷尬之餘,除了加緊新聞檢查,也開始被迫調查此案,當然,如果這是預謀的,這種調查就是虛與委蛇的應付;如果是不被上峰所知曉而是由基層特務組織或個別特務擅自搞的,那麼,這種調查還是出於某種「真心」的,抑或費鞏果真不是國民黨特務綁架的,那麼,這種調查應該是「真心誠意」的了,沒有理由不相信:國民黨出於應付反對的呼聲,如果費鞏是意外或他人所陷害,國民黨正可以通過它來洗清自己,這何樂而不為呢?

然而,「費鞏案」之所以為「費鞏案」,正是它的吊詭之外,它竟成了一樁無頭案。不管是真心還是假意,國民黨當局對它是一籌莫展。於是,形勢急轉直下,「費鞏案」被披露後,國民黨可謂非常被動,既然其真相擺不出來,不許報刊登載任何有關的消息又不可能,於是,「費鞏案」首先就在重慶被熱議了起來,在北碚的復旦大學原先貼有歡迎費教授講學的海報,現在竟被呼籲營救費鞏的標語所覆蓋。隨即,在中共地下黨的領導下,復旦大學「學生會」

和「北碚學生爭取民主同盟」分別召開了以營救費鞏為主題的緊急會議，會後發表了〈告各界同胞書〉，罷課活動也接踵而至。在貴州遵義和湄潭，浙大師生也舉行了相應的活動，浙大學生自治會召開全體學生會議，並致電重慶浙大校友會和復旦大學學生自治會，要求聯合營救費鞏教授。有的學生還在《生活壁報》上大書標語：「我們要把我們的憤怒合成一把力量的火炬，去打開那地獄之門，解救我們的費師。」國民黨當局窮於應付，甚至竟有些慌亂起來。5 月 8 日，重慶的《大公報》登載來自官方的消息，說「費鞏有下落」，即「重慶衛戍總部王總司令瓚緒於昨日記者會上談稱，外間對前浙大教授費鞏之種種說法全為訛傳，費氏現尚安在未死，惟須偵查清楚後才能宣佈開釋。但費氏目前並未羈押在該部。」王瓚緒這一番表白，真是幫倒忙，為了推卸自己的責任，「不負責任」地發表了一通談話，卻自相矛盾，授人以口實，著實拙劣不堪。果然，消息公佈的翌日，王瓚緒又登報否認了此條消息。

「費鞏案」，很快成為抗戰勝利前後「國統區」人民爭取民主反對獨裁的一把利器。也是在「費鞏案」發生不久，設在重慶的中共南方局就較早地得到了費鞏失蹤的情報，並且通過各種渠道證實了這一消息（據說當時浙大地下黨組織也派人及時地彙報了這一情況。此前中共南方局於 1943 年曾派李晨赴浙大開展活動，並且聯繫到了史地系的呂東明和電機系的卞坤）。隨即，通過《新華日報》將之公之於眾，由此拉開了後方營救費鞏的運動。

1945 年 4 月 30 日，《新華日報》刊登編輯部啟事：「成都文化界對時局獻言全文，國立西南聯合大學全體學生對國是的意見和為國是而發出的快郵代電，北碚學生爭取民主同盟為費鞏教授失蹤

事敬告各界宣言，重慶學生爭取民主聯合會為文工會被解散的一個緊急呼籲，浙大學生自治會電重慶浙大校友會和復旦大學學生自治會，請設法營救費鞏教授的消息，以上等稿都登不出來。」5月26日，延安《解放日報》又在〈國民黨當局所謂「民主」的真相教授的命運〉一文中發表評論：「重慶當局對此諱莫如深，有關消息文電一概不許發表，可是這樣一來，『此地無銀三十兩』，失蹤的原因就非常清楚了，因此英文《大美晚報》就不客氣的揭露道：『費鞏教授是因政治原因被逮捕起來了。』近來重慶又盛傳費鞏教授已經被害，並傳兇犯正企圖嫁禍於人，製造一幕和『德國縱火案』相類似的把戲。這不是沒有可能的。」隨即，在重慶參政會，中共代表多次提出釋放費鞏，周恩來也出面與國民黨當局交涉，其他民主人士更是不懈地對國民黨當局進行詢問和質問，在《新華日報》所報導的〈參政會側影〉的消息中，就有「黃炎培沉痛追問費鞏下落」：

> 內政詢問中，幾次詢問都問到費鞏教授的下落。黃炎培氏沉重的說了一段話：費鞏教授研究政治學，在浙大執教八年，過重慶去復旦大學時，三月五日晨在千廝門碼頭失蹤，這個碼頭看來絕不致失足落水。四、五月來仍查不出蹤跡。以大學教授身份，在陪都首善之區，此種情形，不堪思議。

最終，「費鞏案」還導致在重慶的40多位曾留美的教授聯名上書魏德邁（美國駐遠東戰區參謀長），呼籲他出面營救費鞏。這樣，為了應付輿論，魏德邁和蔣介石不得不命令「中美合作所」的中方和美方頭子戴笠和梅樂斯，要求他們查找費鞏的下落。戴笠和梅樂斯隨即派遣美國「名探」克拉克和「中美合作所」總務處長

沈醉根據線索進行查訪，這個查訪，結果是一無所獲，於是有人認為這不過是故作姿態而已，因為他們到四川巫山和貴州遵義、湄潭各處查尋的費鞏下落，卻「唯獨不去近在咫尺的『中美合作所』查找」，那麼，事實究竟是怎樣的呢？

三、沈醉的回憶

沈醉後來對此有所回憶。在 1962 年出版的《文史資料選輯》（第 32 輯）中，沈醉發表了〈中美特種技術合作所內幕〉一文，其中第 5 節為〈美帝特務的活動情況〉，其中有對當年費鞏案件的調查情況的介紹。

沈醉說：

> 我和他（克拉克）帶了「中美所」一個翻譯潘景翔由重慶動身去貴州遵義，先去見浙大校長竺可楨先生。我記得那天竺先生很不耐煩地在校長辦公室接待了我們，我向他說明了來意之後，他便用英語直接和克拉克交談，答覆了這個美國名探提出的有關費鞏的問題。我記得竺先生對我們十分肯定地指出，遵義是絕對找不出費鞏教授的，說要找到這個人，最好是回到重慶向那些專門逮捕和囚禁政治犯的政府機關去查詢查詢，可能得到圓滿的答覆。但是我們對這樣一個肯定的回答並不滿意，又請他介紹一下費鞏先生在遵義和其他地方的關係，我們好去多方面瞭解。竺先生想了很久，最

後又問了在旁的其他一些人之後，便要我們去附近的湄潭縣費教授一個親戚處去瞭解一下。我們並向他要了一張費鞏的最近照片。第二天我們便驅車趕往湄潭，見了費鞏的一個親戚和幾個與費相識的人，他們也和竺先生所說差不多，說費教授平日思想很進步，對政府常有不滿言論，浙大的學生都很尊敬他等。從湄潭回來後，我便找了「軍統」在遵義負責的貴州站遵義組組長陳某查問情況。他告訴我，費在浙大教授中一向是表現很激烈，除了「軍統」對他注意外，「中統」也很注意他，「中統」並派有特務監視他，這次去重慶可能還有「中統」特務跟他一路去。他認為「軍統」如果沒有逮捕他，很有可能是被「中統」秘密逮捕了。

克拉克認為竺校長告訴他向政府機關查詢的意見很值得重視。當我們向戴笠和梅樂斯一同報告去遵義調查經過情況以及竺校長的意見後，梅樂斯認識如果能向重慶治安機關去查詢一下，便可能水落石出；萬一沒有，魏德邁也好回答給他上書營救費教授的四十名留美教授們。戴笠當時也只好答應仍舊叫我陪同去向重慶稽查處和警察局刑警處等單位去查閱自費鞏失蹤後的有關捕人檔案，必要時可拿著費的照片去查對一下這一段時間內所逮捕到的人犯。在走出來的時候，我悄悄問戴笠，萬一克拉克要看看設在「中美所」內的軍統局看守所時怎麼辦？他聽了立刻把臉一沉，厲聲地回答我說：「他們想討好這幾十個留美的教授，別的都能依他們的，要是提到看我們的看守所時，你就乾脆回答他這都是些很久以前關起來的人，沒有最近逮捕的。」停了一會，他又

124

補充一句：「我們沒有抓費鞏，你不是不清楚，怎麼會提到這個問題？」當我們翻遍了稽查處和刑警處等單位的檔案而找不出一點線索時，這些單位的負責人又向我們建議可能是由於失足落水淹死了，所以到處找不到。克拉克一聽也很以為然，便和我到碼頭上調查，後來又到長江下游唐家沱一處專門打撈屍體的地方去查詢，甚至還把最近所撈到的無人認領的屍體十多具一起挖出來對證一下。當時天氣很熱，我們在唐家沱附近的墳地裏，搞了兩天，仔細查對了那十多具腐爛得已經發臭的屍體，沒有一具可以勉強聯繫得上是費鞏，才失望而歸。魏德邁聽說沒有一點結果，很不高興，還要梅樂斯繼續設法偵查。他認為不管是哪一個單位抓去了，只要弄確實以後，他一定有力量能要回來。

正在這個時候，重慶衛戍總司令部突然接到一個署名浙江大學學生××的一封告密信，說他親自見到失蹤的費鞏教授在巫山縣過渡，費身穿和尚裝束，經他認出後，費叮囑他不可對人聲張，因他看破了紅塵，決心出家，要這個學生一定要守秘密。衛戍總部正急著沒有辦法好交代，因為一個大學教授居然丟了找不出來，又驚動了美國主子來出面查詢，實在沒法可辭其咎，得到這封信後，便連夜由稽查處派人去巫山尋找。衛戍總部去的人還沒有回來，梅樂斯也得到這消息，也要派人去，戴笠又叫我陪著克拉克趕赴巫山縣。巫山縣政府一聽洋大人要找什麼和尚，便準備下令各鄉鎮將巫山縣各寺廟的和尚全部押到縣裏來由我們當面查對。我和克拉克都不贊成這個打草驚蛇的辦法，決定親自到各寺廟去查

訪。結果花了半個多月的時間，我們遍歷巫山十二峰，尋訪了幾十個大小廟宇，仍舊找不到一個可能像費鞏的和尚。我們在巫山渡口住了兩天，留心觀察渡河的來往行人，也沒有看到這位教授來過，才掃興而回。

　　這裏，沈醉講述了當年查訪費鞏下落的全部過程，包括在貴州和重慶，後者，如果認為他們「唯獨不去近在咫尺的『中美合作所』查找」，那麼，在沈醉的回憶中有當時戴笠的一段話可以引起注意——「他們想討好這幾十個留美的教授，別的都能依他們的，要是提到看我們的看守所時，你就乾脆回答他這都是些很久以前關起來的人，沒有最近逮捕的。」以及「我們沒有抓費鞏，你不是不清楚，怎麼會提到這個問題？」

　　如果認為沈醉的回憶是可以採信的話（此時他沒有任何必要隱瞞了，事實上此時沈醉的回憶披露了大量歷史真相，從而贏得了一定的聲名），那麼，看來國民黨特務機構的「軍統」，確是與「費鞏案」未與聞。如是，與之相干的，可能就是另外一個國民黨特務機構的「中統」了。

四、「費鞏案」又演變為「邵全聲案」

　　沒有頭緒的「費鞏案」，隨即又迅速演變成了「邵全聲案」。
　　由於「費鞏案」無法破案，有關的謠言隨之大量產生，如費鞏「失足落水，身飽魚鱉」，以及「看破紅塵，遁入深山」，等等，

這些有的是無法證實的，有的則近乎荒唐，不久，國民黨當局根據不實之詞，索性扣押了邵全聲（連同他的同鄉和同事 10 餘人）。最後，在刑訊之下，邵全聲被屈打成招，承認自己謀害了費鞏，其理由是費鞏曾在赴碼頭的路上批評他，他一氣之下便把費鞏推下了水。

「邵全聲案」是冤案，竺可楨校長和費鞏的胞兄費福燾等幾乎當即做出了這樣的判斷。他們以為，費鞏失蹤後的幾個月之中，曾雇人在長江嘉陵江沿江打撈過費鞏的屍體，甚至遍尋山洞，都未能發現（同年 9 月下旬，黃炎培和費福燾等還商量登報懸賞 200 萬），而在碼頭上，躉船與江岸有一短浮橋，水深不過二、三尺，不可能溺死人，而且當時旅客很多，也沒有人聽到過呼救聲。後來邵全聲本人也數度翻供，終於在 1947 年 8 月由重慶法院以不起訴案予以釋放。

五、「費鞏案」最後一幕——費鞏被「毀屍滅跡」

「費鞏案」的最後一幕，傳說是那樣的驚心動魄，之所以稱之為「傳說」，是因為顯而易見的事實，即沒有人能夠親眼目睹，也沒有人最能接近歷史現場。於是，這就帶來了事實判斷上的困惑，對於人們眾口相傳的「故事」，我們應該在多大程度上予以採信呢？

「費鞏案」的最後一幕，傳說是發生在那個曾經讓人匪夷所思的地點——重慶「中美合作所」。

據說，1946 年 3 月 5 日凌晨，在千廝門碼頭，當邵全聲離開費鞏去提取行李時，有一特務便走了出來，他哄騙費鞏離開了碼

頭，隨即一群特務蜂擁而上，把費鞏推上了囚車，車疾駛而去。此後，費鞏先是被關押在重慶衛戍司令部稽查處，後來轉到了「中美合作所」，即重慶「渣滓洞」的一個特別監獄裏面。所謂「中美合作所」，面積有三十里左右，其東起磁器口的童家橋，西至歌樂山下，四周警崗密佈，其中「渣滓洞」看守所位於東北角集中營的邊沿，其後是陡山，前臨大江，這是一個常人難以到達的地方，在很長一段時間內，傳說這裏是「殺人魔窟」（國民黨特務則稱之為「活棺材」），所謂由美國的「現代文明」與中國的古代酷刑結合而成的「特種技術」，往往使「人犯」求生不得求死不成，又據說費鞏就是在這裏天天痛罵反動派，以致罵聲傳出牢外，特務們對之軟硬兼施，並且滅絕人性地施以毒刑，最後由蔣介石下令，一不做二不休，命令特務盡速殺害費鞏，由於是只有極少數特務得到了密令，並且是以極其機密的方式把費鞏「毀屍滅跡」的，所以，很少有人知道這最後的一幕，而所謂這最後的一幕，是在這「殺人魔窟」附近的楊家山，竟秘密存在一個「化學池」，據說裏面注滿了猛烈的硝鏹水，特務們把費鞏殘酷地殺害之後，為了滅跡，竟慘絕人寰地將其屍身丟入鏹水池裏「化」掉了。不過，又據說還是有人打聽到了這消息，那是被關押在「中美合作所」裏的革命者陸續從獄卒那裏探聽到的，還有一位難友曾經在「渣滓洞」看守所牢房樓下五室的牆上隱約看到刻著「費鞏」兩字的字跡，然而讓人遺憾的是，這些傳說都沒有具體的出處。

這也不僅僅是「費鞏案」，過去很多特殊時代背景下的歷史書寫，往往會產生一些方法論上的失誤，即在一些帶有指導性和方向性的書寫材料面前，寫作者憑藉其能掌握的歷史材料，以及出於某

種給定的特定時代的「宏大敘事」策略，在沒有條件進行更加仔細和認真的追究和調查的情況下，很容易根據傳說以及出於自己的想像，就做出了一個與事實相悖的略帶有矛盾的結論，即一邊並未對全部證言和證詞給予一定的考證，就言之鑿鑿地斷定事實如何如何，同時又不無遺憾地表示「更詳細的情節卻隱沒了」、「終是沉案莫白」等，這樣構成了歷史書寫時的邏輯矛盾和心理障礙。

說到「費鞏案」，美國歷史學家魏斐德在其宏著《間諜王——戴笠與中國特工》中有一節「重慶的暗殺活動」，其中對「費鞏案」有一個不失簡約而又明快的記述。

他說：

> 在重慶市內，暗殺是「消失」的普通形式，它幾乎將戰時中國首都的持不同政見者掃蕩殆盡。儘管外國人不時為躲避秘密警察迫害而前來向他們求救的中國人士尋求外交干涉，但即使像愛潑斯坦這類機敏的外國記者，對這種有選擇性的恐怖主義的存在也一無所知。不過，外國人圈子，尤其是魏德邁將軍和美國國務院，非常熟悉「軍統」最臭名昭著的綁架案之一：費鞏的失蹤。

> 1944 年春，抗戰中遷移到貴州湄潭縣的浙江大學的費鞏教授應復旦大學的邀請來重慶講學。他是一個在美國（？）受過教育的歷史學（？）教授，曾對中國知識份子的一份譴責獨裁統治壟斷國統區的聲明表示贊同。此刻他置身於戰時的首都，恰巧處於秘密警察的眼皮底下，他開始對自己的人身安全擔憂起來，於是完全生活在與世隔絕的狀態之中。然

而，1945 年 3 月 5 日早晨，費教授在復旦大學的一名學生陪同下，坐船到距離重慶不遠的北碚溫泉地赴會。當他們在千廝門碼頭等渡船的時候，這個學生上岸去買早點。等他回來時，費教授不見了。費鞏沒在會議上露面，復旦大學校方便將他的失蹤報告到衛戍司令部，而後者將那個倒楣的學生捉來詢問，算是做出了反應。

在接下來的幾個星期裏，關於費鞏失蹤的謠言四起。他到底僅僅是失足落水呢，還是被戴笠的特工員綁架走，並被投入了秘密看守所裏？政府的發言人極力否認後一種可能性，但公眾和美國使館都不相信這些否認。在教育界，費鞏的失蹤使許多知識份子的不安全感更加強烈了，他們為自己的命運擔憂，害怕自己落入蔣介石秘密警察手中。與費鞏一起在美國學習的 40 多名教授聯名給魏德邁將軍寫抗議信，結果魏德邁向委員長本人表示了美方的正式關切。蔣介石那時已讓戴笠查詢此事，而戴將軍便和「中統」頭目葉秀峰和憲兵司令張鎮開會研究此事。戴笠聲稱，這兩人都沒有逮捕過費鞏。與此同時，魏德邁命令梅樂斯親自調查此案。梅樂斯把這個任務向戴笠做了彙報，在梅樂斯向前紐約警察偵探克拉克求助的同時，戴笠任命沈醉（他作為上海的大偵探被介紹給美國人）作為「軍統」對此案的聯絡人。調查人組追蹤了一系列線索，毫無結果。與浙江大學校長竺可楨會面結果是，建議他們查詢政府的監獄和看守所。但當他們帶著費鞏的照片去查看了之後，被告知沒有此人在此地呆過。查詢警察記錄的結果也是如此。由於浙江大學的一個學生聲稱在

巫山縣見到費教授身著和尚服，這組偵探人員便在巫山地區的 12 個和尚廟裏查訪，仍絲毫沒有找到失蹤教授的蹤跡。克拉克和沈醉甚至到了下游地區，查看漂流到此地的屍體，也沒有發現與費鞏教授有絲毫相像的屍體。最後，謠傳說費教授在重慶的「中美合作所」裏被殺，屍體被扔進硝酸池裏融解了。沈醉從來沒有明確地反駁過這一說法。但在費鞏失蹤很長時間後，他一直堅持說，這個神秘的事件將永遠不得其解——他這麼寫，共產黨當局當然會歡迎對國民黨秘密警察如此令人毛骨悚然的控告。

魏斐德的這一說法，顯然對本案有著一定的指導性，它也從一個側面說明了本案依然是一樁歷史懸案。

「費鞏案」的基本結論

　　以上就重審「費鞏案」的問題，是筆者根據其中的若干主要線索進行嘗試性分析和研究的，這包括當事人邵全聲等的回憶、案件中的一些疑點（如〈宣言〉簽名事件與陳立夫設宴）、所謂「中美合作所」等，其中筆者特別注意到相關人物的歷史記憶和回憶問題，因為這是構成全部歷史事件最關鍵的人證問題，在很多已有的歷史書寫材料中，這或多或少都存在有問題。

壹、解放後國民黨特務的交代和回憶

　　「費鞏案」，如果說在國民黨統治時期是難以有定讞的可能的話，那麼，解放以後，大量落網的國民黨特務的交代和回憶就給本案帶來了突破的可能性，然而，事實似乎不盡於此。

　　這一，如果說費鞏是被國民黨「軍統」特務暗殺的，那麼，國民黨「軍統」的主要人員後來都被解放軍所俘虜，他們應該會有相關的回憶。這其中，最有影響的，當屬沈醉的回憶；至於康澤的交代回憶，並沒有提及費鞏之死。這二，如果說費鞏是被國民黨「中統」特務所暗殺的，那麼，此後也沒有見到相關的回憶或檔案的公

133

佈，甚至於曾與國民黨「中統」走的很近的費鞏的浙大同人如張其昀等，此後也未見有其相關的回憶。其實，在抗戰勝利前後，由於國民黨特務系統（「軍統」、「中統」）中的矛盾和博弈不斷升級，由此導致了「費鞏案」在某種程度上的被迫「透明」，甚至是「公開」問責和調查。這在前述沈醉的回憶中都有顯示。另外，鑒於抗戰勝利後的特殊歷史背景，當時即使是橫行不法的國民黨特務也在民主憲政運動中被迫有所收斂，比如在國民黨特務頭子唐縱的日記中就記錄了 1942 年發生的一件案件：

> 是年 7 月 10 日
>
> 午，雨農約有關負責人在其公館談話，至四時先退。據雨農云，洛陽十二區專員韋孝儒及復旦中學校長郭兆曙等六人於三月十五日被捕失蹤（蔣長官曾來電請查，無結果），茲經查明係趙理君所為。據雨農兄研究，趙係共產黨，故為此挑啟政治上之糾紛。余對此保持驚異之沉默。彼又報告此次在遵義與憲兵之衝突，現在特憲摩擦，愈鬧愈凶，如不設法解釋，將來誠有不可思議之勢。

按：趙理君曾化名趙立俊和陶士能，投靠國民黨後曾任「軍統」華東區行動組長、「軍統局」本部行動科長、「中美合作所」心理作戰組組長。當時趙是戴笠派在第一戰區的一個編練專員，因橫行霸道達到頂點，竟將一名專員和六名校長活埋，後被人檢舉，國民黨當局不得不將其槍決。由此看來，即使是國民黨特務，如果擅自為非作歹、殘害人民，一旦由此引起社會紛擾，國民黨當局也不得不

考慮後果，即所謂「如不設法解釋，將來誠有不可思議之勢」，也只好取「壯士斷腕」的姿態，那麼，沒有什麼說得出的理由去殺害浙江大學教授費鞏，其後果難道是國民黨當局未予以考慮過的麼？

事實是，涉及本案的國民黨特務的回憶，就在沈醉提供了回憶之後，還有一份也即最重要的一份原國民黨特務的回憶文章，竟長期不被人所知曉，更談不到予以引用了。這就是陳文榮（曾任國民黨軍統重慶特區黨政情報小組組長）在〈1945年春天的寒流〉（刊登於《文史資料存稿選編》，北京中國文史出版社2002年版）中的回憶。他說：當時國民黨特務有所分工，其中，「『軍統』在文教兩界，尤其是大學教授方面活動的情報是微乎其微的」，至於費鞏，其「從遵義到重慶，『軍統』並沒有加以重視，在2月22日重慶〈文化界對時局進言〉上簽名者有332人，主要為教授、學者、文藝界的作家和進步演員比較多，費鞏的名字以筆劃為序，列在導演賀孟斧之下，演員項堃之上，從『軍統』情報工作的眼光來看，費鞏在這個簽名上的份量並不大，是不會造成什麼後果的。」這是「費鞏案」發生之前。

陳文榮又回憶說：1946年「3月5日費鞏突告失蹤，『軍統』的確慌了手腳，不知所措。渝特區區長打電話要稽查處迅速破案，由副處長楊蜀農親自主辦，立即把唯一的關係人邵全聲逮捕，費鞏教授在候船時，本同他的學生邵全聲陪同去北碚，當時去北碚輪船一早開船，他們去得很早，邵去交存行李後回到原來地方時，費鞏教授已失蹤了。所以稽查處認為邵是唯一知情人和線索人。」此後，經過「通宵達旦進行審訊邵全聲，沒有得到任何線索，輿論紛紛，

有的認為是：特務機關逮捕；有的認為是因〈進言〉簽名而遭特務迫害，『軍統』破案心切，渝特區區長葉翔之與稽查處處長羅國熙親自審訊邵全聲，仍然沒有結果，因此進行分析作出判斷：由於某種私人原因造成邵對費的謀害，推費下水；或因費在天未亮的情況下失足落水造成失蹤。如果是這樣是容易真相大白的。」「重慶以下有一個地方叫唐家沱，由於是一個迴旋水沱區，從積累的經驗說明，凡落入江中淹死，屍首到了唐家沱兩三天之內迴旋不去，打撈屍首是有很大把握的，當時民生輪船公司還有一個『打撈服務部』，因此由稽查處水檢所主持打撈。但是希望像江水中的泡沫一樣，全部落空。葉翔之又重行（新）提出他的兩個判斷：一個是費鞏為中共地下黨潛移延安；一個是『中統』秘密行動，現在事情鬧大了，他們來個不承認。經過了一些調查研究，排除了第一個可能，而對第二個可能的懷疑卻增加了！戴笠與葉翔之（他當時的公開職務是國民政府軍事委員會辦公廳調查科長，並為當時國民黨黨、政、軍、警、憲、特會報秘書處負責人）以他們個人身份先後向憲兵、『中統』詢問和瞭解。憲兵特高機關及『中統』都說沒有作此一案。」

「軍統」認為是「中統」搞的，但是「中統」不予承認。陳文榮接著說：

> 當時邵全聲關在重慶石灰市稽查處，還是不斷「提審」，都沒有新的進展。憲兵、「中統」都不承認，「軍統」認為自己沒有幹，這一個事件無法向輿論和社會交待。為了緩和輿論，由國民黨中央社發出一條消息：
>
> （中央社訊）國立浙江大學教授費鞏失蹤，頗為社會人士所關懷，本月 24 日本市某報曾載有費氏被害之傳說，記者因

此走訪本市治安機關負責人，探詢真相，承告：費教授於 3
月 5 日清晨由林森路 305 號赴千廝門碼頭，候輪前往北碚復
旦大學忽告失蹤，吾人自獲悉費氏失蹤之消息後，因關係陪
都治安，職責所在，即飭分頭嚴密偵查，並傳訊與本案有關
之嫌疑人犯，以期破案，現尚在偵察中。」這個消息稿由羅
國熙與衛戍總部政治處處長趙可夫商量定稿後，由趙交中央
社發表。所云尚在偵察中，仍然是十分渺茫。此時在重慶的
三十多位留美教授聯名致函在華美軍司令魏德邁，呼籲要他
出面營救費鞏，「中美特種技術合作所」副主任美特梅樂斯
接到魏德邁的電話後，與戴笠商量（戴為「中美合作所」主
任）。戴的智囊認為：「他們找美國人，正替我們解圍，就請
美國派偵探來調查好了！」這就由梅樂斯設法從美國調來所
謂著名偵探克拉赫到重慶專辦此案。正在這個時候，有一封
「無名氏」的信，寄至軍委會辦公廳，說「費鞏教授因看破
紅塵，有出家為僧的打算」，辦公廳交給了「軍統」，「軍統」
也就趁機交給克拉赫，於是決定根據這一線索尋找，戴笠不
派「中美合作所」的總務處長，而派在重慶當過「偵緝大隊
長」、當時是「軍統」總務處長的沈醉陪同美特，翻山越水，
穿雲入霧，暢遊巫山十二峰，以後又去貴州等地，這當然是
走走過場，為軍統作了一塊遮羞布。

陳文榮認為那封「無名氏」的信「很有蹊蹺，葉翔之的分析是
『中統』所為，在美特暢遊巫山十二峰時，『軍統』並沒有放棄偵
查這一件『未了案』，並得到一些有關材料。其中是：一、費鞏在
浙江大學任教時，有很多進步活動，『中統』對他十分注意，監視

很嚴。二、費鞏在浙江大學擔任訓導長，更使『CC』——『中統』不滿，當時大專院校和中學的訓導長和訓導主任一職，歷來是國民黨『CC』和『三青團』所把持的，非國民黨員是不可能擔任的，而無此政治背景的費鞏卻以訓導長來對抗『CC』的活動，在浙大這個矛盾很厲害，也是引起『CC』——『中統』深為不滿的。三、費鞏在重慶時，陳立夫（當時教育部長，『CC』和『中統』的實際負責人）想收買費而遭拒絕。葉翔之要我針對這一情況，向『中統』方面調查，即認定費的失蹤為『中統』所為。我利用我與『中統』分子、陳立夫的副官長蔡良弼的關係，得知『中統』確有非法密捕的事情。當時『中統』及教育部都設在川東師範（此校當時遷郊區，即現在的重慶勞動人民文化宮），被捕的人關在『防空洞』內（附帶說明一下，在以後直到 1946 年初，聽說『中統』把密關的『犯人』都謀害了）。由於沒有確切的證據，對這個十分懷疑的事，也只能繼續調查，沒有實證是拿陳立夫和『中統』沒有辦法的。這個疑案一直到抗日戰爭勝利都沒有弄清楚，等日本投降後，這個疑案就成為可以不過問的事了。以後形勢更變了，在 1946 年，舊政協召開時，中共方面雖提出釋放『政治犯』，其中提到費鞏（據說就在這時『中統』就將費『密裁』），此時『軍統』忙著『復員』搞『劫收』，另一方面對民主力量的迫害又十分猖獗，也就採取滿不在乎的態度了。因此對費鞏失蹤的一事也置之不理，而邵全聲關在重慶稽查處看守所直到 1947 年下半年才釋放。』

陳文榮懷疑是「中統」所為，此後，「解放以後，在中國共產黨領導下，由西南公安部佈置我們寫〈西南地區國民黨製造的事件〉罪行材料，參加這個集體撰寫材料的有：黃逸公（保密局業務處副

處長）、徐遠舉（『軍統』在抗日時期的局本部行動處副處長、解放前夕西南特區區長）、周養浩（抗日時期『軍統』息烽監獄主任，以後為保密局西南特區區長、重慶衛總保防處副處長）、沈醉（抗日時期重慶警察局偵緝大隊長、『軍統局』本部總務處長、解放前夕為保密局雲南站長）、廖宗澤（國民政府兵工署警務處長、『軍統』川康區區長、西南特區代區長）、鄧培新（『軍統局』本部文書科收發股長，以後為重慶警察局刑警處情報股副股長）以及我等七人。除了我們每個人都參與撰寫外，還徵集了一些外來材料，是以重慶為主，以西南區為範圍。在我們寫到抗日時期重慶（陪都）出現費鞏失蹤事件時，有四、五份有關材料，其中以我與沈醉寫的材料比較長，沈醉就是他那繪聲繪色、津津而談他與美特克拉赫過巫山穿十二峰的一段為美特作導遊的事情，我寫就是上述一段情況。我們寫的都是『稽查處審問邵全聲的情況』，沒有費鞏究竟如何失蹤的材料，經過反覆研究，把這一材料作為『懸案』擺在最後研究。等到最後來研究時，仍然是『懸案』，我們著重討論『中統這個可能性』。此時有一個一直在『軍統』貴州站當情報編審、書記後升為副站長（主管情報業務）的錢霽霖從貴州押至重慶，我們得知後，要他替我們詳細寫一份〈費鞏在貴州時，中、軍統如何對其監視〉的材料，這份材料大致內容如下：一、『軍統』在浙大主要有學運通訊員，大部分力量針對進步學生的活動。二、貴州站對費鞏活動也有情報，主要是費支持學生的進步活動，如倡議搞『民主壁報』和保護進步學生。三、『CC』——『中統』在浙大內與費鞏矛盾很大，並派人監視費鞏。四、費鞏從貴州遵義來重慶，『軍統』得到情報是『中統』貴州處派了一個調查員某某某（錢

當時寫了名字，我現在記不起），跟隨去重慶。五、其他（我記不得了）。」這個錢霽霖，應該就是前述的國民黨「軍統」特務組織遵義工作組負責人的錢濟霖。

陳文榮又說：「我與錢素不來往，更不認識，當時也沒有見面，而他的材料與我提供有材料是吻合的，情況大致相似。這就加重了對『中統』是『費鞏失蹤』案主要兇手的懷疑。在這份集體材料中，我們也只是寫當時沒有弄個『水落石出』，從『軍統』偵察的材料，雖認定為『中統』所幹，但又不便拆穿，只有不了了之，因此成為歷史懸案了！去年我讀到《人物》雜誌 1980 年第 2 期，其中有篇文章清楚提到了費鞏為稽查處逮捕審訊，以後又押於渣滓洞監獄被害等等。我很重視這一史料，希望能弄清這件歷史事件。後來當時在重慶稽查處實際搞內勤業務的樊敏書寫信告訴我：稽查處沒有逮捕費鞏，只逮捕了邵全聲，由於費鞏一案未能破獲，一直把邵關了好幾年，在 1947 年轉法院開釋。另外，我又寫信問 1945 年～1946 年，因違法關押在渣滓洞的軍統特務王仁德，他不僅是被押人犯，而且由於他情節不重，又為『軍統』成員，一進渣滓洞看守所後，就叫他兼所內事務長，主管『犯人』伙食，因而他在所內人人認得他，他也認得所有人。關於有否費鞏此人或類似費鞏情況者，他十分清楚說：『沒有費鞏和類似費鞏樣的人物。』（被押人之間是可以暗下互通姓名的）在 1950～1956 年我們寫集體材料時，也寫出不少『絕密』（指過去『軍統』作為絕密的）的材料，以及沒有公開過的謀殺案，如屠殺羅世文、車耀先兩位革命烈士，戴笠如何下令、兇手如何殺害後又毀屍滅跡；還有如何屠殺楊虎城將軍等等，這都是『軍統』的嚴重罪行。在 1945～1946 年，比較熟悉渣滓洞情況

的周養浩、沈醉、徐遠舉、黃逸公、鄧培新都未聞費關在渣滓洞監獄。」

陳文榮的回憶，大致說明了這樣幾個問題：1、以國民黨兩個特務機構和組織的分工，對於費鞏，其「從遵義到重慶」，「『軍統』並沒有加以重視」，如果說費鞏確實是國民黨特務加以迫害的，那麼，應該從「中統」入手進行調查；2、如果說費鞏遇害的一個因素是他在〈文化界對時局進言〉上簽了名，那麼，簽名者共有332人，「主要為教授、學者、文藝界的作家和進步演員比較多，費鞏的名字以筆劃為序，列在導演賀孟斧之下，演員項堃之上，從『軍統』情報工作的眼光來看，費鞏在這個簽名上的份量並不大，是不會造成什麼後果的」。這是「軍統」的看法，那麼，「中統」呢？又，何以簽名者的332人之中，國民黨特務為何單獨挑選了費鞏加以迫害呢？如果確是如此的話，那麼，他們會不會考慮到在日趨激烈的政治鬥爭中，這樣可能會由此而授人以柄、完全划不來麼？3、事後，面對社會輿論的壓力，「軍統」即使為了要撇清自己的責任，還其一個「清白」，它也曾展開過對案件的調查，在無法取得調查結果的情況下，其猜測了幾種可能性，即：由於某種私人原因造成邵對費的謀害，推費下水；或因費在天未亮的情況下失足落水造成失蹤；為中共地下黨潛移延安；是『中統』的秘密行動，現在事情鬧大了，他們來個不承認。最後，重點移至最後一條，隨後「軍統」對「中統」展開「調查」，繼由美方協同開展「調查」，其中，得到了重要的線索，即：「一、費鞏在浙江大學任教時，有很多進步活動，『中統』對他十分注意，監視很嚴。二、費鞏在浙江大學擔任訓導長，更使『CC』──『中統』不滿，當時大專院校和中學的

訓導長和訓導主任一職，歷來是國民黨『CC』和『三青團』所把持的，非國民黨員是不可能擔任的，而無此政治背景的費鞏卻以訓導長來對抗『CC』的活動，在浙大這個矛盾很厲害，也是引起『CC』——『中統』深為不滿的。三、費鞏在重慶時，陳立夫（當時教育部長，『CC』和『中統』的實際負責人）想收買費而遭拒絕。」於是更加彰顯了「中統」作案的可能性，最終卻因無法證實而不了了之。4、最重要的是，以上場景都是在歷史現場的時代，那是國民黨統治的時期，出於維護自身的統治以及「政治正確性」，涉及本案的全部話語都只能是給定的，也即否認國民黨特務（特別是「軍統」）與本案有關，那麼，在 1949 年之後，一些遭到逮捕的原國民黨特務在西南公安部佈置下彙報和撰寫〈西南地區國民黨製造的事件〉的「罪行材料」，他們已無必要進行刻意的隱瞞，而其中涉及「費鞏失蹤事件」，共「有四五份有關材料」，其中又以陳文榮和沈醉寫的材料最為豐富，而「經過反覆研究」，認為它「仍然是『懸案』」，並「著重討論『中統這個可能性』」。恰好此前為「軍統」貴州站情報編審、書記、副站長（主管情報業務）的錢霽霖也寫了一份〈費鞏在貴州時，中、軍統如何對其監視〉的材料，根據這個材料。可以得到的資訊是：「一、『軍統』在浙大主要有學運通訊員，大部分力量針對進步學生的活動。二、貴州站對費鞏活動也有情報，主要是費支持學生的進步活動，如倡議搞『民主壁報』和保護進步學生。三、『CC』——『中統』在浙大內與費鞏矛盾很大，並派人監視費鞏。四、費鞏從貴州遵義來重慶，『軍統』得到情報是『中統』貴州處派了一個調查員某某某，跟隨去重慶。」由此似仍可以判定：本案的最大懷疑點，仍是國民黨特務組織的「中統」所

為。5、此外，陳文榮從其他線索又證實：當時重慶稽查處沒有逮捕費鞏；渣滓洞的「軍統」特務王仁德也證實：在那裏「沒有費鞏和類似費鞏樣的人物」。如果說費鞏最後是被殘忍地暗害於「中美合作所」的，那麼，陳文榮說：「在1950～1956年我們寫集體材料時，也寫出不少『絕密』（指過去軍統作為絕密的）的材料，以及沒有公開過的謀殺案，如屠殺羅世文、車耀先兩位革命烈士，戴笠如何下令、兇手如何殺害後又毀屍滅跡；還有如何屠殺楊虎城將軍等等，這都是『軍統』的嚴重罪行」，可是並未提及費鞏的案件，即「在1945～1946年，比較熟悉渣滓洞情況的周養浩、沈醉、徐遠舉、黃逸公、鄧培新都未聞費（鞏）關在渣滓洞監獄」，而殺人且用硝酸毀滅屍體的，一般都指此類「軍統」特務所為。於是，本案又近似於是一個「歷史懸案」了。

貳、幾個相關證據的出處存在問題

除了當事人的沈醉、陳文榮等之外，筆者還查閱過《中統特工秘錄》（《江蘇文史資料》編輯部1991年出版）一書，這本書收集了「中統」所幹過的主要罪行，如「顧順章叛變及被處死案」、「中共南方工作委員會郭潛叛變案」、「廖承志被捕案」、「匡亞明被捕案」、「昆明一二之一慘案」、「南京下關事件」、「上海《文萃》週刊事件」等，但沒有「費鞏失蹤案」的任何文字。在筆者幾乎窮盡了所能掌握的史料之後，疑點最終落實到當年邵全聲向費鞏家屬提供的費鞏死難情節出處的那本書──上海《文匯報》出版的《中美合作所罪

行特輯》。此書經過多方尋找，迄今仍未尋到。為此筆者還查閱了當年全部的《文匯報》，也未發現刊登有相關的費鞏死難情節的報導。

早在解放戰爭的末期，由於美國對華政策的明顯傾向，美國已經受到絕大多數中國人民、尤其是大學生為主的中國學生的反感和抗議，1946 年年末，在北平發生的「沈崇案」之後，在全國爆發的反美運動中，當時已經返回杭州的浙江大學更成為全國矚目的一座民主堡壘——繼「費鞏案」之後，這裏又發生了「于子三案」，在中共地下黨組織的領導下，浙大的學生運動一浪高過一浪，其中也包括了對美國政府的抗議運動（詳見《浙大的怒吼》等報導，見《文匯報》1947 年 1 月 4 日等）。此後，對於當年「費鞏失蹤案」的追究又提上了日程，然而由於「費鞏案」本身的詭秘，這一次的追究卻缺乏詳盡或大量證據之上的定讞。於是，最早關於費鞏死於「中美合作所」、且死後又被毀屍的傳聞，就來自於當時反美運動中的宣傳材料。據邵全聲的回憶，這首先是來自當時《文匯報》編輯的一本《中美合作所罪行特輯》（？），即：「約在 1950 年冬季（可能是 11 月中旬）上海《文匯報》編輯出版了《中美合作所罪行特輯》，內有一篇文章說費鞏先生是被投入中美合作所的鏹水池中化屍滅跡的，我看了不覺淚下。我曾把這一消息告訴費師在上海工作的女兒，請她就近查詢。她回信說：她只查到那篇文章的作者此時已去雲南，但不知其地址，無法再查核下去。」

《中美合作所罪行特輯》（？）編輯和出版的前後，還有一大批關於美國的論著，當然，其政治傾向性是一致的。它們有《美國是怎樣發展和侵略別人的》（汪敏之著，中華書局 1950 年）、《仇視美帝，鄙視美帝，蔑視美帝》（《文匯報》社會大學編輯室編，

文匯報社 1950 年）、《美帝是只紙老虎》（湖南省文聯編，1950年）、《美國經濟危機》（蔣學模著，世界知識社 1950 年）、《美國見聞錄》（賀祥麟著，人民出版社 1951 年）、《美國簡記》（楊剛著，世界知識出版社 1951 年）、《美國簡史》（潘非著，中外出版社 1951 年）、《美國——一個殺人喝血的國家》（吳甫著，新潮書店 1951 年）、《從各方面看美國》（蔡尚思等著，棠棣出版社 1951 年）、《面臨崩潰的美國資本主義》（奚言著，開明書店 1951 年）、《美帝走向死亡》（程元斟著，上海通聯書店 1951年）、《從墮落到反動的美國文化》（金嶽霖等著，上海平明出版社 1951 年）、《美國的法西斯統治》（樓邦彥著，開明書店 1951年）、《如此美國民主》（丁德純著，世界知識社 1951 年）、《人類公敵美帝國主義》（潘光祖著，華南人民出版社 1952 年）、《腐朽反動的美國文化》（曹孚著，開明書店 1952 年）、《美國簡明史》（黃紹湘著，三聯書店 1953 年），特別是兩部美國侵華史——《美國侵華史》（卿汝楫著，三聯書店 1952 年）、《美國侵華簡史》（劉大年等著，新華書店 1952 年），更是影響更廣，但它們皆未提及「費鞏案」。

此後，竺可楨的日記披露了 1953 年他給當時公安部部長羅瑞卿去信要求徹查「費鞏案」的結果，即羅瑞卿收到信後，遂審問了作為戰俘的康澤（康澤，字兆民，四川安兆人，黃埔三期畢業。康澤是國民黨特務組織「中華復興社」的創始人之一，他也是「三民主義青年團」的三位創始人之一，也是蔣介石的「十三太保」之一。他死於「文革」初的 1967 年），康澤回答不知情，從康澤這一線索追查無果。根據費鞏遺孀的來信（費盛伯已去世），傳說李宗仁回

國時曾「帶回一部分國民黨軍政特務機關的檔案」，可能她以為其中會有「費鞏案」的相關材料，竺可楨表示「我可以向李宗仁一問，但香曾的事於短期內結束，要在他帶來檔案中查出機會是不大的」。事實上從這一線索沒有得到任何有價值的資訊。另一個相關人物的于震天，也因下落不明而無法從這一線索來突破了。至於邵全聲，他幾乎成為唯一的當事人了，但是他的所見所聞早已不是秘密的了。於是，關於「費鞏案」，還有一個線索，就是竺可楨根據來信裏所稱「1953 年上海解放報曾登載一段費鞏為中美合作所殺害情形」，所謂「上海解放報」，此前邵全聲回憶為《文匯報》，現又成了《解放日報》，竺可楨說：「我不知道這個消息，覆函當問明年月日以便查閱。」然而後來的竺可楨日記再沒提及之，顯然這一線索也是沒有結果的。「費鞏案」，於是再次陷入困境。

竺可楨 1967 年 5 月 12 日的日記寫道：

> ……今日也接到在浙大時代（1945 年）被蔣介石手底下中統特務所害死的政治學教授費鞏（香曾）的妻孥子女袁慧泉（原名家第）、費濂若、費川如、瑩如今年 5 月 8 日的來函，說到香曾死去已達 20 多年，而其如何遇害，屍首在何處迄今毫無所知，所以望我能想方法再調查一下。解放初期（1953）我有一次曾寫信給那時的公安部部長羅瑞卿，要他調查此事，他以後回信說，他問被俘的國民黨中統負責人康澤，康澤也說不知道。因此費香曾的下落迄今不明，我憶當香曾失蹤不久，有浙大學生于××告我說，他失蹤後不久就被國民黨特務所殺死。我問他消息何自來，但告我一線索，

但得不到底蘊。于××現不知到哪兒去了。按香曾去復旦大學上輪船的前一晚，由他的學生邵全聲代找臨時住處，第二天邵送香曾上船，但邵在照顧行李時，香曾就不見。以後國民黨特務把邵監禁，認為他把香曾推入江內把香曾溺死。邵被關在獄中兩年半之久，我和香曾之兄費福熹（盛伯）曾幾次去獄中和邵談過話，他那時被國民黨特務咬定是害死香曾的人，要處以死刑，但以後因大家把香曾之死不提了，國民黨特務就偷偷地把邵放出來了。解放後 1963 年我於 5 月間得到杭州浙江師範學院邵全聲 5 月 26 日寫的一封信，他信中開頭就說：「我是抗戰初期在廣西宜山進浙大求學你的學生，抗戰末期，在香曾先生被難後，我不久亦被反動政府逮捕，囚禁兩年半。吾師曾和費福熹先生到重慶設法來探望我，最後蒙吾師將我營救出獄，我一直深深懷念著你。順便向吾師報告我的近況，我現在杭州浙江師範學院中文系任教，並兼中文系教師輪訓班主任。在黨的愛護和教育下，我決心不斷進步。……我們已有 2 個男孩 3 個女孩，家庭生活很幸福」云云。今天接到香曾妻女的信，我就想到他們在上海可向杭州師範學院與邵全聲作一次接洽，並詢問他是否知道于××的下落。當初審問邵全聲的是戴笠，所以可能是軍統特務弄死了費香曾，所以康澤不知道，這事邵全聲容或知之。據袁家第來信知費盛伯已於 1963 年去世，她函又說李宗仁回國帶回一部分國民黨軍政特務機關的檔案。當然我可以向李宗仁一問，但香曾的事於短期內結束，要在他帶來檔案中查出機會是不大的。我認為于××倒是一個線索可以追究的。信裏說

　　1953 年上海解放報曾登載一段費鞏為中美合作所殺害情
　形，我不知道這個消息，覆函當問明年月日以便查閱。

　　以上所提及的《文匯報》或《解放日報》，在以下的竺可楨日
記中，有了明確的出處，即刊載費鞏之死消息的，是「1950 年 11
月 17 日上海《解放日報》曾登有具名屈楚的回憶中美合作所一則
新聞」，如果確是，從「屈楚」其人之處驗明一下，這似並非難事
吧，然而似乎又僅止於此，那麼，1950 年 11 月 17 日的上海《解
放日報》的文章、屈楚其人，應該是可以由此持續深入調研的難得
的一個線索了。

　　這是竺可楨 1967 年 6 月 4 日的日記。他寫道：「今日接費鞏之
女瑩如來一信，談到她已和杭州邵全聲通了信，邵說他知道于××
其人，但不知道其現在何處，同時指出 1950 年 11 月 17 日上海《解
放日報》曾登有具名屈楚的回憶中美合作所一則新聞，其中提到該
所曾將費的屍首在化學池裏化掉事。」經筆者查閱 1950 年 11 月
17 日上海《解放日報》屈楚的文章──〈回憶「中美合作所」〉，
作者稱曾被關押於「中美合作所」的「渣滓洞」，至於費鞏，文章
提及該處「楊家山附近」有一「化學池」，裏面盛滿鏹水、硝酸等，
「據說，在抗日戰爭中失蹤的費鞏教授就是被特務們用刑死後，他
們為了滅跡，後來把屍身丟到鏹水池裏給化掉了的。」顯然，作者
並非親眼目睹，而是「據說」，至於聞於何人，沒有下文。

　　隨後竺可楨的日記就他與費鞏遺屬之間的通信，又找出幾條相
關的線索，這一是「前重慶偽衛戍司令王纘緒」，以及屈楚關於「中
美合作社」的回憶，不過，這也都沒有結果。特別是屈楚的回憶，

因為是「據說」，也就無法由此而「斷定」事實了。（1967 年 6 月 6 日：「寫信與費香曾之子費瀟如和他的小女兒瑩如，說接到了他們先後來信，提出了若干線索，認為最重的是 1958 年落網的前重慶偽衛戍司令王纘緒，我於香曾失蹤後和章友三兩次去看他，他說那時中統、軍統均不抓政治犯。二是來函所說中美合作所頭頭徐鵬飛（運舉），因為據 1950 年 11 月 17 日《解放日報》六版上屈楚「中美合作社」回憶，可以斷定香曾是死在中美合作所渣滓洞的，三是我所指出的于××，他是第一個報告我香曾失蹤的消息，是 1945 年 3 月 14 日，離失蹤 9 天，在邵全聲報告我前兩天。他於香曾失蹤以前已注意到邵全聲和香曾之行蹤。解放後我於北京街頭，曾見到他一次，行色倉皇，沒講幾句話就離開。邵全聲信中（給瑩如的信）說自離開浙大後，他沒有見過于××，想是忘記了他。當時于××是在組織部做事，這單位是和軍統有關的。瀟若和瑩如的姊夫董政輝現在京，我將很高興和他一談云云。」

日記所提到的王纘緒，他於 1949 年西南戰役時，職任國民黨西南第 1 路游擊總司令，後率部 4 萬餘人在成都起義，後來他曾任四川省人民政府參事。顯然，從他這個線索，也找不到破解的答案。這樣，最終因始終無法準確地獲知費鞏失蹤和遇難的情由，費鞏的小女兒費瑩如只好再次請求竺可楨向周恩來總理建議徹查此案，也許是經過了多年無數失敗的努力，此時竺可楨已無法保持樂觀了，許多線索也中斷了，當然，他還是勉為其難，準備接受她的建議。

費瑩如欲知曉「究竟是誰害死了」費鞏，卻又說費鞏當年是「死在中美合作所，是屬於軍統特務幹的」，而能夠提供這一結論的，仍然是那個曾稱與費鞏同獄的屈楚（上海人民藝術劇院），以及「中

統特務、重慶衛戍司令部稽查」鮑侖（一作鮑滄）的證明，然而無論是屈楚和鮑滄，似乎他們詳細的證明皆不曾披露過，這未免讓人將信將疑了，或許，這也只能是這樣的一個「答案」了。

參、初步的結論

通過本文對本案的梳理和分析，現在可以給出的初步的結論，大致如下：

其一，以往大量的關於「費鞏案」的描述和書寫，幾乎都帶有相同的問題，即描述者和書寫者對待史料的使用態度和方法存在有一定的問題。如許多介紹費鞏烈士的文章，在引用本案關鍵人物沈醉的回憶時，似乎是根據自己先有的結論，進而有所選擇地徵引其回憶。如沈醉曾在回憶中提到：費鞏失蹤後，國民黨當局「在輿論壓力下，蔣介石向戴笠查問，戴笠說『軍統局』沒有抓費鞏，戴笠還找來『中統局』、憲兵司令部等單位負責人瞭解，都說沒有抓費鞏。數十位曾留學英、美的教授聯名致信美軍遠東戰區參謀長魏德邁，要求查清此事。魏德邁把此事交給『中美合作所』美方負責人梅樂斯辦理。梅樂斯派『中美合作所』中一位紐約名探克拉克少校查辦。戴笠則安排了沈醉協助，並囑咐沈醉，如發現了可靠線索一定要先行把費鞏弄到手中，不能讓克拉克把人弄去，以免使戴笠在蔣介石面前丟臉。經多方調查，沒有結果。美方根據費鞏有反政府言論的線索，懷疑他是被逮捕了，『軍統局』有關人員則懷疑是被『中統局』逮捕了（因『中統局』曾派人監視費鞏）。於是戴笠答

應在重慶稽查處和警察局刑警處等單位去查閱自費鞏失蹤後的捕人檔案，必要時還要拿費鞏的照片去查對這一時期逮捕、關押的人犯。沈醉悄悄問戴笠，如果美國人要看歌樂山下的『軍統局』看守所（即『渣滓洞監獄』怎麼辦。戴笠立刻把臉一沉，厲聲回答：『他們想討好這幾十個留美的教授，別的都能依他們，要是提到要看我們的看守所時，你就乾脆回答他這都是些很久以前關起來的人，沒有最近逮捕的。』他又補充說：『我們沒有抓費鞏，你不是不清楚，怎麼會提到這個問題？』此事後來仍然沒有查出結果。」（見《軍統內幕》第 261-265 頁，文史資料出版社 1984 年版）

這一段回憶是內幕性的文字，一些文章在論證國民黨「軍統」特務暗害費鞏時，也幾乎都採引了這條史料，然而卻又在文章中刪去了戴笠對沈醉所說的最後一句話，以此來證明費鞏是被國民黨「軍統」暗害的（比較典型的，如影響較大的傅國湧《費鞏之死》）。其實，當時即便是國民黨「軍統」特務沒有殺害費鞏，脫不掉干係的還有國民黨「中統」的特務，不過，似乎很少有人會去往那條線索上去追尋，以致最終失去事實上邏輯的起點，無從復原。

此外，應該承認，本案之所以長期以來作為一個懸案，是因為本案存在著眾多的不實的「版本」，存在著大量的似是而非的描述和結論，而這些沒有實證、又未經詳實的調查和分析，又往往是輕易附會他人的結論，甚至捕風捉影、憑空想像，更是許多同類文章的共性，這些等而下之的現象只能說明作者研究和書寫歷史時的粗疏、主觀，相比較而言，竺可楨長年在日記中反覆記錄和質疑本案，表現出可貴的「求是」精神和科學態度，堪為本案研究的典範（詳見《竺可楨日記中的「費鞏案」》）。

　　其二：研究本案，當然宜以當事人的口述和記述的材料為主，其中須特別關注之處是：費鞏為何失蹤？如何被殺？其中的細節怎樣？遺憾的是本案幾乎沒有留下任何相關的檔案史料記錄（特別是傳說中的「中美合作所」。至於「中美合作所」本身，當年曾是反法西斯盟國的美國與中國為開展對日作戰而設立的，它與後來的「渣滓洞」應有所區別），甚至國民黨特務方面也沒有留下相關的任何檔案，應該確認：迄今為止，我們沒有獲得過任何一位曾親眼目睹費鞏失蹤及遇害的來自國民黨特務或其他相關人物的有關的口供和回憶。以目前存世的回憶史料而言，當年國民黨特務（「軍統」）負責人之一、後來書寫過大量歷史回憶的沈醉，因為參與過「費鞏案」的具體調查，於是由其提供的歷史回憶材料應該是最具可靠性的，然而，他也未最終提供「費鞏案」最關鍵和最後的結論。這也驗證了本案終究還是一個懸案的命運。

　　其三：由於上述原因，考察「費鞏案」，目前基本上還需依靠對史料的分析和研究，以及有根據的推測等，其中涉及到的關鍵處，是費鞏的失蹤及「被害」之所以會發生，是由哪些因素在起作用，以及如他在陪都的重慶的行政調研、在〈宣言〉上的簽名、陳立夫的「鴻門宴」等等，是否都可以構成其必死的原因？

　　一如本文曾分析過的：費鞏其人無黨無派，無官無職，只是一位思想進步的大學教授，如何會在抗戰勝利的背景下成為一樁無頭案（前前後後皆有詭異之處，何況其人又生不見人、死不見屍，更是一個歷史謎團），多有不可解之處。換言之，作為一位無黨派（曾一度傾向於「中國青年黨」）的自由主義（因而被人誤會為他要在浙大組建「自由黨」）的知識份子，以及帶有正義感的教授學者，

以費鞏這樣的身份和他的政治態度，是否有必要讓國民黨特務去對他暗下毒手？退一步說，如果說是國民黨特務實施了綁架和暗殺費鞏的命令，那麼，這個命令是來自哪裏？（許多文章明確指向了蔣介石本人，可是又沒有提供任何依據）又如人所說：費鞏的死難，不似聞一多、李公樸那樣引起轟動，因為他「沒有組織，既不是共產黨員，又不是民主黨派成員，連左傾也稱不上。他只是個正直獨立的知識份子，純粹是一個有社會責任感的民主教授」，也就是說，對當時的國民黨而言，費鞏並不能夠被稱為是「政治犯」，然而「費鞏案」卻的的確確地發生了，如果說這的確是國民黨的所作所為，這正說明了當時國民黨的極度昏瞶，因為面臨戰後的民主運動，國民黨在國內外的壓力下，曾被迫宣佈實現民主，而到了 1946 年 1 月 21 日的底線——國民黨當局信誓旦旦要在一周內釋放「政治犯」的承諾，當時如果國民黨真的抓了費鞏，那麼，有什麼理由還要堅持將他秘密關押下去，而不像廖承志一樣釋放了呢？如此說來，國民黨當局不是引火焚身，陷自身於不義麼？

也正是因此，當時浙江大學發表的聲明沒有把「費鞏案」當作一件孤立的案件，而是與戰後中國的民主政治相聯繫，特別是聲明中提出的要求，代表了包括浙大師生在內的全國人民的正義要求和呼聲，於是在公佈後產生了很大的影響，由此也推動了包括浙大在內的國統區的民主運動的熱潮。就浙大的校史來看，「費鞏案」之後，其學潮更加帶有明顯的政治意義，這不僅推動了「民主堡壘」浙大民主運動的高漲，也提高了包括竺可楨校長在內的廣大師生的政治覺悟。至於竺可楨校長在本案中的獨特作用，包括竺可楨此後長期的追蹤調查，不僅在歷史記憶上作為存世的史料顯得非常珍貴

（他不僅清楚交代了「費鞏案」的全部過程，包括事前的蛛絲馬跡，以及事後的各方反響，等等），其中最值得關注的幾點，是竺可楨始終認為「費鞏案」最大可能的疑點在國民黨當局（他還表示邵全聲的表白和回憶仍有可追究之處，當然這是出於案件本身的複雜和檔案資料等的闕失而言的，這也是他「求是」精神的一種體現，在這當時的條件下是可以理解的），也反映了當年竺可楨對浙大民主運動和學潮等的意見和處理態度，以及後來他的反省和認識，這同樣是難能可貴的。

本文基於上述思路，對「費鞏案」發生前後的眾多線索進行了認真的梳理和分析，其中主要認為：（1）、國民黨特務組織在遵義時對費鞏的監視活動是確實存在著（然而鮑滄的證詞存在有可靠性的問題，然而又是作為「孤證」），即以浙江大學當年地處西南而成為國民黨統治區的「民主堡壘」之一，自然成了國民黨當局予以重點防範的地方，費鞏一向主持正義，也必然成為這個重點防範之地的重點防範的人物，於是不僅是浙大內部的國民黨、「三青團」、「中統」與「軍統」的特務要監視他，而且貴州、遵義省和市的國民黨黨部以及「三青團」和國民黨特務組織及警備司令部，以及重慶教育部等也都曾設法監視他。（2）、費鞏抵達重慶後導致其被失蹤及被害的三個因素，一是簽名案，此前所說費鞏在簽名後拒絕了國民黨當局的威脅利誘，堅決不收回自己的簽名，並且對那些表示「否認」的人（其中有的是他的友人）進行了嚴斥，以及他到了重慶後居然獲得了陳立夫的「宴請」，個中又發生了衝突，以致國民黨當局對他恨之如眼中釘、肉中刺，最後必欲置之死地，對此本文有所澄清，即當時由浙大學生吳作和邀請費鞏簽名，此時正是距陳立夫

設宴的第二天,由此說明:如果說陳立夫設宴的目的是勸說或者恫嚇費鞏「收回」簽名的,那麼,這與事實上的時間不相符合,即陳設宴於前,費簽名於後,不可能形成對應的關係。二是費鞏在重慶為備課而開展的調查,是否觸及到了國民黨當局的要害和底線?如前所述,費鞏是一位帶有書生氣的學者,因此也有人曾說:費鞏可謂是太天真了,即他赴重慶講學,開課前竟在重慶國民黨中樞頻繁開展調查,以取得講學的素材,而他對於國民黨當局對此的戒備和忌憚,卻缺乏任何的防範,於是他在一個月的時間內,連日進出國民黨的交通部、財政部、外交部、考試院、教育部,此外還接觸了許多國民黨的上層人物,而其調查的內容又多是有關國民黨的政治體制和工作效率等,這正好觸及到了後方民主運動的主題,也由此引起了國民黨當局的忌諱和警覺。此外,當時費鞏居住在重慶的上清寺,此地也是國民黨特務聚集的地點,費鞏不啻公開於特務的眼目之下,當時重慶各方面的特務都及時密報了費鞏的行蹤,而費鞏本人卻全然不察,等等,本文認為:費鞏在重慶的調查,似乎很難被認為是對國民黨當局構成了威脅的。費鞏的調查,無非是對國民政府各部委的行政進行考察,也根本不可能接觸到更加深入的內容,而從費鞏日記來考察,當時他近月餘的考察是順利的,並沒有遭到任何意外的阻撓,如果他是會對國民黨形成危害的,那麼,為什麼國民黨當局遲遲不對他進行阻撓呢?抑或必須要佈置一個更加兇險的「費鞏案」麼?這似乎也說不通。三是費鞏此前發表的文章的政治傾向問題,本文認為費鞏的思想傾向顯然不是馬克思主義主義(其政治傾向如陶元珍教授所憶,是曾接受過國家主義的,並且曾參加過「中國青年黨」),在他生前,他是非常欣賞英國的「費

邊社會主義」的理論的，他在留學時期也曾朝拜於當時英國著名的
政治學大師拉斯基，而拉斯基就是繼承了「費邊社會主義」的政治
思想的，並由此創立了一個世界性的學派，從而影響於西方學術界
和中國學術界，後者如羅隆基等都曾出自拉斯基門下，至於當時費
鞏發表的幾篇政論文章偏重於專業理論的闡述和說理，並非是對現
實政治的尖銳揭露和深刻剖析，也非有具體的針對性，而當時正值
抗戰勝利前後，正是國內民主浪潮積蓄和湧現之時，相類的文章不
時可見，因此，如果說這些文章促成了「費鞏案」的發生，那麼，
它也應該只是分量不重的原因之一而已。最後，國民黨「中統」特
務頭子陳立夫是否因獲得了相關的情報後，為了驗證情報的準確程
度，便以教育部長之尊宴請費鞏，以及「費鞏收到這張他所卑視的
人的請貼，怒火三丈，當即撕得粉碎。但是在友人的勸說下，以觀
察究竟有何為的心情，還是去了。」本文通過核實 1945 年 2 月 5
日費鞏的日記，認為費鞏和陳立夫的接觸幾乎無資料可以說明，對
於這次宴請，陳立夫晚年的回憶也無一處提及之，有人以為這是一
場「鴻門宴」，但顯然缺乏相應的憑據，很難不是誅心之論了，當
然，作為後來發生悲劇的線索，它無疑提供給人們一個非常有價值
的思路，不過這需要認真和詳盡的考證。本文認為費鞏與陳立夫等
的會見，估計與他在復旦大學授課以及在重慶開展考察有關，因為
陳立夫是掌握教育部權力的，又是主持黨務的，費鞏要繞開他是不
可能的，這也是費鞏此時卻願意接受這場宴請的原因，另外，復旦
友人方面在費鞏來到重慶以後為之邀請政要相見，這也是從人情出
發，至於陳立夫等何以會設宴款待費鞏這個他們並不喜歡的人，或
者是別有用心，或者是虛與委蛇，這只能讓人猜測了，而以為「費

鞏收到這張他所卑視的人的請貼，怒火三丈，當即撕得粉碎。但是在友人的勸說下，以觀察究竟有何為的心情，還是去了」的描述，筆者則認為是完全附會的，是出於想像的，應該不予採信。

其四：作為一樁歷史懸案，「費鞏案」還能給人以怎樣的想像空間呢？

本文引述的各種相關的議論和說法，應該說都有其一定的合理性，然而仔細分析的話，卻又是「共相」大於「殊相」了。抗戰勝利後乃至到內戰爆發前的國民黨當局，其面目如何呢？對此應該注意毛澤東在中共七大時的一個講話，即他〈對《論聯合政府》的說明〉的報告中有一段話，他說：「從科學的意義上應說國民黨是半法西斯主義，我沒有說，免得為他們張目。對他們的說法我是隨地而異的。」（《毛澤東在七大的報告和講話集》）

「半法西斯主義」，就是不完全的「法西斯主義」，也就是「沒有膽量的法西斯主義」，在當時戰後的形勢下，國民黨當局是不敢公然與民主運動為敵的，何況它也需要有偽裝的。在這一歷史背景下，「費鞏案」的詭異處到底在何處呢？

本文在這裏對當年浙大的顧谷宜教授（史地系西洋史和俄國史）的一段回憶予以特別的重視。

顧谷宜曾經是留學蘇聯的中共元老（中共負責人博古的入黨介紹人），後來離開政治舞臺，他擁有不同尋常的和極其豐富的政治經驗。他曾回憶說：「費鞏教授離開浙大前，我們二人曾長談到深夜。我對他說：『既然黃炎培要你去重慶參加他們的民主運動，那麼你一定要他在一個非常重要的集會上把你介紹給大家認識，然後你對所有的政治活動都去參加，而且要多多發言。要學羅隆基那

樣，幾乎每天的報紙上都有你的名字出現。那麼他們（國民黨）就不敢逮捕你了。」他還說：「國民黨不敢抓名氣響、影響大的人，他們怕群眾影響。而對剛剛出頭，但還沒有形成群眾影響的人，就會早早動手，把你抓起來。封住你的嘴，以免後患。但對那些不起大作用的普通人，就不去捉他們。只要警告一下就成了。」

循著顧谷宜的這個思路，再對照費鞏其人，似乎是肯中肯綮。如上所述，費鞏並不是當時中國現實政治鬥爭中的核心人物，他以一個正直的知識份子而關心國家命運，為此參與民主運動，然而他又是理論型的書生，說不上是實踐層面的鬥士，於是他大概不懂得顧谷宜何以會強調到了重慶，一定要由民主黨派的頭面人物黃炎培在重要場合介紹自己，並且積極參與一切重要的政治活動，發表文章，踴躍講話和演講，在報紙上經常出現自己的名字，相反，名士派習氣的費鞏根子上是喜歡清雅安靜的，他為主持復旦大學的講座而去國民黨機構調研，也是形影相弔，自家一個人來來往往的，他豈能知道「國民黨不敢抓名氣響、影響大的人，他們怕群眾影響。而對剛剛出頭，但還沒有形成群眾影響的人，就會早早動手，把你抓起來。封住你的嘴，以免後患」的道理。於是乎，「費鞏案」的發生也就異常詭異的發生了（顧谷宜的回憶，見諸於一位當時的浙大學生以下的回憶文章：「在費鞏老師在重慶被捕之時，我先去看費老師，問他如何打算？他說：『我此去一是復旦大學講學，二是到重慶打算調幾個部裏檔案看看，像教育部，進行一些研究工作。』那時候我們都知道國民黨各個部裏全是特務。豈會允許你去調查？但是在費老師面前，我不敢問他。後來又去拜訪顧谷宜老師，向他請教，聽聽他的想法。顧谷宜老師在聽過我的話後，他回答說：『費

先生是一位政治學的教育家，不是一個政治活動家。他太書生氣了。他臨走前，與我作了一次長談，一同分析重慶的政治形勢。我對他說這次黃炎培既然要你去參加他們的政治運動，你一定要黃培炎答應先在一個重大的政治會議上把你介紹給大家，然後你在重慶的每一個政治集會上，都要出席和發言。要學羅隆基那樣，幾乎天天在報紙上都見到你的名字。這樣名聲就響了，國民黨就不敢來抓你了。國民黨特務，不敢抓名氣響的人，也不抓無名的人。要抓就抓一些還沒有引起人們注意和還沒有成氣候的人。』接著他又說：『費先生到了重慶後，我只在報紙上見過一次他參加了一次重要民主人士的大會，後來又看到他在《新華日報》上的對時局簽名運動上，也有他的簽字，再以後就沒有了。這說明，他的活動性不強，這就困難了。後來他失蹤了，顯而易見他是被國民黨捉去了。』事實真如顧老師預見的那樣：費鞏老師因為不肯接受教育部長陳立夫的宴請。結果被捕後被暗殺了」）。

另據臺灣學者陳正茂〈離奇失蹤的費鞏〉（《南方都市報》2011年5月26日），他以為當時費鞏的復旦友人程滄波懷疑本案那麼是中共動了手腳，要麼是國民黨「中統」所為，他說：對此，「筆者頗不以為然。筆者倒以為是國民黨『軍統』所為的成分較大，因為在抗戰期間，『軍統』暗殺特定對象已時有所聞，如重要漢奸或反國民黨人士。像先前唐紹儀、曾仲鳴遭暗殺案；戰後李公樸與聞一多之慘案，均是鐵證。而費鞏之前在浙大包庇共產黨學生一事，以及其批判國府的言論，早已被國民黨及『軍統局』盯上，兼以其後費並未有所收斂，而積極參與左派文化人士的活動，簽名〈時局進言書〉等。在殺雞儆猴的威嚇心理下，證諸國民黨過去的暗殺史，

其對費鞏下手的可能性是相當大的。當然這也只是筆者合理的懷疑，至於真相，恐怕如石沉大海，永遠是個謎了。」那麼，說來說去，本案依然與國民黨的兩大特務組織涉嫌，根據本文的考察，本文則傾向於認為國民黨「中統」更可能與本案有關。

當年「費鞏案」發生後，竺可楨等費鞏的同仁和友人、親戚接連在重慶開始緊迫的多方面的探詢，如竺校長連日派人到國民黨監察院、行政院、重慶衛戍司令部多處查問，乃至問詢至蔣介石侍從室，然終毫無結果。人們開始進行各種判斷，當時正是國統區民主運動空前高漲之時，人們認為以費鞏教授的身份如果竟遭到特務的秘密綁架，那麼，一個教授的生命安全尚得不到保障，那麼，談何什麼民主自由呢？也是幾乎同時，國民黨當局在尷尬之餘，除了加緊新聞檢查，也開始被迫調查此案，當然，如果這是預謀的，這種調查就是虛與委蛇的應付；如果是不被上峰所知曉而是由基層特務組織或個別特務擅自搞的，那麼，這種調查還是出於某種「真心」的，抑或費鞏果真不是國民黨特務綁架的，那麼，這種調查應該是「真心誠意」的了，沒有理由不相信：國民黨出於應付反對的呼聲，如果費鞏是意外或他人所陷害，國民黨正可以通過它來洗清自己，這何樂而不為呢？然而，「費鞏案」之所以為「費鞏案」，正是它的吊詭之外，它竟成了一樁無頭案。不管是真心還是假意，國民黨當局對它是一籌莫展。於是，形勢急轉直下，「費鞏案」被披露後，國民黨可謂非常被動，既然其真相擺不出來，不許報刊登載任何有關的消息又不可能，於是，「費鞏案」則成為戰後國民黨喪失其統治的合法性的一個環節，儘管現在還沒有確實的證據可以指證對方，不過，大量相關線索仍然毫不留情地指向了國民黨方面。本文

認為：如果認為沈醉的回憶是可以採信的話，那麼，看來國民黨特務機構的「軍統」，確是與「費鞏案」未與於聞，如是，與之相干的，可能就是另外一個國民黨特務機構的「中統」了，雖然陳文榮（曾任國民黨軍統重慶特區黨政情報小組組長）在〈1945 年春天的寒流〉的回憶中提及他們這批被捕的國民黨特務曾「研究」了「費鞏案」，並認為其「仍然是『懸案』」，「我們著重討論『中統這個可能性』」，而「在 1945～1946 年，比較熟悉渣滓洞情況的周養浩、沈醉、徐遠舉、黃逸公、鄧培新都未聞費關在渣滓洞監獄」，不過，有沒有意外的情況呢？於是，本文主張繼續跟蹤關注國民黨「中統」的史料，俟相應史料的披露，再來議這一樁歷史的「懸案」。

「費鞏案」中的關鍵人物──邵全聲

壹、邵全聲其人

浙大前畢業生邵全聲曾是「費鞏案」中的一個關鍵人物，為此他曾含冤入獄，飽受懷疑和迫害，這段經歷對他來說可謂刻骨銘心，而在後來他的一生中，「費鞏」兩字幾乎無時無刻不與他關聯，因此，重審「費鞏案」，也就必須聯繫到邵全聲。

一、「費鞏案」發生前的邵全聲

邵全聲（1921～1995），浙江臨海人。

邵全聲的父親邵世鎬，曾任臨海回浦學校中學部主任、回浦中學教務主任，上世紀 50 年代調任黃岩、海門、溫州各校，後任溫州工學院力學數學教研組長，為了邵全聲的案子，他曾多方奔走，竺可楨也與他有過交往、通過書信。邵全聲的母親陳德蓀，係家庭婦女。

163

　　邵全聲早年讀書回浦小學、回浦初中，1935 年考入省立杭州高級中學，1938 年轉學至台州中學。是年 8 月，邵全聲中學畢業後赴永康參加大學統一招生，報考國立浙江大學公費生，被錄取為文理學院外國語文學系公費生。是年冬，邵全聲取道金華，經桂林，抵宜山入學。邵全聲在浙江大學的同窗有羅振興、宋超群、胡品清、龐曾漱（由物理系轉外文系）等。

　　1939 年冬，日軍進攻桂南，浙大遷至貴州遵義，在遷校停課期間，邵全聲參加了「浙大學生戰地服務團」，與同學王蕙等合編抗戰宣傳材料與壁報，後又與同學多人越過昆侖關，奔赴抗戰前線戰地，至翌年突圍輾轉至宜山，又經獨山、貴陽赴遵義浙大本部。

　　1941 年夏，邵全聲的同學劉振邦參加「反總考」活動，被勒令退學，邵全聲幫助劉轉學到西南聯大（後邵撰有《心懷人民，真誠奉獻的劉振邦同學》的回憶）。1942 年 1 月 17 日，浙大學生發起「倒孔」（行政院院長孔祥熙）的愛國運動，邵全聲積極參加遊行示威，且因言行激烈，被指為「為首學生」，結果受到記大過並勒令退學的處分。此後，他受到國民黨特務的監視，遂在同學的幫助下出走昆明，又在前浙大教師、時為雲南大學教師的陳逵的幫助下，在雲南少數民族地區的路南縣立中學教書，化名「邵起」。當時，邵曾得恩師費鞏的來信，費鞏對他殷切慰勉，關懷備至。後邵參加了西南聯大的轉學考試，被錄取後未滿一學期，當知悉自己已被國民黨特務列入黑名單後，遂避走它地。1943 年 2 月，邵由昆明中華職業教育社孫起孟先生的介紹，赴雲南省立曲靖中學高中部任英文和國文教員。是年秋，邵赴昆明參加了「高等檢定考試」，

得及格證書，這相當於大學畢業的文憑。1944 年 9 月，經人介紹，邵赴重慶小龍坎「大公職業學校」任英文和國文教員。

二、「費鞏案」發生後的邵全聲

是年冬，費鞏曾至重慶，且勾留至次年的 3 月，當時邵曾數次拜訪費鞏，並隨同其訪友。1945 年 3 月 4 日，費鞏擬於次日赴重慶北碚復旦大學講學，是夜邵偕費鞏同宿於其同鄉和同學郭希瀛處。5 日晨 4 時許，邵偕費鞏赴千廝門碼頭候船，當時他為費鞏往取此前寄存的行李，及返回時，費鞏已告失蹤。

16 日，邵見到已抵重慶的竺可楨校長，報告了費鞏失蹤前後的情況。21 日，邵再訪竺校長。22 日，邵持竺校長介紹信，往晤國民黨重慶衛戍司令王纘緒，後又再次往晤，並多次至稽查處查詢費鞏的下落，積極協助尋找與營救。

29 日，在費鞏失蹤 24 天之後，這天，當邵第三次赴稽查處時，遭到國民黨當局的扣押和逮捕。至 4 月 9 日，邵被移至重慶來龍巷偵緝大隊看守所，並且遭受了酷刑審訊，被誣為謀殺費鞏的兇手。22 日，邵又被解赴「中美合作所」，受到死刑的宣告。不過，由於證據不足，國民黨當局面對輿論的壓力，只得重審案件，當時國民黨特務頭子、「軍統」局長戴笠偕美國心理學專家舒萊勃（Lester D, Schreibe）用測謊機對其進行詳細的審訊，不久又將其轉押至「中美合作所」，再次用測謊機審訊。訊畢，仍解回偵緝大隊囚禁，邵的監牢大門外設有武裝崗哨，室內又有特務 12 人日夜輪值，可謂如臨大敵。

　　是年 5 月，國民黨當局派遣重慶衛戍司令部高級參謀沈醉、聯絡官潘景翔及美國人舒萊勃赴遵義浙大本部開展調查，在調查中，特別詢問了費鞏和邵全聲兩人的關係。此後的 26 日，當時延安《解放日報》發文抨擊國民黨一手製造了「費鞏案」，肆意誣陷邵全聲，並謂此系希特勒「國會縱火案」在中國的翻版。國民黨當局和特務組織的強大的輿論壓力於，被迫加緊審訊邵全聲，使邵連續三次受到測謊機的審訊，但毫無結果。

　　是年 7 月，邵被押解至重慶稽查處軟禁，並與該處副處長張達同居一室，這貌似一種禮遇，實為一種更為狡猾的偵訊方式。不久，邵又先後被押送偵緝大隊看守所、稽查處衛兵隊等處關押，期間他曾於獄中患重病，高燒十餘天未得醫治，幸其不死，後又被移解至重慶衛戍總司令部稽查處看守所。

　　1946 年 4 月 9 日，竺可楨校長與費鞏的哥哥費福燾來獄中探視邵全聲。此前竺可楨根據自己的判斷和友人提供的情況，認為邵是被誣陷的，他痛惜浙大學子無辜含冤，多方設法打探情況，並義無反顧去營救邵，就在打聽到邵的下落後，遂衝破重重阻礙去探監。後來，竺可楨又多次致信當局，分析案情，訴說邵的冤情，最終得以使邵從「軍統」管轄的監獄轉到法院關押。

　　1947 年 2 月，邵被移解至重慶地方法院看守所，由於是多年積案，在受到簡略的審訊後，即關押不問。是年 8 月 14 日，邵受到法院檢察官宋世懷所發的「不起訴處分書」，由此獲釋出獄。其實，這是竺可楨校長等力爭法院最終承認邵全聲的罪名不能成立的努力，又由竺可楨校長簽名、蓋章，遂得以將邵全聲保釋出獄。

這份「重慶地方法院檢察官不起訴處分書」說：

被告邵全聲，男，26歲，業教育，住臨海東大街94號。被告民國三十六年度偵字第213號殺人案件業經偵查完畢，認為應不起訴。茲將理由敘述如左。查犯罪事實應依證據認定。刑事訴訟法第268條訂有明文。本案邵全聲被認有於三十四年三月五日晨在本市千廝門碼頭謀殺費鞏罪嫌，由重慶警備部移請偵辦到處。據被告邵全聲矢口弗認有謀殺費鞏情事，並稱前在重慶衛戍部所作之謀殺費鞏之自白書系受刑逼取等語。而衛戍部稽查處亦謂對邵全聲取得此項自白書曾加恐嚇（見卷宗五二卷第三十四頁簽證）是其辯解尚非全不可信，進而詳核自白書之主要內容有：「時適至兩囤相鄰之處，遂憤極而趁費教授不備之際，隨將其推入兩船相界之空隙中」一節，但查當時千廝門碼頭囤船附近並無乘客落水呼救、打架及騷動等危險情事。此不僅邵全聲前後口供如此，即民視輪（費鞏擬搭乘赴北碚之輪）茶房頭劉炳森亦如此供述，而囤船管理員鮑雲卿、囤船茶房楊楚雲所供頭天如何寄放行李，次晨邵全聲往取行李，轉來即不見費鞏，四處呼叫費先生等情況，與邵全聲供述者完全相符。且當時乘客眾多，相擠進輪，倘係邵全聲將費鞏推入兩船相界之空隙中，絕對不致無人發見，費鞏亦必不致無一聲呼救。並經嚴密沿河搜查，亦未發現費鞏之屍體。由此足認此項自白書尚與當時事實不盡符合。次就邵全聲自白之犯罪動機，係因怕費鞏揭發其隱惡，並被一再嚴詞斥責，致突萌殺念，將費鞏推入江中一節而言，亦未必入

情入理。以邵全聲為費鞏素來賞識之學生，而邵對費亦素來恭順，彼此師生情誼甚篤，此於費致邵之 18 封信，及浙大校長竺可楨、復大校長章益致衛戍部之緘可以概見。素來於師恭順之徒，突因懷恨師長之責罵而萌殺念者亦難令人盡信。是根據刑事訴訟法第 89 條規定「訊問被告應出以懇切之態度，不得用強暴協迫、利誘詐欺及其他不正之方法」，以及我刑事訴訟之直接審理原則，細釋此項自白未敢輕予採信。他如美籍官員協助以測謊機對邵全聲實施偵查，於被告謀殺費鞏之罪嫌亦未覓得半點證據。其結論僅謂費鞏失蹤系綁架成份居多。此外亦無絲毫人證物證可供審酌足資證明被告有謀殺費鞏之行為。據上論結，犯罪事實不能證明，被告犯罪嫌疑即屬不足。合依刑事訴訟法第 231 條予以不起訴處分。

中華民國三十六年八月十四日

檢察官宋世懷

本件證明與原本無誤

書記官（蓋章）

中華民國三十六年八月十六日

邵全聲自 1945 年 3 月含冤被捕入獄，前後歷時兩年半，最終由於竺可楨校長、費福燾先生等眾多社會人士的大力營救，方才得以保全性命。此後，邵即回到故鄉，居家休養。

1948 年 2 月。邵在在故鄉臨海振華中學任高中英文教師，後又在建成中學教授國文。1949 年 5 月，邵被軍事管制委員會文教部任命為臨海回浦中學董事長，負責組建新校的董事會，同時被

聘為台州中學高中國文教師，從此他開始了新的生活（據王傳衍〈懷念邵全聲先生〉等）。此後，他還擔任了臨海縣人民代表會議秘書長。1952年，浙江軍區為集體轉業的軍人在紹興開辦了「浙江軍區轉業幹部速成中學」，邵被調至學校總部任文教科副科長兼分部主任。1956年，邵又被調至杭州浙江教育學院，任語文教研室主任，當時他還擔任了中國古典文學、修辭學、中學語文教學法的教學。

「文化大革命」開始後，邵全聲很快受到運動的衝擊，先是被戴上「智育第一活標本」的帽子，不久又因在大會上非議姚文元在〈評《海瑞罷官》〉一文中「貪官污吏比清官好」的謬論，被打成「現行反革命分子」，加之他的「歷史」問題，於是他遭到囚禁。1972年，邵全聲才獲得自由，重返講堂。1988年，邵全聲退休。1995年邵全聲逝世。

貳、邵全聲的回憶

邵全聲晚年對當年的「費鞏案」的前前後後曾有多次的回憶，鑒於他是該案唯一的並且是唯一在世的見證人，於是他所作的所有回憶也就格外珍貴了。

邵全聲的相關回憶，理所當然成為了本案的重要證據。這些回憶分別是〈我與「費鞏失蹤案」〉（《縱橫》1996年第9期）、〈虎口脫險記——竺校長愛護學生的一個片斷〉（收入《一代宗師竺可楨》）以及〈虎口兩年半〉、〈虎口脫險記〉、〈虎口脫險〉、〈撲朔迷離的「費

鞏失蹤案」〉等。這些邵全聲的回憶，大多已被收入了《全聲文選》一書之中，此書是邵的浙大同學龐曾漱和江明合編的，由馬國鈞作序，交中國文史出版社 1997 年出版問世，其中主要收錄了邵全聲回憶當年「費鞏案」經過的長文——〈虎口兩年半——我在費鞏教授遇難前後的經歷〉，其主要章節是：深切的懷念、1945 年春費鞏教授蒙難前後、我被囚禁初期的審訊和宣告死刑、戴笠審問及美國專家用測謊機審問、我在被囚禁中不知道的營救情況、混淆視聽，謠言疊出、不同方式的長時間囚禁、移送地方法院及不起訴處分、謀害費鞏教授的兇犯何在？冤案未全了結，抱憾殊深。

　　邵全聲還有一些紀念性的文字，其中涉及費鞏的，如〈心懷人民，真誠奉獻的劉振邦同學〉，文章是懷念同學劉振邦的，其中提及「1941 年夏，費香曾師返滬探親期間，在給我的一封信中曾順便提及他對振邦的印象是『昂昂如千里駒』」等。邵全聲在另一篇〈致龐曾漱〉的書信中，也提及：「你在學校時曾聽說，我的文采怎樣，所以成為香曾師的得意門生。這同實際情形有些出入。也有別的同學很有文采，香曾師並未特別和他親近。香曾師喜愛我，主要是由於性格和志向方面的原因。在那個時候，傳統上把史可法看作民族英雄。香曾師在與我分別的期間，在給我的信中，曾把自己比喻為左忠毅公（左光斗，史可法的老師），他以史可法期望我。左與史的師生關係，在歷史上是有名的。其實，我的缺點很多，素質也很平庸。吾師對我好的方面，看得偏重些，並且有意鼓勵我，才有這樣的比喻。」這些多少反映了他和費鞏曾經十分親近的師生關係，以及費鞏與其他浙大學生的親密關係。

參、邵全聲回憶中的一些關注點及其它

　　邵全聲上述的回憶文字，勾勒出「費鞏案」的大致情況。其中的一些細節，也提供了讓人深入分析該案的思路。

　　比如，「他曾對我說，他準備著，如果請吃飯時出現了意見的重大分歧，他將在席上和陳立夫爭吵一場，當面鬧翻了也不在乎。但他應邀與陳立夫會面並同吃一餐飯以後，告訴我說，陳立夫對他很有禮貌，並未提及各種分歧意見，因此未曾發生爭吵。」這是費鞏講述的陳立夫宴請時的情形，不僅與事後其他人想像的完全不同，而且透露出費鞏宴請前後的心態變化。

　　又如，「竺校長聽了我的報告後，聯想起有關的情況，很快就判斷費鞏教授是被政府逮捕了，並說要趕快設法營救他。竺校長並告訴我，他在遵義時，曾接到上級的指示，要他設法監視費鞏教授。」由竺可楨的口吻，說明此前國民黨當局已對費鞏非常留意了。

　　邵全聲被捕後，重慶稽查處第二科科長宋廷鈞、重慶市警察局偵緝大隊大隊長李連福對其進行審訊，事後他說：「我想到自己被捕後受到牽連的十餘個同鄉同學，我怎能忍心讓受我牽連的這些同鄉同學也冒著受酷刑的威脅？在當時的情形下，我想到只有我一人獨自承擔所謂的『罪責』，才能使他們免遭下一步的摧殘。於是我就含冤招認，費鞏教授是我在3月5日清晨推到千廝門碼頭旁的江中淹死的。」這裏，邵全聲似是說「我曾目睹被拘捕的那十餘個同鄉同學」，然而迄今為止，我們還幾乎沒有看到過那些他的「同鄉

同學」的佐證材料,至於邵全聲當時因此而「含冤招認」的說辭,見諸於其書面的供詞是:「1945 年 3 月 5 日晨,我與費鞏教授一起走經千廠門碼頭從岸邊通向輪船的小浮橋上時,費鞏教授說我在離開浙江大學後,沒有認真讀書,對我嚴加責備。我寫供詞時,恐這原因不夠重大,又加上憑空想出的一句話,怕費師揭露我的隱惡,並說我因早一晚沒有睡好,精神比較浮躁,不服費師對我的責備,兩人爭吵起來,越爭越厲害,我一時生氣了,未曾仔細考慮,就把費師在兩囘船相界的空隙中推落江裏淹死了。」這份供詞,細細分析,多有不合情理之處(邵曾稱:「這份供詞有三處完全不合情理:(1)當我與費師到達千廠門碼頭時,小浮橋進口處的門還關著,已有十餘人在門外等候。等到開船時間漸近,打開進白處的門可以走經小浮橋上船時,旅客已越來越多。當著眾多旅客的面豈能把一位大人推落水中致死?(2)小浮橋並不長,橋下江水只二、三尺深,怎能把人淹死?(3)我早已不是尚在讀書的學生,而是已教了三年書的中學教師。並且旅客正要上輪船,費師哪有閒情逸致責備我讀書不用功(或別的錯事)。即便責備也不會引起殺師之心。在近三年中費師給我的信僅被搜查時收了去的即有 18 封,其中從無指責我讀書不用功或有何隱惡的片言隻語。」)那麼,這是出自其自己的編撰,抑或受人「啟發」呢?邵全聲似乎並沒有交代。此後,他便被押解到了「中美合作所」,並被宣告死刑,於是他還書寫了遺囑。再後,由於案情詭異,此案由戴笠親自審訊,據邵全聲回憶,在家人等的活動下,當時國民黨軍需署署長陳良(以及前浙江省長屈映光)為之托請,此後案情遂發生了戲劇性變化,邵也翻了供。

　　此案後來又由美方介入，奉命而來的美國心理專家舒萊勃對邵用「測謊機」進行審問，據邵全聲的回憶：「那個美國人用測謊機對我進行第三次審問。這次審問有不少以前未曾問過的問句。其中我印象較深的是：當費鞏教授 1945 年 1 月從浙江大學所在地貴州省遵義縣到重慶去時，在路上有人跟蹤監視他，我是否知道這跟蹤監視費鞏教授的是什麼人？我據實回答我不知道。但這問句使我意外地獲知在費師從遵義到重慶的路上，就已有人跟蹤監視他。這一情況，同不久以後費師在重慶不幸『失蹤』顯然有密切關係。」那麼，美國人是如何知道有人「跟蹤」、「監視」的費鞏呢？其次，「邵全聲案」何以會發生意外的變化，可謂出人意外，其中，「有一點曾使我迷惑不解。那就是：軍統的中層人員李連福等一夥人橫蠻兇惡，把殘害老百姓看作家常便飯，我已親身領受過了。我想，『軍統』的主要頭子戴笠也不外是同樣的一類人。或者比他的下屬更有過之而無不及，也不奇怪。他們既已無法無天到用酷刑逼取陷害無辜的冤屈供詞，把我充當將費鞏教授推到江中淹死的兇犯，他們如果以假作真到底，就把我執行死刑，藉以了卻此案，向其上級交差，和向社會上塞責，豈不簡單方便？為什麼戴笠要親自複審，再三勸說我推翻早已寫成書面材料的供詞，另行探索別的情況，以至還請那個美國人用測謊機先後三次對我詳細審問？」對此，邵全聲是這樣回答的：「我想到的有以下兩點：其一是，蔣介石手下有兩大特務工作的系統，即『軍統』和『中統』，兩者既有為蔣介石政權效勞的共同任務的一面，但為了爭取蔣介石的進一步信任和重視，兩者之間又有著互相競爭、互相矛盾的一面。自中華人民共和國成立以後，在公開的報刊上發表的不少回憶錄和文史資料都提到這點，

已不是什麼秘密的事。謀害費鞏教授的案件,究竟是『軍統』幹的,還是『中統』幹的?在掌握確實的證據以前,兩者的可能性都不能排除。但我們可以設想,如果這件案子是『中統』幹的話,它驚動了中國大後方的社會,受到多方面嚴厲的譴責,卻由『軍統』系統來誣害一個無辜的人,主動替『中統』找到替罪羊,使『中統』在幹了受萬眾唾罵的罪行,引起社會震動以後,卻安然無事,不損一根毫毛,甚至暗中還可能受到獎賞,而『軍統』則代人受過,萬一誣陷無辜的真相大白(由於《解放日報》、《新華日報》等的揭發,竺可楨校長與費鞏教授同胞哥哥費福熹先生等人的公開表示對這項誣陷絕不相信,還盡力營救被誣陷者,這種真相大白已是必然的趨勢),『軍統』將成為眾矢之的。同『中統』進行著競爭、存在著矛盾的戴笠,會甘心在糊裏糊塗中做這樣的傻事嗎?他至少也需要讓自己知道真相,再考慮下步怎麼辦。我想到的第二點是,戴笠很自然地還會有進一步的考慮。我在前面說及當我為查詢和營救費師而四處奔波,有的同鄉同學曾為我自己的安全擔心時,曾提及我在浙江大學四年級時因參加打倒孔祥熙的學生愛國運動,而被特務監視,以後轉學到西南聯大時,又被列入黑名單,費師蒙難後,我又竭力查詢和營救。這些事都並非秘密,我也無法隱瞞。雖然我實際上只是一個普通的年輕教師,但上述情形難免引起猜疑:我到底有否參加什麼政治組織,是否有著什麼秘密身份?戴笠容易想到,對這樣一個人,嚴加審問和追查,也許可能以此為線索或突破口,查出某些他們尚未掌握的秘密,甚至順藤摸瓜,可能揭露出一個隱藏著的組織。對這樣一個人,進一步嚴加審問追查,更符合他們特工的需要。重慶偵緝大隊大隊長李連福等人只知殘害無辜人民使手頭

經辦的案件能夠交差。他們對待問題是未免簡單一些。戴笠身為『軍統局』局長，會把問題考慮得仔細一些。這是不足為奇的。」

應該說，邵全聲的判斷是符合分析的邏輯。此外，在講述到魏德邁命令在「中美合作所」工作的美國官員梅樂斯對本案進行調查，期間曾得到一封書信，「寫信的人自稱以前是浙江大學的學生，認識費鞏教授。最近他到四川東部的巫山附近，在路上遇到費鞏教授，穿著和尚的服裝，他已經出家做和尚了。他和費鞏教授面談了一會，費鞏教授囑他不要聲張，就走開了。」（邵在另一處回憶說：「正在這個時候，重慶衛戍總司令部突然接到一個浙江大學學生××的一封告密信，說他親自見到失蹤的費鞏在巫山縣過渡，費身穿和尚裝束，經他認出後費叮囑他不可聲張，因他看破了紅塵，決心出家，要這個學生一定要守秘密。」）對此，邵全聲以為：「（1）費鞏先生一向熱愛國家，關心人民，決心為國家和人民貢獻自己的力量。他的人生觀是非常積極的，並有堅強的意志、開闊的心胸、崇高的理想和志向。同到深山做和尚、脫離紅塵、了卻殘生的消極人生觀，是恰巧相反的。（2）他家庭幸福，一向被友人和同事所尊重，也深受學生的敬愛。我同費師較親近，直到此次來重慶後，從未聽到有任何使他深受刺激的不幸事。根本不存在使他出家做和尚的原因。（3）費鞏先生字『香曾』，有一次有人寫信給他，把他的字誤寫成『香僧』，他曾對我說，他對這誤寫很不高興。他還說：『好好的一個人，為什麼要去做和尚？』可見他對做和尚是有反感的。（4）退一萬步說，即使他要做和尚，也完全沒有必要把他的鋪蓋和箱子運到他還不曾去住過的北碚。留在他原來所住的兄弟之處，要合情理得多。他一向非常關心愛護我，更沒有必要在我送他到輪

船碼頭時，忽然逃出去做和尚，使我隱入嚴重的冤屈之中。」他進而還判斷說：「謊報費鞏教授在巫山做和尚的信，在以下三件事以後較短的時間內寫的：（1）使用測謊機的美國專家對我進行詳盡的審問和深入的實地調查以後，未發現任何有根據的疑點，認為沒有繼續對我追究的價值。以後他不要再審問我，也就是說，認真查找新的破案頭緒，比以前更加迫切。（2）費鞏教授從遵義到重慶的路上就有人跟蹤監視，已被查覺。別的作案的跡象有可能被繼續發現。（3）駐中國美軍司令魏德邁，已關心營救費鞏教授，使查清費鞏教授下落的工作加上一種壓力。」由此，他以為「製造這個謠言的正是謀害費鞏教授的兇犯」。

至於他自己的被捕和被關押，《費鞏傳》中說是「蔣介石密令扣押了邵全聲」，邵全聲以為「這是出我意料之外的」，後來他「依情理設想，只有以下的可能性」，即「自費鞏教授『失蹤』後，我四處奔走盡力查詢和營救他，這些行動都是公開的，從未想到隱蔽，最易被情報人員查知。這失蹤案本身原就震動人心的，蔣介石感到的壓力日漸增加，要下屬調查為什麼事情會發展到這樣震動社會。基層情報人員最容易查明的，是我在這 20 多天中的行動，所以不等到進一步查明，就下令把我先逮捕起來。但這只是我的猜想。」應該說，認為抓捕邵全聲的命令來自蔣介石，是缺乏史實證明的，但邵本人的分析，也是有著一定合理性的想像空間的。

由於邵全聲曾被關押在重慶國民黨特務的重地，於是，非常自然的，「曾數次有人問我，我在『軍統局』系統的牢獄中被囚禁兩年多，曾看見過被捕後的費鞏教授沒有？」邵當然回答不曾看到過，不過，他由此合理性聯想到：「由於逮捕囚禁、並用酷刑逼供，

誣陷我是謀害費鞏教授的兇犯的重慶稽查處和重慶偵緝大隊,在實際上都是『軍統』的下屬機構,這段經歷使我創巨痛深,印象非常深刻;以後把我送去複審的地方又是『中美合作所』,也曾由戴笠自己審訊我。我從自己的親身經歷聯想起來,以為謀害費鞏教授的大概也是『軍統』。約在 1950 年冬季(可能在 11 月中旬)上海的《文匯報》編出了《中美合作所罪行特輯》,上面有一篇文章說起,費鞏先生是被投入『中美合作所』的鏹水池中化屍滅跡的。我看了後不覺淚下。直到 1963 年前後,由於浙江美術學院陸維釗教授代為留心尋訪,我同費鞏教授的夫人聯繫上了,開始互相通信。費師母在一封信中說起,她曾聽到費鞏教授是『中統』謀害的說法,也提到現在大陸上的『軍統局』一名高階層的人員,坦白了許多事情,但否認費鞏教授是『軍統』謀害的。我曾把 1950 年冬在上海《文匯報》上看到的上述文章,寫信告訴費鞏先生在上海工作的女兒,請她就近向上海《文匯報》社查詢這則消息的來源。她回信說,我告訴她的那篇文章,她已查到並讀過了,她已到《文匯報》社去查詢過,只查到那篇文章的作者此時已去雲南,但不知其地址,無法再查核下去。」由己及彼,邵全聲判斷費鞏是被國民黨特務的「軍統」關押和殺害的,但沈醉(「現在大陸上的「軍統局」一名高階層的人員」)的回憶對此加以否認,而且這個否認又是有著「權威」性的,即此時的沈醉不可能再為了那個已經死亡的政權去遮掩真相,相反,「坦白從寬,抗拒從嚴」的政策他是感同身受的了。於是,關於本案係由「軍統」一手炮製的說法遇到挑戰,那麼,指認另一個國民黨特務機構的「中統」就是非常自然的思路了。對於本案,還有一個便利的是竺可楨校長的長期追蹤調查和記錄,這就是

科學家「求是」精神體現的一部《竺可楨日記》，顯然邵全聲熟讀過它，於是他說：「《竺可楨日記》中記載著的有關費鞏教授下落的消息或傳聞不少，雖然內容彼此有異，也尚未得到進一步的證據，但都有著共同特點，說的都是費鞏教授係被當局所逮捕迫害。」當然，具體而言，在「軍統」失去了強有力的佐證之後，邵全聲便認為：「1984 年《竺可楨日記》公開出版發行後，我在這日記中看到有數篇寫有提供者姓名的消息，說的都是關於費鞏教授是『中統』謀害的。其中汪旭初的報告還說及，在害死費鞏教授的過程中，『三青團』和『中統』相互間的關係。徐樂陶因向柳昌學提供謀害費鞏教授『係中統所為』，被監禁兩個月，經岳父營救得免；錢學榘因同樣原因，經周至柔營救得免。這些消息都有其說得較具體之處。」特別是還由於得到了原國民黨「中統」黔北督導區主任鮑滄的交代，即對於費鞏，擬由「軍統」方面進行暗殺，為此還通過了由「軍統」方面執行逮捕和暗殺的決議案，只是因為費鞏是較有聲望的教授，「軍統」方面唯恐輕舉妄動，招致全國輿論的譴責，所以遲遲未予執行，只好由「軍統」方面和「中統」方面分別派特務人員嚴密監視而已。（來自上海市民政局的調查報告）於是，邵全聲遂得以知道「（1）在逮捕和謀害費鞏教授這件事上，早在 1943 年時，『軍統』和『中統』就合作著，並在一起開會討論過的。（2）在這段交代中，說的是當地的有關人員自己開會討論和通過決議案，並未說及奉到中央一級指名謀害費鞏教授的具體命令，他們也未說及在奉到上級指名謀害費鞏教授的命令後執行中的具體事項。這是寫交代時的行文省略？還是實際情形正是如此？如果在符合國民黨當局對反對其專制腐敗統治的人要加以鎮壓的方針、政策之下，

地方上或部門的有權勢的人可自己討論，通過決議案，並佈置實行的話，那麼在發覺禍闖大了，就盡力滅口滅跡；或者案發後，在清查過程中，其上級雖有覺察，甚或查出此案經過情形，但為了減輕當局受國內外嚴厲譴責的窘狀，如果對社會上竟亦代部下隱瞞，那麼 50 多年來，雖經多方盡力調查，謀害費鞏教授的兇犯仍未歸案落網，就並不奇怪了。」這大概也就是本案的詭異之處了。邵全聲說：這就是因為看到了鮑滄的上述交代，「使我引起的一種設想」。

一出「費鞏案」，可謂案中有案，由當事人的邵全聲一一道來，愈見出其朦朧和詭異，遺憾的是，無論是邵全聲還是竺可楨，在他們的有生之年，都沒有看到此案的水落石出，或許，它原本就是這樣的朦朧和詭異。

邵全聲 1995 年去世，不知和他同去的，還有哪些未聞的「故事」。他曾保存有 18 封費鞏的書信，時運倉皇，想來也一一不存世矣。由本案中的許多「踩點」（見諸於本書中的其他篇章）看來，關於邵全聲的，還有他在浙大的許多逸聞，如他的多次受到處分，以及他與胡品清女士相戀的故事（從文獻來看，當時邵似已有戀人，即費鞏日記提及之「陸女士」之陸家橘。1940 年 5 月 15 日，費鞏記云：「今日首約邵全聲同行，渠欲隨來寓所，出示其與情人陸女士往來信札並詳述經過及所受阻難」。後邵全聲與陸家橘結為夫婦，陸是浙江大學教育系 1950 年畢業生，後在杭州浙江幼兒師範學校任教），今已全無記錄矣。胡品清女士後來與邵全聲可謂一水之隔，胡在臺灣終成一代傑出女作家和女學人（曾任職於前浙大張其昀先生創辦的臺北中國文化學院即今之「中國文化大學」，為外文系和法國文學研究所教授、法文系主任等，未知胡女士

可曾落筆於此，記敘過那些西南風雲歲月中的綺夢否？（她**翻**譯有著名的法國女作家杜拉斯的《情人》，其人也頗似這位風情萬種的杜拉斯，並著有《帶著我最美的回憶》等）

邵全聲長已矣，但他的同學仍然在懷念著他。尤其是女生龐曾漱（筆名「長虹」，1938 年秋赴廣西宜山考入浙大，後為「黑白文藝社」的「核心成員」），葉津在〈為了正義和友情──憶亡友龐曾漱〉一文中說：「邵全聲生前曾對我談起 1942 年浙大『倒孔（孔祥熙）』運動的舊事。當時全聲因言行激烈，被國民黨勒令退學，為了逃避特務的迫害，不得不遠走昆明。這時有個女同學發動了 300 多位學生簽名，上書校長為他辯護。她是蘇州人，出身名門，早年在著名的教會學校振華小學和中學讀書，正如她在自傳中所說，振華學校培養了她的『公德心、犧牲精神、服務精神，自由、平等、博愛精神』。抗日戰爭時期她考入浙江大學，加入『黑白文藝社』和『拓荒社』等進步學生團體，開始受到馬克思主義的影響。她痛恨國民黨的腐敗，立志高遠，畢業後，不願利用家庭的社會關係，高攀權貴，躋身上流社會，卻進入重慶的育才中學，當了一名窮教師。（上世紀）70 年代中期，她就開始為申請追認恩師（費鞏）為革命烈士，為他開紀念會，建紀念亭而奔走。為此她甚至求見王震副總理、烏蘭夫統戰部長等中央首長，聯繫原浙大幾位名教授及數百老校友共同努力，並與費鞏女兒費瑩如通了 40 多封信。她原有極高的天賦，考入浙江大學物理系時名列第一。為了革命工作的需要，她轉到外文系，依舊是班中的佼佼者。外文系以費鞏教授為導師的四位高才生中，就有龐曾漱和後來在臺灣成為著名詩人和學者的胡品清。」龐曾漱後來主持編印了《紀念何友諒烈士暨黑白文

藝社文集》、《全聲文選》，以及與錢克仁（筆名「大可」，1940 年畢業於浙江大學數學系，1939 年在廣西宜山擔任浙大「學生會」主席、「黑白文藝社」以及「拓荒社」的「核心成員」，他還是「黎明歌詠隊」的隊長）合寫了《憶往談故錄》的回憶錄。

　　龐曾漱 1997 年去世，此後有一本《她捧著一顆心來：龐曾漱紀念文集》（海潮出版社 1998 年版）。也就是此前的 1978 年，在龐曾漱、許良英、呂東明、黃宗甄四位前浙江大學學子的鄭重倡議下，翌年的 1979 年在浙江大學舉行了盛大的紀念費鞏烈士的大會。一晃，時間又過去了 30 多年，而費鞏先生的前世今生，尤其是「前世」，仍然那麼令人迷惘、朦朧。

附錄：竺可楨日記中的費鞏

壹、費鞏在浙大以及其失蹤之前

一、竺可楨就任校長時的費鞏

竺可楨受任浙江大學校長，時在 1936 年 4 月（由李偉超代郭任遠交代校長一職，5 月 18 日竺可楨宣誓就職），不久，費鞏即前來聯繫。竺可楨日記 6 月 20 日記載云：「費香曾來，費係復旦 1926 年畢業生，袁克定之婿，但人極誠懇，不類富家子弟也。今日來與談片刻。」

此前的 1933 年，即在竺可楨上任浙大校長之前、費鞏留學返國任教於其母校復旦大學兩年之後，費鞏轉至杭州，在復旦校友郭任遠校長執掌的浙大擔任政治學和經濟學副教授（後為教授），講授政治學、經濟系、西洋史，同時兼任浙大註冊課主任。

費鞏在浙大，由於其所講授的課程尚乏人能夠取代，而且其所負責的註冊課是學校教學和校務上的重要崗位，顯然其地位和作用不可小視，同時反映出郭校長對他的重視。不過，從1935年浙大發生學潮開始，郭校長欲讓註冊課根據不實的考試成績開除鬧事的學生，費鞏與之產生了矛盾和分歧。最後，因「一二九」學潮波及杭州，最終釀成浙大的「驅郭」運動，竺可楨替代郭任遠來浙大擔任新校長，而且很快與費鞏相識，正如竺可楨在日記中所記載的，他對費鞏產生了很好的印象，即費鞏除了是自己的復旦校友之外，並無「遺少」氣息，相反人卻「極誠懇」。此後兩人共事一校，在很長的一段時期內可謂相安無事。

抗日戰爭爆發後，浙大西遷，費鞏則因家庭原因，離校赴上海，在安頓好了家屬之後，1938年11月，才風塵僕僕趕往已遷至廣西宜山的浙大，而此前的1938年6月10日，竺可楨在日記中寫道：「郭斌龢、儲潤科自上海返回江西泰和，其云曾在上海見到費鞏」，「據云下半年必回」。果然，費鞏沒有虛言，他按期回到了學校。

竺可楨對費鞏最初的印象，一是兩人系復旦校友，彼又出身顯赫，「但人極誠懇，不類富家子弟也」，竺可楨對他很有好感，這是他們交往的基礎。

二、費鞏擔任訓導長時期

戰爭與遷徙，讓浙江大學受到了偉大的時代洗禮，作為一個有良知的知識份子，費鞏與許多學校同人一樣，也在思想和精神上經

受了時代的洗禮，他更加以主人翁的姿態介入學校的活動，協助竺可楨校長維持、改革學校。

1939 年，浙大經歷了種種艱難困苦之後，由廣西而貴州，從此定居於戰時的遵義等地，在極為艱苦的條件下，弦歌不輟。彼時，費鞏的身影經常出現在竺可楨的日記裏：

> 2 月 20 日
> 二點半至文廟作紀念周，費香曾講「中日經濟比較」。

> 2 月 22 日
> 下午三點開行政會議，討論學校遷移問題。近來廣西第五路軍到處懸貼告示，謂將實行焦土政策，囑人民將雜糧磨成米粉，因之人心惶惶。……聞張蓋謀、費香曾等均主遷移……。

至當年冬天，浙大終於輾轉抵達貴州，此時學校長期蘊積的種種問題終於可以著手予以解決了，而費鞏率先向竺可楨提出意見，就學校存在的迫切問題（如辦學條件極端困難、學生體質持續下降、行政效率低下、教學秩序鬆懈，等等）提出自己的改進建議，是謂「香公奏議」——學校同人所美稱，對此竺可楨極為重視，由此他對費鞏的熱心校務、能言能諫等，也更加深了印象。

1940 年，姜琦辭去浙大訓導長一職，隨即竺可楨馬上想到要讓費鞏繼任這一特殊的職位。

原來作為國民政府教育部下屬的國立浙江大學，特別是在戰爭期間，由國民黨 CC 系控制下的教育部力圖加強對高校的思想和行政控制，由此帶出訓導處、訓導長的特殊地位和作用，而且相關職

位必須由國民黨黨員擔任，不得放任給黨外人士來擔任。然而，竺可楨通過「訓導制」在浙大的失敗運行、幾任訓導長分別被學生變相逐走的事實和教訓，所謂求賢若渴，大膽決定起用非黨人士的費鞏來擔任這一職位，這不僅是出於費鞏是學校教學和行政的骨幹之一，又是學生廣泛愛戴的師長，並且有能力擔當這一特殊職位的訓導長。

這一階段，在竺可楨的日記中，有如下的記載：

> 1940 年 7 月 16 日
>
> 姜伯韓、張紹忠亦擬辭去訓導、教務事。……余知其不可留，故亦預擬繼任人。……現擬試洽周、香曾諸人，不成則以王克仁繼。

> 7 月 17 日
>
> 中午至石家堡三號晤費香曾，囑其任訓導長事。

> 7 月 31 日
>
> 姜伯韓來，渠決辭浙大訓導長。余以其辭意堅決，故已請費香曾繼任。

然而，費鞏最初完全無意於接受這一並不是「美差」、相反卻是爛污之稱的「訓導長」，不過，在竺可楨的幾度誠懇邀請、同人們的熱情鼓勵之下，經過反覆的猶豫，費鞏出於公心，最終決定勉強接受任命，但只「允代理」，且「以一年為期」，是後得到竺可楨的認可後，臨危受命，慨然上任。

費鞏就職後，立即著手改革措施，他的舉動獲得了廣大師生的歡迎和支持，當然也觸犯了某些人，隨即費鞏就陷於苦惱的學校人事的糾紛之中。在竺可楨的日記中，留有這樣的印記：

8月2日

晚費香曾來談就訓導長事。……渠願於十二號發表（十二號適為畢業典禮期），主張改良學生之住宿，並以陸子桐為事務主任以求事權得以統一各點。余告以貸金辦法於學生道德墮落極有關係，使人人欲占公家一分便宜，故余始終主張工讀辦法。九點別費。

8月4日

賀壯予謂費香曾之力薦陸子桐乃由於孫祥治之慫恿。費又竭力留體育教員劉孝嫺在校，不識是何故也。

8月12日

今日費香曾就訓導長職，紀念周時，即請香曾演講。渠發表「對於訓導長之意見」約半小時。

費鞏是以決不加入國民黨、不受領訓導長薪俸的條件下就任浙大訓導長兼主任導師的（費鞏的〈就職演說〉，又稱〈就職宣言〉另見）。

作為校長，竺可楨既放手讓費鞏實施改革，又試圖挽絡其他學校的行政骨幹力量，其中不乏是費鞏所抨擊的人物，這如竺可楨在日記中提及的李相勗（師範學院主任導師）、姜琦（前任訓導長）、賀壯予（總務長）、張紹忠（教務長）等，同時，費鞏上任，也有

他自己的班底，其中有的人也有把柄在人手中，竺可楨「一碗水端平」，可謂不偏不倚，此可見於其日記之中：

> 8 月 24 日
>
> 費香曾來為張君川說項，張日前考英文，將題目和盤告學生，余作函辭氣甚不客氣，故張已辭職。

> 8 月 31 日
>
> 李相勖辭師範學院訓導長職務，因費香曾前在史地學會開會時曾批評李之不足為人師，公開攻擊，故李不願再任。因明知與費不能合作也。但余以為香曾不應在學生前攻擊。如李固不足為人師，應告余個人，當與以撤職。

> 10 月 21 日
>
> 知費香曾又在設法倒藎謀。因姜伯韓、賀壯予已去，遂欲倒張也（張紹忠。筆者注）。此自係藎謀之見解，但壯予之去確因費故，而伯韓恨費亦刺骨，此君如此玩弄政治手腕，真出人意表也。

在費鞏的努力下，浙大開始實行所謂「導師制」，即為學生思想和人生教育考慮，為之配備師長為其導師。這原本是一件好事，但在具體實施中，也產生了一些問題和誤會，在竺可楨日記中，他寫道：

> 12 月 19 日
>
> 二點半至柿花園一號開本屆首次導師會議，到導師約四十人，討論改良學生禮貌及教職員招待學生茶點等問題。先是

訓導處不與余及總務商酌逕函告各導師，謂嗣後導師招待可以用茶點，由學校付款。許多導師知之均不謂然，只萬一及費香曾本人等數人贊成之。故此事遂取消。而決設營養委員會視察學生營養問題，並議定嗣後紀念周應多講學生應有禮貌問題。

由於人事上的矛盾、行政事務的繁瑣，特別是重慶方面無法認可浙大由一名非黨人士執掌訓導長一職，以及費鞏本人的負氣，1941 年初，費鞏辭去了訓導長一職。

抗戰進入艱難階段之後，國民黨的「消極抗戰」和後方腐敗污濁的空氣嚴重窒息著人們，此前師生共渡難關而弦歌不輟的浙大也在更加危難的局勢下日益複雜化，費鞏的辭職就是這一種信號。隨之在浙大，又發生了數度被迫處理學潮中的學生的問題，其中就有「費鞏案」中的關鍵人物——學生邵全聲。在竺可楨的日記裏，記載有：

1942 年 1 月 16 日
三點開行政談話會，決定告誡學生，並將劉紉蘭、張由椿、俞宗穆、邵全聲記大過。邵以已記二次須開除。

1 月 21 日
被開除學生邵全聲來。

無疑，對此費鞏是嚴重失望的。其間，他從 1941 年辭職之後，又自 7 月始，離校潛赴上海探親，期間竺可楨曾得到過他的若干資訊：

1943 年 2 月 8 日

現費香曾已到衡陽，俟來校可知滬上消息。……費香曾則走
江西云。

不久，費鞏得以返校。隨即他又活躍於學校的各種活動之中，
如在竺可楨的日記裏，他的身影不時可現，不僅融合在愈加關心校
務的教授群之中，也再次被校長推薦為訓導委員會之中：

2 月 21 日

抗戰以前，浙大教授對於校務會議漠不關心，故開會時常不
能足法定人數。近來因生計關係，各覺有切膚之痛，故漸漸
認有開會之必要，而同時對於學校，亦認為余已休戚相關，
此則不得不認為一種進步也。

2 月 22 日

六點至柿花園一號，請錢賓四、陳樂素、高學洵、費香曾
晚膳。

2 月 23 日

（張其昀赴美，訓導長擬由謝幼偉、郭洽周繼任，二人不願。）
推迪生、勁夫、費香曾、振公、楊耀德、黃羽儀為遵義訓
導委員，推楊守珍、剛復、邦華、季梁、步青為湄潭訓導委
員會。

3 月 22 日

（紀念周）費香曾講「日本佔據後上海之租界」。

　　不過，由於感到種種觸悵，特別是在他提出的成立政治經濟系的要求遲遲不能落實的情況下，費鞏提出了離校它去的要求。對此，竺可楨予以千方百計地挽留：

> 7 月 10 日
> 香曾下年將去復旦，理由於浙大不能成立政治經濟系之故。余與洽周挽留之。

　　此後，浙大將費鞏納入教育部進修教授名單之中（可有休假之期），又推舉他為教授會代表：

> 10 月 12 日
> （閱《中央日報》）知本年教育部進修教授卅人，我校得三人，即蘇步青、費鞏與曉滄。

> 1944 年 7 月 20 日
> 知本年教授會舉出香曾、尊生、谷宜、鍾韓與耀德五人為代表。

　　費鞏亦仍以學校為重，參與各項校務，特別是在心理系教授黃翼先生逝世前後，為之操心勞作，在這竺可楨筆下亦煥然可見：

> 10 月 11 日
> 黃翼逝世前，請費香曾代筆作遺囑，竺可楨、黃尊生作見證人。

> 12 月 7 日
> 費香曾來談，知渠將陪同羽儀太太乘馬車赴松坎。沿途吃苦不少，而香曾願陪往，其義氣可嘉。

12 月 25 日

紀念周，請費香曾講「做官與做事」。

貳、費鞏失蹤之後

一、費鞏失蹤及查詢和營救

　　費鞏的失蹤，是事發自「光復」前夜陪都的一樁突發性事件。
當時正好竺可楨也在重慶，他是最早從國民黨中組部的于震天所述
中獲知的。

　　原來，1945 年 1 月，費鞏離開遵義赴重慶北碚，擬利用假期，
在彼處的母校復旦大學授課。3 月 4 日晚，費鞏入城，欲見湯元吉
不遇，遂由邵全聲陪同行程。此後，費鞏竟於碼頭失蹤，而獲知此
事的于震天當即懷疑這與費鞏此前曾在《新華日報》發表的宣言上
簽名有關，竺可楨也在第一時間懷疑此系國民黨特務所為。

　　以下是竺可楨當時的日記記載：

　　　1945 年 3 月 14 日

　　　晚中央組織部之于震天來，知費香曾忽於去北碚路上失蹤。

　　　緣香曾於四日晚入城，擬坐輪至北碚復旦，曾去看湯元吉，

　　　後住邵全聲處。次晨邵偕香曾至輪上，邵提行李上輪，再登，

香曾已不見。邵挈行李到處覓香曾，卒未見香曾。故於疑其簽字於《新華日報》之宣言主張各黨派聯席會議有關。據香曾告湯，則華林、盧于道、朱鶴年等之報上聲明並未加入，由人冒名，實出於強迫。故香曾如被特務機關於閉禁，則性命殊可憂。此時政府大唱民主，而竟有類似 Gestapo 蓋世太保之機構，真可歎！

3 月 15 日

晤湯元吉，告以費香曾自五號起失蹤事，四號晚香曾尚去湯寓不值，宿於邵全聲處。

按：湯元吉係竺可楨和費鞏的友人，竺可楨 1948 年的日記本（32開本，一冊，為利達文具製造廠印製的「大眾日記」）封面即印有「臺灣肥料有限公司周年紀念民國三十六年五月一日」字樣，而內封上書有「藕舫校長賜存，湯元吉敬贈，卅六年八月」的字樣。

湯元吉還是後來的浙江知名人士湯元炳的兄長。湯元炳係「民建」中央副主席、中央諮議委員會副主任、省委會名譽主委，他還是杭州市工商聯和浙江省工商聯的創建人，並連續多屆擔任杭州市和浙江省工商聯的主任委員；早在解放初期，他還曾在浙江省人民政府工礦廳和省經濟委員會擔任過領導職務，此後的 1979 年還當選為浙江省副省長；此外，1950 年在浙江省第一屆各界人民代表會議協商委員會上，他還當選為副主席（主席為譚震林），而自 1955年政協浙江省第一屆委員會開始，直至 1993 年的第七屆委員會，他都當選為副主席，他還是全國政協第二屆至第五屆委員和第六屆

至第七屆常務委員。湯元炳早在 1928 年即在杭州從事地下革命鬥
爭，期間曾被告密和逮捕，關入杭州的「陸軍監獄」，直到 6 年後
才由其兄長湯元吉奔走營救而獲釋出獄。

湯元吉是一化學科學家，原任遵義酒精廠廠長，後臺灣「光
復」，當時的國民政府資源委員會（其中由錢昌照統轄，有著名的
孫越琦、吳兆洪、張莘甫、張直夫、湯元吉等所謂專家智囊團的「十
八羅漢」）從大陸派遣工程技術和管理人員接管臺灣工礦企業，組
建了糖業、電力、石油、機械造船等十大公司，這為後來臺灣經濟
的恢復和發展打下了重要基礎，並為日後臺灣經濟的起飛起到了重
要作用。

1945 年 9 月，國民政府經濟部與戰時生產局成立臺灣區特派
員辦公處，湯元吉為冶化組長，後來又成立有臺灣肥料股份有限公
司，湯元吉為總經理。

據竺可楨的日記，似乎湯元吉曾見到過費鞏，而且費鞏對他談
起過在宣言簽名一事，不過，由於此後湯元吉去了臺灣，海峽兩岸
的長期隔離使我們無從由其口中得知當年費鞏失蹤前後他的瞭解
的情況，特別是費鞏失蹤前對其講述宣言簽名的原委，以及華林、
盧于道、朱鶴年等何以聲稱「由人冒名，實出於強迫」等等。

至於華林、盧于道、朱鶴年三人簽名及聲明一案，應該說與「費
鞏案」有聯帶關係，值得進行追究，不過，筆者限於調查條件，一
時還無法弄清，以下僅記錄三人的一般資訊資訊，以為備考。

華林（1889～），浙江長興人，字靜芝，原名華林一，筆名林
聲。教育家、藝術家。華林早年曾在北京《國風日報》、《新春秋報》
任主筆，1914 年赴法國留學，返國後參與創辦北京孔德學校，並

在「五四」新文化運動中時有文章見諸於《新青年》、《勞動》、《科學藝術》、《民國日報‧婦女週報》等。華林後在上海暨南大學、上海藝術專科學校、杭州藝術專科學校、上海新華藝術專科學校任教，又曾在菲律賓馬尼拉創辦《公理報》，並數次遊學歐洲，研究歐洲的古典主義和浪漫主義。上世紀四十年代，華林任職於「中國文藝社」，其後不詳。

盧于道（1906～1985），浙江鄞縣人，解剖學家，1926 年畢業於國立東南大學生物系和心理學系，與竺可楨是老鄉兼校友。盧後在美國芝加哥大學攻讀神經解剖學，獲解剖學哲學博士學位，並入選為美國人類學會終身會員。1930 年盧歸國後在上海醫學院任副教授，又於 1931 年始任中央研究院心理學研究所研究員。1941 年盧任貴陽湘雅醫學院教授。1941 年任中國科學社生物研究所教授、中國科學社代理總幹事。1942 年任復旦大學生物系教授，後任復旦大學生物系主任。

1943 年，盧于道曾加入國統區後方的「中國科學工作者協會」，這是當時由中共南方局影響下的週邊組織，據悉在 1944 年，周恩來還在重慶新華日報社接見過盧于道，並告訴他：「你妹妹在延安很好，盧瓊英在『政校』學習，盧蘭英在『魯藝』學習。」可知盧于道的兩個妹妹在延安，而盧于道也顯然是左翼科學家之一員。1944 年年底，在重慶的部分文教和科技界人士許德珩、潘菽、褚輔成等發起組織「民主科學座談會」，盧于道經常參加其活動，後來他還於 1946 年參與並發起成立民主黨派的「九三學社」。抗戰勝利後，盧于道繼續在復旦大學任教，並兼任「中國科學社」總幹事。

　　盧于道 1948 年 10 月赴解放區，並在石家莊受到過毛澤東的接見。1949 年末，他是復旦大學理學院院長，1953 年赴任復旦大學研究生部主任。晚年他還是上海市政協副主席、上海市科普創作協會理事長等。

　　朱鶴年（1906～1993），生理學家，1922 年考入上海復旦大學文科，後轉入生理學系，繼從生物系畢業。1927 年朱赴美國芝加哥大學學習，獲碩士學位。1930 年盧回國後任中央研究院心理研究所研究員，又於翌年再赴美國康奈爾大學學習，獲哲學博士學位。1932 年，盧由中央研究院派赴歐洲考察心理學研究，後繼續在心理研究所工作，至 1935 年在河南醫學院任教，又於 1936 年任湖南湘雅醫學院生理學教研室主任教授。1945 年盧在江蘇醫學院生理學教研室擔任主任教授，1949 年後任華東人民醫學院（即第二軍醫大學的前身）生理學主任教授等。

　　華林、盧于道、朱鶴年，前者係作家，後兩人為科學家，從當時他們的政治傾向性來看，三人似差別不大，何至於在宣言上簽名後又「聲明」「由人冒名，實出於強迫」，誠不可解。

　　竺可楨驚訝於費鞏的失蹤之後，復又從浙大畢業生邵全聲口述中得知了費鞏失蹤前的大略情況，以及此後的詢查情況，而費鞏此前所接觸的人，所知還有邵的朋友郭希寅。以下是竺可楨有關日記：

> 3 月 16 日
> 邵全聲、孫振塈、曉滄及湯元吉先後來，商談費香曾失蹤事。邵為送香曾上船之人。據云，四日晚，香曾宿於林森路 309 號二樓郭希寅副官（乃邵之友人處），與邵同住。晨三點即起，

與邵至千廠門躉船。行李已放躉船貯藏室，邵入貯藏室取行李，回頭已不見香曾。未幾躉船門開，在輪上亦遍覓不見。打電話至復旦，知其未到校。躉船與岸有短浮橋，但水深不過二、三尺，不能溺人，故除為特務機關所捕外無其他可能。余囑曉滄與叔諒一商，再去看立夫。余擬覓程滄波與驪先。

　　顯然，竺可楨獲知基本情況後，當即斷定係國民黨特務所為，他還囑咐鄭曉滄會同陳布雷的弟弟陳訓慈商議，再問詢於陳立夫，自己則準備通過程滄波（竺可楨的復旦大學校友，其曾任國民黨中宣部副部長、國民政府監察院秘書長，時為重慶《世界日報》總主筆）、朱家驊（湖州人，地質學家，曾任國民黨中執委秘書長兼中央黨務委員會主任、中央調查統計局長、中央組織部長以及國民政府教育部長、交通部長、中研院總幹事及代院長、浙江省主席兼民政廳長等。朱屬於國民黨二陳的「CC系」，但與之又有很深的矛盾，如1944年8月，國民黨特務逮捕了同濟大學校長周均時教授，他卻親自保釋周均時，在遭到蔣介石的嚴斥後，仍要國民黨特務機構的「軍統局」對周予以優待等。）是為竺可楨所欲尋找的，是當時較為合適的人選。至於具體詢問結果，又見之於其日記：

3月17日

　（羅鳳超、湯元吉來）二點偕至監察院晤程滄波，詢香曾消息。知今晨章友三尚有電話詢來，問香曾有無著落。余等均猜香曾為特務所捕。三點至兩路口行政院善後總署晤高文伯，託探香曾，知已詢葉秀峰，謂不知其事。今晨叔諒來，亦謂侍從室各方面亦未有報告。

　　由上得知：費鞏失蹤後，除浙江大學全力予以詢查之外，復旦
大學校長章益（心理學家、教育學家）也代表復旦大學加入了營救
費鞏的隊伍，章校長與竺校長一樣，二人均懷疑此案係國民黨特務
所為。同時，竺可楨還通過前遵義行署專員、時在救濟總署任職的
費鞏留英的同學高文伯打探消息，至於先前從葉秀峰（國民黨中央
執行委員、「中統局」局長）、陳布雷「蔣介石侍從室」等處皆得不
到確切的消息。

　　竺可楨日記又云：

> 3 月 19 日
>
> 外語系畢業生宋超群來詢香曾事，余囑其招邵全聲來談話。
> 章友三來，談香曾失蹤事。友三已由北碚發稿登《中央》及
> 《大公》兩報，以孟聞等主張。余謂如此則將落入政黨之手，
> 故主張撤回不登。友三贊成，即電話復旦辦事處。

　　費鞏失蹤的消息傳開後，越來越多的人前來探聽，而竺可楨反
對張孟聞（浙大及復旦生物系教授）等主張以登報尋人的方式，認
為這樣高調的處理，會擴大事端，最後不免成為黨派之間攻訐的口
實，對失蹤者的費鞏本人並無好處，而且對浙江大學來說，恐怕也
不是好事（暗含會由此引發學潮）。對此，章益表示贊成。

　　其時，與費鞏有親屬關係的民國要人黃炎培也通過在香港的上
海名流錢新之、杜月笙等追尋費鞏下落的消息。當日竺可楨日記在
記述訪問高文伯不遇之後，言及「知黃任之已將錢新之、杜月笙等
探查香曾之蹤跡」，此後他繼續擴大探詢範圍：

3月20日

（與農學院教授羅鳳超、湯元吉）晤齊世英（國民黨中央政
治委員會秘書。筆者注），託其覓費香曾之下落。

3月21日

與章友三同謁衛戍司令王瓚緒，由王親自接見。余告以費香
曾失蹤事，並將公函交去，囑其徹查。渠謂中央統計調查局
與軍委會統計調查局均近來不拿政治犯，同時亦無無名之屍
體發現。渠允交一羅姓稽察徹查其事。

竺、章兩位校長，終於直接面對了對費鞏失蹤最有「發言權」
的國民黨重慶衛戍司令王瓚緒，但他矢口否認此案係國民黨特務所
為。不過，他又答應可以派員調查。即由重慶警察局檢緝大隊負責
其事。

同日竺可楨日記又記云：

（與羅鳳超、湯元吉）至警察局之檢緝大隊晤其隊長李姓。
據云昨已接到上峰報告，已詢中統局、軍統局，謂均無其人，
疑為香曾所入黨內小組織所為。余等告以香曾並未加入小組
織，並將公函交去。

竺可楨等在重慶警察局檢緝大隊得到的消息，不僅是來自國民
黨兩大特務組織的共同否認，而且對方公然推託為費鞏加入的「黨
內小組織」所為，實即誣告係中共週邊組織所為。竺可楨當即駁斥
其毫無道理，即費鞏從不曾加入過任何「小組織」（這是國民黨對
抗戰中誕生的民主黨派團體的蔑稱）。

同日竺可楨日記又記云：

> 邵全聲偕柳君來。余詳詢香曾失蹤詳情，並詢其同住郭副官
> 為誰。余囑邵今晚往晤湯廠長及章友三，並囑其明日晤衛戍
> 司令王瓚緒。

竺可楨一再向最後與費鞏在一起的邵全聲追詢費鞏的最後情
狀，並囑咐邵與湯元吉、章益碰頭，並囑咐他們再次找王瓚緒司令
追查此案。至於與邵全聲同來的柳昌學，當時是在重慶的中央機器
廠任職，也應是浙大的畢業生（此人後為 50 年代的歸國華僑，曾
任江蘇省第五、六屆政協委員、「民建」無錫市第五屆委員會副主
委、原電化廠副廠長、高級工程師，2007 年 11 月 26 日在無錫逝
世，享年 90 歲）。從柳的口中，竺可楨得知了費鞏失蹤後最早的一
條線索：

> 3 月 23 日
> 昨晚中央機器廠柳昌學來，知羅鳳超有電話謂香曾之蹤跡已
> 有線索。

柳昌學是從農學院教授羅鳳超那裏聽來的消息，所謂「線索」，
其實不然。

同日竺可楨日記又記云：

> 曉滄與羅鳳超來，知香曾之兄費福燾已來渝。

鄭曉滄先生也趕到重慶來了。此外，費鞏的哥哥也趕來了。

按：費福燾（1904～1963），南洋公學畢業生，曾與陸定一為同窗。其人 1926 年又畢業於上海交大電機系，翌年赴瑞士半工半讀，專攻電機及汽輪機，學成返國後為工程師，1932 年為無錫永泰絲廠駐美代表，1937 年任「資源委員會」委員，參與籌建中央機器廠。1940 年，費福燾任財政部貿易委員會國營公司經理，1943 年任中央機器廠經理，1945 年因對國民黨政府嚴重失望，轉往「民企」的無錫天元實業公司任副總經理。1950 年，費福燾先後任上海申新紡織總公司副總經理、上海新中工程公司董事長。又自 1953 年始，任解放軍總 914 部隊工程師，軍銜為少將。

一如竺可楨所曾預料到的，費鞏失蹤消息的漣漪，很快引起了風波，這最早的便是浙江大學的學生罷課風潮。竺可楨日記寫道：

> 3 月 27 日
>
> 電話來，知浙大學生於昨起罷課（按：學生自治會提出三點要求：燈油發實物，每月一斤；增加膳費；發表民主宣言）。余謂罷課非法。燈油決不能發實物；膳費國家已有辦法；宣言係回應《新華日報》而已。故余告以如明日不復課，余即辭職（按：至 30 日，學生復課）。

「費鞏案」引發了浙大的罷課風潮，竺校長可謂焦頭爛額，他一邊要深入調查事件的原委，一邊又須對付學校的罷課，防止事態的惡化，以上日記片語之間，就反映了他當時的複雜心情和他的態度。

在重慶，竺可楨繼續擴大調查範圍，頻繁接觸有關方面的人士。

3 月 27 日

晤詠霓，談及費香曾事，渠以為應報告委員長。

「詠霓」即翁文灝，浙江寧波人，地質學家，也是竺可楨的友人，時為國民黨中央委員、行政院副院長。當時翁建議竺可楨直接向蔣介石反映情況。

3 月 28 日

羅鳳超來，據云高文伯又與葉秀峰談，擬略有線索，疑香曾仍為中央調查統計局所閉禁也。今日《大公晚報》載費鞏失蹤消息。

「費鞏案」又傳出了所謂線索，但竺可楨仍相信此事係為國民黨特務（「中統」）所為。而費鞏失蹤的消息已見諸報端了。

3 月 29 日

偕費福熹晤次仁與齊鐵生，託鐵生設法覓香曾之下落。據福熹云，已略有線索，疑中央統計局所為，而鐵生則以為中統局近來不捕人。

竺可楨與費福熹連續拜會各路「神仙」，如「次仁」，不知其為何人也？這時費福熹也相信其弟失蹤為「中統」特務所為。兩人會見了齊世英（字鐵生，歷任國民參政會參議員、國民黨中央政治委員會委員、中執委、立法委員等），彼對此則否認之。

4月1日

中央黨部調查統計局顧建中來，據顧謂，決非中統局所捕，
香曾或為奸人所算，但盛伯（費福燾）疑軍統局所為。

「說曹操，曹操到」，「中統」頭子的顧建中居然主動找上門來，
他是來「澄清」「中統」的「清白」的。

按：顧建中，上海人，上海南洋公學畢業生，與另一「中統」頭子
的徐恩曾係同窗，顧 1931 年入調查科任幹事及特工總部行動
隊隊長，後歷任特工總部外事科長、組織科長、財政部鹽務緝
私督察處長、中統局副局長、財政部鹽務總局幫辦、財政部鹽
務總局副局長等。顧建中此時主動出面，且堅謂事件非「中統」
所為，可見當時費鞏失蹤消息已在社會上造成了影響，彼不得
不有所表示。顧的表白，使費福燾轉為懷疑係國民黨另一特務
組織的「軍統」所為，而竺可楨由此愈加堅信事實之出於詭秘，
即以費鞏之人格倔強，必刺激國民黨特務機構愈加兇殘，他可
能已經估計到事件最壞的結果了。

4月2日

與費盛伯談香曾事，迄今仍無著落，徒焦急而已。余推想為
政府特務機關所捕，因香曾倔強不能放。

4月6日

據朱鶴年、盧析薪二人云，二月廿二日《新華日報》文化界
宣言，渠二人實未見到，由孟聞口頭相告而應允者，故遂有
否認之舉。

203

如果說「費鞏案」發生的一大因素是所謂「宣言簽名案」，此時竺可楨又得知：華、朱、盧三人所以會先簽名而後又聲明退出，朱鶴年、盧析薪（于道）兩人係事前聽張孟聞傳言，但兩人並未見到宣言。那麼，朱鶴年、盧于道是因為宣言本身的原因，抑或是張孟聞本人的原因而「有否認之舉」呢？這又是一個謎了。竺可楨這條日記非常重要，因為他是親自聽到朱、盧兩人的解釋而寫下的，或許這是較為真實的記錄。

按：1945 年 2 月 22 日，中共在重慶的報紙《新華日報》發表了一份大後方文化界的宣言，即由郭沫若起草的有 372 人聯合簽名的《文化界時局進言》，其中內容猛烈抨擊國民黨的法西斯獨裁統治，提出建立由各黨派代表組成的聯合政府和實行民主的一系列要求，宣言發表後，國民黨當局十分被動，為了打壓民主潮流，遂採取對簽名者分化、威脅，以及組織「反簽名」的運動，最終又於 3 月 20 日下令解散了「文化工作委員會」。費鞏的這份宣言上簽了名，他的失蹤與此有多大的關係？值得考察和研究，特別是他失蹤前曾與陳立夫會見，是否陳當時要求他「退出」而他表示不肯，由此引發了他的失蹤呢？當然，這僅僅是一種猜測，筆者迄今還未看到相應的文獻說明，如陳立夫的回憶等等。陳立夫晚年有回憶錄（如《陳立夫訪談錄》等），但無一字提及此事。坊間有許多描寫陳立夫以及「中統」的書籍，如《陳立夫大傳》（系浙江省社科院歷史所張學繼等所撰）、《政治殺手陳立夫》、《陳立夫生平與思想評傳》等，但也皆不提及此事，唯有《陳立夫大傳》提及陳與費的那次會見，且稱

之為「鴻門宴」，但卻沒有出示相關的史實出處，看來仍是出於作者的一種猜測而已。

竺可楨仍在執著地調查「費鞏案」：

4月8日

與友三談香曾事，友三謂復旦燈油費占全校經費大部。

4月11日

與章友三、費盛伯同至監察院晤滄波。

4月12日

晤費盛伯，遇于震天。朱騮先來，與談香曾事。

4月13日

偕章友三同往見衛戍司令王瓚緒。王不在，由參謀長郝家駿（鐵驊）代見。詢以香曾下落，渠以查詢香曾案卷見示，則訪查邵全聲頗詳，但未得著落。余等告以去年十二月開除學生謝力中近在銅梁高級機械班，聞費盛伯云三月六日由渝回銅梁，其來渝理由謂因浙大事。如盛伯所得消息可靠，則其人有傳詢價值。郝允即去傳訊。

連續多日的奔波，仍沒有實質性的結果。最後在重慶衛戍司令部參謀長郝家駿處看到了對方提供的費鞏案卷，其中有邵全聲的口供，仍無「著落」。

突然竺可楨想起一事，隨即他報告給郝家駿：浙大 1945 屆機械系畢業生謝力中（曾被學校開除），此前曾出現在重慶銅梁高級機械班，不知其與此案有何關聯？事前費福燾與之相遇，並獲悉此

人赴重慶是因「浙大事」，或許這是一條線索。郝家駿答應了竺可楨的所請，表示會傳訊其人。

按：1944 年 12 月，時為浙大學生以及「三青團」幹事的謝力中因為購鹽等舞弊案，被同學告發，學校擬將之開除，謝聞訊跑到竺可楨那裏哭訴，竺可楨在日記中曾兩次提到：「余告以自作自受，乃大丈夫應有之態度，不要哭哭啼啼，作小兒女態。即使開除，亦非絕路也。豈有堂堂大學生，而尚不能謀生乎？」、「余勖嗣後作事，務立定腳跟，不稍以私而害公，致遭人攻擊，則此次之打擊亦為良好之教訓也。」大概此後謝力中得以從浙大畢業，後在重慶任職。一晃，2007 年「浙江大學北美校友訪問團」來訪，謝力中夫婦是其中唯一的一對校友夫妻，他們都畢業於前浙江大學機械系，從其簡歷中我們得知：謝力中後隨國民黨當局遷往臺灣，其曾任國民黨空軍機械工程師、臺灣「總統府」參議、「臺灣省政府」辦公室主任、「全國外匯貿易委員會」執行官、「臺灣銀行」研究院副院長等，看來官職不小。謝力中對浙大擁有熱烈的感情，曾作有《浙大校歌試詮》等。據悉：謝力中 1948 年赴台，還曾擔任過教職（其自稱教了 40 多年書），並在張其昀創辦的臺北「中國文化大學」創辦了數學系，後來則一直居住在美國。遺憾的是，據筆者所掌握的資訊，謝力中對「費鞏案」不曾有過回憶，當年重慶衛戍司令部對其是否進行過「傳訊」，以及有無結果，我們也全無所知。至於謝力中後來回校訪問，他是作為校友身份的，可能有關方面（如「校友會」）也不便對他提出相關回憶的要求吧。

「費鞏案」一波三折，謝力中一事尚無消息，竺可楨又聽到了一則讓他砰然心動的消息：

4 月 14 日
盛伯來，據云今日途遇軍統局漱廬之王新衡，謂香曾事一星期後必可水落石出云，不知是否推脫之辭耳。朱可報告，費被禁在衛部督察稽查處。

費福燾的活動能量不可小視，自從他來到重慶打探弟弟的消息之後，不斷會得到許多意外的線索。如這次費福燾又有消息：「軍統」頭子的王新衡居然信誓旦旦地說，「費鞏案」不久將「水落石出」、真相大白。對此，老成的竺可楨本能地懷疑之。

按：王新衡（1908～1987），浙江慈溪人，早年曾被國民黨選派至莫斯科中山大學留學，與蔣經國是同學。王學成返國後投身國民黨軍政界，最初在南京創辦「蘇俄評論社」，出版《蘇俄評論》月刊，嗣後任國民黨軍事委員會政訓研究班指導員、處長。抗戰期間，王任「軍統」香港特別區少將區長、行政院上海市統一委員會秘書長等。抗戰勝利後，王曾任保密局上海站站長，後任國民黨立法委員。1949 年，王赴台後曾任國民黨南方執行部主任委員，後轉入企業界，歷任亞洲水泥公司董事長、遠東紡織公司常務董事等。

就在王新衡之後，又傳來一條費鞏的消息，此係朱可（？）之報告，彼謂其被關押在重慶衛戍司令部督察稽查處。竺可楨且信且疑，繼續尋找線索：

4 月 15 日

余與布雷談費香曾事，布雷以為特務方面未捕香曾。余告布雷，年輕人欲批評亦無可厚非，若批評政府者皆目為共產，則不啻為叢驅雀也。布雷又告余，謂在青年團評議會席上蔣主席曾表示黨不應在大學活動云云。

竺可楨找到陳布雷，陳是浙江人，又是浙大校友，竺可楨受任校長，以及浙大的辦學和經費支持等，都曾得到過陳的大力幫助。陳對竺沒有什麼忌諱，他向竺亮明瞭自己對「費鞏案」的看法，即國民黨特務沒有暗捕費鞏。當時陳布雷與竺可楨已經有了很大的思想分歧，這是兩個人心中都有數的，於是竺可楨向他表明了自己對當局壓迫民主的看法，並指責其為愚蠢之舉。陳布雷則說明了當局的苦衷，並轉達了蔣介石的一番表白，即蔣是不贊成在大學開展黨派活動的。事實上，當時在內外輿論的壓力下，的確蔣介石不滿於「中統」在大學的種種政治強制活動，並在某種程度上約束了其活動。至於陳布雷本人，更是沒有參加國民黨內的任何派別，他自命清高，也反對採取強制對付青年學生。他的女兒陳璉（以及女婿）就是中共地下黨員。

4 月 16 日

晤費盛伯，遇于震天。知三月四日于震天曾至六十六號，時邵全聲正為香曾打鋪蓋。但香曾當時定五日住客棧，不住邵全聲處，不知以後何以變。又知邵全聲求婚之人即胡品清，邵係於飛機載狗案內開除者。昨布雷云，邵全聲已有供詞，謂香曾常罵他，故銜之，因起謀害之意，其言不可信。但何

以香曾失蹤，邵秘而不告，直至于震天由復旦同學報告十四
日曉得後，始於十五日來余處報告。且又先告左舜生，其情
節殊可疑也。

　　竺可楨的日記說：費福熹又從于震天處得知費鞏失蹤前的一些
消息，而這皆與邵全聲有關，特別是從中又牽出幾件邵全聲在浙大
曾被開除、邵求愛於胡品清等情狀，而陳布雷又稱其已招供謀害費
鞏。對此，竺可楨雖表示不相信，但卻又質疑於彼何以在費鞏失蹤
後「秘而不告」以及事後才分頭先後報告給左舜生、竺可楨。

　　邵全聲此前在浙大被開除一事另見本文其他章節，至於邵全聲
「求婚」於胡品清一事，恐已難以澄清，且無此必要。

按：胡品清（1921～2006），浙江紹興人，著名女作家。其父胡一
　　東曾是黃埔軍校教官，北伐時在長沙病逝於戰場。胡幼年隨祖
　　母居住在南昌，小學畢業後入美國教會學校葆靈女中就讀。
　　1938 年，胡考取浙江大學外文系，畢業後在重慶一所中學任
　　英語教員，後為中央通訊社英文編輯、法國大使館新聞處譯員
　　等。繼之，胡留學法國，在巴黎大學研究現代文學。1962 年，
　　胡回到臺灣，在臺北「中國文化學院」（後稱「中國文化大學」）
　　外文系和法國文學研究所擔任教授，後又為法文系主任，業餘
　　則從事文學創作。胡品清是出身浙大的才女，在校時即已有
　　名，後來又成為著名的女詩人、女作家及女文學翻譯家。邵全
　　聲與之為同窗，彼此應該是相知的。與邵、胡相知的，還有竺
　　可楨以下日記提到的另一女生——龐曾漱。

　　邵全聲得知費鞏失蹤消息後，首先向左舜生彙報，當時左舜生
係民主黨派之一的「中國青年黨」的首領。

> 4月17日
>
> 偕費盛伯晤滄波。據盛伯云，謝力中方面線索查無實據，而
> 龐曾漱之丈夫高昌壽曾三度晤盛伯，囑其暫弗回，並謂如須
> 發傳單登報，則各事均已預備。龐之摯友陳天保為擾亂治安
> 者被浙大開除，與邵全聲同時，而邵已自供推香曾落水，則
> 此中自不無線索可尋矣。

　　謝力中那裏毫無頭緒，浙大女生龐曾漱的丈夫高昌壽以及其摯
友陳天保（二人也皆是浙大學生）的名字此時也出現在竺可楨的日
記裏。高昌壽是與費福熹多次聯絡，表示願為「費鞏案」的曝光出
力。至於陳天保（後為內蒙古自治區科協副主席），則是與邵全聲
曾一道被浙大開除。竺可楨以為此兩人也是整個事件中的線索之
一，可見當時其思緒的敏感程度。

　　不久，竺可楨返校，遂將事件的整個過程和已知情況向同人彙
報。當時浙大「教授會」擬通過全體教授的簽名方式，並以電報的
方式刊登報紙公佈於眾，以此來呼籲查清費鞏的下落，並營救費
鞏，竺可楨依然認為需謹慎從事，即此時正是國民黨準備召開中央
全會（「六大」，即在抗日戰爭即將取得最後勝利、全國人民強烈要
求廢除國民黨一黨專政、成立民主聯合政府的形勢下準備召開的。
竺可楨在日記中記為「五中全會」，恐有誤）之際，此前國統區已
興起了民主憲政運動，中共方面也已在國民參政會上提出廢除國民
黨一黨專政、召開各黨派會議、成立民主聯合政府的主張，而各民
主黨派皆予以積極的回應，致使國民黨當局非常被動和尷尬，竺可
楨擔心浙大方面如將「費鞏案」推向高潮，必會使之「引起輿論界
注目」，從而使國民黨當局愈加狼狽不堪，而當時的竺可楨還是致

力於維護「政府」的，當然，這又與他崇尚民主自由、反對政治迫
害的本願形成了矛盾，同時作為浙大教授的費鞏失蹤、同人全力營
救，對此他更是無法置身事外，且無法阻止，因而他陷於某種兩難
的困境之中，對此，後來他曾有回憶加以自我批評。

> 4 月 24 日
> （浙大）行政談話會。余報告在渝開會經過，並談及香曾失
> 蹤與綦江 202 師李家鎬等五人被扣事。

> 4 月 26 日
> 尊生來談，定星期日上午十點談香曾失蹤事。

> 4 月 29 日
> 十點至經歷街十號尊生寓談香曾事，到教授會代表顧谷宜、
> 錢鍾韓、王駕吾、王勁夫。已先由尊生起一稿呈部，請限期
> 徹查。由全體教授名義，當改為簽名徵求同意，具名為教授
> 等某某若干。本擬以代電方式登各報，余主張送新聞。遂作
> 為新聞投稿。說明各教授已上呈文與部中，因恐在五中全會
> 時必引起輿論界注目而成為抨擊政府之一種工具也。但若阻
> 止教授表示亦非辦法，因人孰無情，十年相處之友人一旦杳
> 然無消息毫不為意？故不能不有此呈文爾。

　　不久，竺可楨通過朱祖祥得知費鞏仍被囚禁在重慶的「漱廬」
（「軍統局」總部所在地，隔壁即楊森的公館「渝舍」。「中統局」
總部則設在川東師範），這一消息是浙大學生潘際炯聽說的，而且
還有一個不祥的消息，是說費鞏已經遇害了（據悉是公佈於 3 月

24 日的《新華日報》），而邵全聲的口供則是屈打成招。對此，竺
可楨以為是左派學生的看法，他又向陳布雷去討說法，彼則一口
否認。

按：朱祖祥（1916～1996），寧波人，土壤學家。1938 年畢業於浙
　　大農學院農化系，1948 年獲美國密西根州立大學哲學博士學
　　位。歷任浙江農業大學教授、土壤農化系主任、副校長、校長、
　　名譽校長，浙江省科協副主席、名譽主席，浙江省人大常委會
　　副主任，曾任中國農業科學院水稻研究所首任所長，1980 年
　　當選為中國科學院學部委員（院士）。

　　潘際炯，後轉學至西南聯大，再後為《大公報》記者。

> 4 月 30 日
>
> 遇朱祖祥。潘際炯云云曾閉禁在漱廬，有被害之說，而邵全
> 聲因受拷打自承謀害香曾。此乃共產黨一派之說法也。

> 5 月 2 日
>
> 布雷電否認上月廿四《新華日報》香曾被害消息。

> 5 月 5 日
>
> 晤周思漢，談及香曾失蹤事。

　　又不久，在強大的輿論壓力下，國民黨當局被迫開始調查費鞏
的下落，即由重慶衛戍司令部、「軍統」，會同盟軍的美國心理專家
等共同赴浙大調查，竺可楨以及浙大費鞏的同事們接待並配合了相
關調查。竺可楨還詳細告知其邵全聲的情況，因為當時邵是「費鞏
案」中最重要的目擊者，其在學校的情況雖有助於此案的分析，但

竺可楨認為在沒有詳實證據的情況下不應該長期羈押他，而是應將其交法院方面。

5 月 17 日

到校。適重慶衛戍司令所派高級參謀沈醉、聯絡官潘景翔及美國心理專家 Lester D. Schreibe 三人自湄潭回。蓋渠等於今晨赴湄，十點抵湄而余已行矣。Schreibe 詢香曾及邵全聲二人事極詳。據云香曾迄無下落，唯一線索為邵全聲。余告以邵之為人，浙江臨海人，台州中學畢業，住城內青雲坊十號，父名邵西鎬，業教育。學號27042，外文系學生，民廿七年到校。一年級上學期平均成績75.0，下學期84.2。二年級上學期82.1，下學期80.6。三年級第一學期58.5，下學期51.5。所有功課均未考英國文學史。卅年十月補考時犯規，記大過二次，小過二次。卅一年一月十六日以擅自停課開會記大過一次，乃勒令退學。Schreibe 並欲知香曾與邵全聲二人之關係，明日欲與尊生、劉恢先、謝幼偉、諸葛振公、張君川、王國松一談。

5 月 18 日

Mr. Schreibe 偕沈醉、潘景翔來。沈為衛戍司令少將，高級參謀。潘係聯絡，英文講得不錯。Lester Schreibe 係 EVANSTON, III.伊利諾州埃文斯頓人，在 Northwestern 畢業（1937）。習心理，在警署作偵察工作，如 Lie detector 之類。據云費香曾迄無下落，邵全聲則供詞先後矛盾，故不能不來校稽查邵之為人。余將邵在此三年半之成績交與，並告以曾為大考補考作弊記大過二次，小過二次，且怙惡不悛，卒於

1942 年開除，即驅孔罷課事。邵對 Schreibe 說，其開除單由於驅孔，不說作弊情事。

上午約羽儀太太、王勁松、蓋謀、佘坤珊、劉恢先先生來談。下午二點至校。沈醉等又來。余約張君川、繆彥威及謝幼偉與之談，至四點半始告別。Schreibe 等均覺滿意，但香曾之下落不可知。據沈醉云，蔣主席極關心，最近《大公報》與《中央日報》均載衛戍司令王瓚緒對記者談香曾安全，不可靠。而謝文治自重慶來電，謂不久可以釋放，更不可靠。

5 月 23 日

作函與叔諒，主張以邵全聲交法院，因邵在衛戍司令部已羈押達二月之久也。

　此外，竺可楨還擔心事態會在浙大內部引起更大的反彈，因而使「費鞏案」儘快水落石出尤為重要。一面救人心切，一面擔心風潮驟起，這是竺可楨極為糾結之所在：

5 月 27 日

偕同契非、洽周至何家巷二號、三號教室自治會發起之香曾懷念會，上並有「民主團結」等字樣，顯係左派份子所為。

5 月 28 日

知昨理事大會未將香曾紀念會所交議之改《生活壁報》為《香曾壁報》案及快郵代電拯救香曾案通過，並將《生活壁報》暫停。余告程（融巨，自治會秘書）昨日自治會主辦香曾懷

念會與歡送畢業同學會均提到壁報，晨間並加討論。余告以
此種掛羊頭賣狗肉之非是。

重慶方面，仍然是迷霧重重。其時正好是日本投降的日子，在
全民歡呼雀躍之際，由於有「費鞏案」的陰影，竺可楨怎麼能高興
起來呢？他的心思更加沉重了。

6月7日

得費盛伯函，知香曾事最近之將來或有眉目云。

8月8日

四屆參政會。對香曾失蹤，此次會中雖提出，但無結果。

8月14日

日本投降。又知邵全聲迄未釋放。

浙大方面，呼聲不竭，而又到了學校要凱歌返回的日子了，念
及費鞏的生死不明，以及埋骨在西南群山之間的同事，竺可楨欲哭
無淚，心情慘澹。

8月19日

遵義教授會議。要余去重慶再函政府營救香曾等各項。

8月28日，竺可楨致信邵全聲父親邵西鎬，其曰：

西鎬先生大鑒：

前誦來書，即函重慶地方法院催促全聲之案。昨《大公
報》載，渝院已予不起訴處分，為之心喜。刻渝院覆文亦至，

215

全聲弟並有函告已審釋出院，即買舟東歸，足以慰高堂之望
矣。渝院公文另囑抄奉，先此馳聞，用示慰念之深。

拜上

9 月 14 日
第 47 次教務會議。復員事宜。臨行以前不能不憶及從杭州
同來之黃羽儀及張蔭麟均已物故，而香曾則仍然失蹤，不能
不為留念。

　　竺可楨再赴重慶，他深感自己責任重大，因為全校師生把讓
「費鞏案」水落石出的希望都寄託在他身上，他勉為其難，只有全
力以赴。

　　霧都重慶，仍然迷霧重重。作為整個案件突破口的「邵全聲
案」，此時已經明白於天下了。且看竺可楨日記的記錄：

9 月 27 日
晤費盛伯。據云邵全聲被押後，衛戍司令初加以刑罰，以
水灌鼻，並將其放入污穢之牢獄。中央機器廠之柳昌學有
一次往晤衛戍司令偵察長羅君，無意中遇邵全聲，詢之，
知渠之自供為其推落入水，乃因衛戍司令之逼供。後經戴
雨農親自提詢，始以實告。戴囑優待，故得移至石灰寺稽
察處。柳之所以赴稽察處，乃因陳雪白與另一人均以香曾
事被禁而來。現聞邵已在警察局云。又謂據一楊良瓚報告，
謂有一林姓者方自磁器口訓練所與香曾同房間之某君傳
言，謂在磁器口製鋁廠旁一洋房內。盛伯去三次，均未有

所獲。又有人報告，謂在三民主義青年團所辦合川某地云，似皆捕風捉影之談。

除了邵全聲，還有陳雪白等因本案而被拘。又傳有人曾與費鞏同囚於磁器口某處，抑或費鞏被關在合川某處的「三青團」禁區內。對此，竺可楨早有經驗，只是姑妄聽之而已，所謂「捕風捉影之談」也。隨即，他與重慶各方面人士商討辦法：

9 月 27 日

下午四點，余乘車至油寺街參政會，到黃任之、程滄波、章友三、冷御秋、香曾之姨夫汪旭初、盛伯及友人蔡君（承新，中國銀行上海副經理）、杭立武，討論一小時。任之主張立即由余與友三具名呈蔣主席徹查，盛伯登報懸賞二百萬，若無效則（？）個月內為香曾開追悼會。當場冷御秋及蔡均主張延遲一個月再說追悼會事，因恐於香曾不利。故定下月卅一日再開會。

10 月 1 日

晤費盛伯，余勸其以費母之名懸賞一百萬覓人，因費盛伯意欲以章友三及余同登廣告也。余昨已與叔諒談，若一、二個月內香曾行蹤不明，勢必重慶任之等為發起開追悼會，而各校亦隨之。

事情已經過去近半載了，還是毫無蹤影，黃炎培主張由浙大和復旦兩校校長呈請蔣介石「徹查」此案，這是沒有辦法的辦法了。費福熹作為費鞏家屬的代表，當然心情更加急迫，他主張「登報懸

賞」，再無消息則只能為之召開追悼會，實際上就是默認費鞏的事實死亡了。對此，眾人看法不一。竺可楨建議以費鞏母親的名義「登報懸賞」，並且估計到事件會更加惡化，且勢必將浙大捲入。竺可楨心憂如焚。不久，他又聽到了關於費鞏的消息，然而一如此前的種種，全係「捕風捉影之談」。

10 月 11 日
晤費盛伯及柳昌學。據盛伯云，香曾已有較的確之消息，緣蔡承新已晤到一見及與香曾同閉禁於興隆場之薩空了。現薩已到昆明，改名易姓云。章友三所預備呈委員長文與盛伯懸賞報事均將暫緩辦理云。

10 月 12 日
晤費盛伯，將上委員長函交與。盛伯以為薩空了之傳說為可靠，又謂薩已到重慶，謂沈衡山（鈞儒）與之接洽云云。

10 月 20 日
晤于震天、柳昌學。知香曾迄無消息。

薩空了（1907～1988），上海、香港《立報》記者、經理，後為重慶《新蜀報》總經理，「民盟」機關報《光明報》總經理，也是著名民主人士。

1943 年 5 月 17 日至 1945 年 6 月 26 日，薩空了先是在廣西桂林被國民黨特務非法綁架和逮捕，後相繼關押於桂林和重慶長達兩年。薩空了是在 1944 年 6 月被轉送重慶的，具體地點是在巴縣興隆鄉五雲山的國民黨「戰時青年訓導團」，也即一變相的集中營，

其間，據薩空了所稱，他曾看到過 300 人左右的「政治犯」，竺可楨以上所記述，估計就是當時由蔡承新根據其傳言而判定費鞏也曾被關押於此地的。

薩空了 1945 年 6 月被釋放後，曾於 1947 年由香港春風出版社出版了《兩年的政治犯生活》）的回憶錄，至 1985 年又由中國文史出版社再版了此部回憶錄（改名為《兩年，在國民黨集中營》。此外他還有《薩空了文集》等存世），然而這部回憶錄中，並沒有提及見到過費鞏，則竺可楨日記中這條記錄的真實性還有待考察和判定。薩空了的這部回憶錄，稱其當時被非法綁架是事出被人誣陷的所謂「新疆陰謀暴動案」，主持者是國民黨廣西黨部調查統計局，也即「中統」特務所為，至於後來他被轉押在重慶的所謂「戰時青年訓導團」，則是由康澤任團長的國民黨「集中營」，被關押在裏面的，多係青年學生。作者所稱其所親見的人物，有國民黨貴州盤縣黨部書記（後發狂）、成都《新華日報》分館主任李椿（後逃亡）等，並沒有費鞏。另外，如果當時費鞏確曾被關押在此處，後來康澤何以沒有交代這一情節，其他「難友」也為何沒有回憶起呢？

薩空了在回憶中稱：當時國民黨特務對付其在政治上的異己者，所採取用的方法，有非法逮捕、長期囚禁、強迫悔過、以「訓練」求「改變」思想，乃至秘密處決等。而當時在重慶，其實施暴行的處所，可謂五花八門，如衛戍司令部、憲兵司令部、警察局、江北縣政府等，其皆有捕人的特權。至於採取秘密處決的方式對付「政治犯」的例子，其稱有一重慶的青年刊物的編輯鄭氏，於「皖南事變」後被囚禁於川東師範的防空洞內，後不知去向（所謂「失

蹤」)。或許作者當時確曾在五雲山的「集中營」(即「戰時青年訓導團」)看到過費鞏,後來他撰寫回憶錄時沒有記入;或當時記憶有誤,後來澄清後也就沒有提及;以及回憶時有所偏差,其實是他人,等等。

　　薩空了的這部回憶錄,只有一處提到過費鞏。可以這樣認為:即作者既然提到費鞏,如果當年在「集中營」確曾見到過費鞏,沒有理由在他撰寫回憶時竟不多寫幾句,以強烈控訴國民黨「特工」的殘暴(《「特工」的殘暴》,書中有同名一章的內容)。薩空了在書中有一大段文字提到「費鞏案」發生時的背景:

> 抗戰勝利後不久,國統區民主運動興起,過去國人即使不滿意政府,也只好腹誹而沒人敢說出來,更不要講寫出來署上自己的真姓名,到報紙上去發表了。到這時,情形大不相同了。公開表示不滿意現政府,因而要求召開各黨派的國是會議組織聯合政府的言論,接二連三地在報上出現,後面署名的人且都是一些很有社會地位的知名人士。雖然國民黨為了對抗這一種真正的民眾呼聲,也組織了許多人在報紙上發表擁護政府的宣言,可是那些署名的人比在反政府宣言上署名的人未免相形見絀了。許多在過去擁護國民黨政府或至少不敢公開反對國民黨政府的知名教授、工業家、婦女,居然都在反政府的宣言上簽了名。從《新華日報》上我們還知道有些教授因為在反政府的宣言上簽名,立即受到政治壓力,叫他們出來否認曾經簽名,但大多數都雖受了壓迫也不肯否認。最有名的,像中國古代史研究家、名教授顧頡剛便是一個。

以上提到的，便是導致費鞏「失蹤」的簽名宣言事件。薩空了還說：此後，在國民黨的政治壓迫下，「文委」被迫解散，又在十幾天後，即報紙上刊登了中共代表等赴美國舊金山出席聯合國大會的消息後，發生了成都《華西日報》被搗毀、浙江大學教授費鞏失蹤、中央大學教授吳恩裕教授被毆的一系列事件。

此時，形勢果然如竺可楨所預料的一樣，國民黨的統治危機終於在戰後爆發了，而其起因和導火線，皆出於學潮。隨即，在浙大，風潮驟發。竺可楨自是左支右絀。

> 1945 年 12 月 3 日
> 與任東伯談。余述及香曾事，以為此時政府如有此人，急應釋放。

> 12 月 11 日
> 昆明學潮。自治會發起昆明死難學生追悼會。代表來談開會事。余初不允到會，繼因恐會場中更發生擾亂秩序，故有允意。然繼又悔之，以追念香曾會之經驗，鄭文炎（代表之一）之言不可靠也。

浙大的風潮，也再次把費鞏捲入。同時，又傳出有人看到費鞏的不實消息，竺可楨則本能地感到：費鞏已不在人世了。

> 1946 年 2 月 14 日
> （教育系代表來）謂《生活壁報》對於李相勖大肆攻擊，証相勖在訓導班上罵費香曾以金錢買學生，壁報詆相勖者十餘張之多。渠等已出佈告，否認有罵香曾之事。

晤羽儀太太，余索香曾之妹王守競夫人（費令儀）函一閱，
其中有云友人曾在渝郊親見香曾，謂尚優待云云。但近來黃
任之覆信與陳鴻逵與黃尊生，謂據邵力子云香曾無下落，則
可謂憂慮。又袁希文在渝於年初來信，謂消息不佳，則香曾
恐已不在人世矣。

戰後，經過國共兩黨的談判，有一個短暫的和平時期，期間國
民黨政府宣佈釋放政治犯，而中共更在其政治主張中要求釋放張學
良、楊虎城、費鞏，以及國民黨元老廖仲愷之子的廖承志。竺可楨
不禁長歎：此前認為費鞏失蹤後被秘囚於重慶，果然如此，今日須
被釋放矣，然而，事實說明他並沒有被關押在重慶（國民黨要人的
邵力子所述），或者早已被害，那麼，是何人誅殺了費鞏呢？竺可
楨又不禁悵然：費鞏之死，傳到浙大，左派學生必以為係費鞏在浙
大的死敵所為，何為其死敵？反動的「三青團」分子也，比如此前
提到的謝力中，那麼，究竟是不是他呢？

2 月 15 日
作函與中央機器廠柳昌學及叔諒，為費香曾事。過去以為香
曾被禁於重慶，則釋放政治犯以後，渠必可恢復自由。但黃
任之覆教授函中謂邵力子說並無下落，則其人殆不在人世
矣。香曾若死，則浙大學生必疑是青年團團員所為，因去年
謝力中之開除，香曾固亦主管之。去春在滬渝曾有人告發謝
力中於香曾到渝後不久亦到渝。余與章友三將此消息報告王
纘緒，但據徹查，則謂謝力中與此案無關，豈衛戍司令之特
為謝洗刷耶？不可知也。

浙大的風潮依然在擴大。風潮是以《生活壁報》（一稱《費鞏壁報》）為中心開展的。

2月16日

行政談話會及訓導委員會聯席會議。關於《生活壁報》攻擊李相勖事，教育學會來函為李相勖辯護，謂在訓導班上李並無攻擊之事。《生活壁報》上攻擊文章十餘篇之多，其中有私人攻擊，稱為黨棍、特務等名稱，有違大雅。故會議中主張查明作者姓名，向李道歉，否則編輯壁報之陳強予以處分。次談及三月五日費香曾失蹤周年，學生將為之作紀念，有罷課一天之舉動，甚至有主張遊行者。會議結果：罷課並不阻止，但遊行易於滋事，故必勸阻。

在重慶，費福燾又從中共發言人陸定一處獲悉：費鞏已被毀屍滅跡。這應該就是後來給費鞏的下落定論的出處了。

2月23日

晤費盛伯，知香曾無消息，且據共產黨陸定一云，有人報告，香曾被捉後曾加嚴刑，於三月十號左右即埋屍滅口云云。

竺可楨還是要讓重慶衛戍司令部的王纘緒司令來證實，王藉故讓他人來敷衍。此時更有人提出費鞏係「三角戀愛」關係遇害的緋聞，而其事又關乎邵全聲其人，可謂滑稽。不久，又有人活靈活現地說見到費鞏進了戴笠的公館，更是滑天下之大稽。竺可楨終於意識到「費鞏案」不可能有結果了，他設定了一個日子——1946年3月4日，即費鞏失蹤的周年，這是他的「失蹤紀念日」，竺可楨決

定不再浪費時間於重慶，他急切地要返回學校——浙大，處於風口浪尖上的浙大，正需要他及時地出現。

> 2 月 28 日
>
> 九點至觀音岩衛成司令晤王纘緒，詢香曾事。王開軍事會議。由其副官處處長余君代見。余與友三、覺予詢香曾下落，余君不甚了，且將邵全聲與謝力中合為一人。但謂此事係衛成司令交稽查處羅處長辦理，後已將此事交與侍從室，即目前國民政府軍事處第六組辦理，由俞濟時管轄。總之不外推諉而已。貴州省府謝耿民、李定宇及楊子惠來。楊談，知浙大廿五號在遵為東北事遊行，謂無關於香曾之標語。余詢以香曾下落，據云係三角戀愛，被學生推入江中。乃指邵全聲與胡品清一段故事也。
>
> 十點費盛伯來，其車夫山東人，稱有可靠消息，五日晨戴雨農汽車在千廝門接香曾至其寓，不久入中美合作所云云。香曾之蹤跡遂撲朔迷離矣。

> 3 月 3 日
>
> 余以五號為香曾失蹤紀念日，故決計明日行。

回到學校，果然是一番博弈，浙大的風潮趨於緩和。與此同時，竺可楨又開始接手營救被誣陷的邵全聲的工作了。

> 3 月 5 日
>
> （由重慶返校）行政談話會，報告香曾失蹤等等。今日係香曾失蹤周年，本校學生停課一天，上午曾舉行聚會，到學生

不及百人，勁夫、尊生均到會。尚有一事則壁報攻擊李相勗，自治會迄未能令為首攻擊之人向李道歉，故於二號將負責編輯壁報之陳強記過一次。學生不服，以陳無過失也。後經首先攻擊，具名之「費弟子」者向李於昨道歉，故決定將陳強之記過處分取消。

3月6日

羽儀太太來，詢香曾消息。余告以費福燾以其僕人之報告，謂香曾在中美所，故欲設法營救，余恐其又為捕風捉影之談爾。

3月25日

接邵全聲父親邵西鎬函，述香曾失蹤經過與邵全聲之關係，並抄邵全聲在浙大作函回家述香曾如何優待，並稱其為最有希望之學生，香曾之失蹤決非邵所謀害。邵函中香曾有男生惟邵生為最有志氣，女生中唯胡為最有學問（指胡品清），此實可疑。因邵固鍾情於胡，而胡不喜之，且香曾對於學生均極優待（惟青年團溜之乎也除外），則邵之言不免過實。但香曾如被害，殆非邵之所為，則可斷言。余兩次函王纘緒均不得復，當與布雷一談。營救亦非易事耳！

　　竺可楨又去了重慶。一是為費鞏，一是為邵全聲。他未能看到費鞏，卻見到了邵全聲：

4月9日

九點費盛伯來，偕乘車至校場口石灰寺重慶衛戍司令稽察處晤羅稽察長，不值，尹科長亦不在。晤涂秘書與袁科長。涂

225

（杜），浙江人。袁，湖南人。詢香曾事，渠等均不知下落。
對於邵全聲，則渠已詳加詢問，供詞先後大抵符合。惟三月
五日晨邵全聲為香曾取行李，自第一碼頭至第二碼頭時，途
徑略有疑問。余認為此點並不重要，乃召邵全聲來。邵面容
頗豐滿。余首告以其父親已有函來，渠即飲泣。余亦不能忍，
出淚。據邵云，渠於去年三月廿九日自余寓聚興村廿二號出
後未一小時，即被衛戍司令（部）所捕，失去自由，以迄於
今。四月九日偵緝大隊用冷水四盆、去衣、以水灌鼻，邵遂
自承殺香曾。至廿二號有人告邵以行將槍斃，囑指定一人收
屍。後經戴雨農親詢問渠六次香曾是否為邵所殺，邵均自
承。戴不信，邵乃告以實情後，（用）（由）中美所美國心理
學家（此人到過遵義）用測驗方法再審，斷定香曾非邵所殺，
遂移至稽察處。現渠惟望移交法庭。余告以已有函致王纘緒
司令，主張移交法庭，而袁、杜二人謂衛戍司令（部）亦有
此準備云。因十一點有約，余遂偕盛伯出。

　　至於費鞏一案，還是其兄費福燾又得到一個消息，即其失蹤及
被害，是「三青團」主使、「中統」所實施。應該說，這或許是一
個最接近事實的說法了。當然，這需要艱難的論證，而在當時，並
不具備相應的條件。

　　這一消息的來源，據悉是出自國民黨元老居正的女婿徐樂陶與
以及杭州錢氏家族之一的錢學榘的報告，而且事後徐被監禁、錢則
由國民黨大官的周至柔所搭救（錢學榘即錢學森的堂弟，其父錢澤
夫也即錢家潤與錢學森的父親錢均夫即錢家治是兄弟。錢學榘在杭
州安定學堂即今之杭州七中畢業後，於 1931 年 8 月考入浙大，後

因錢學森當年以總分第三名的成績考取了當時名聲在浙大之上的
上海交通大學，他隨之也改考交大，且亦被錄取，隨之即在交大讀
書，而且兄弟兩人都在該校攻讀機械專業。1936 年，錢學榘繼錢
學森之後，也一樣考入了美國麻省理工學院航空系，這一對兄弟的
經歷（多次同校同系）後被傳為美談。錢學榘後獲麻省理工學院航
空工程博士學位。1939 年，錢學榘回國參加抗戰，當時他在貴州
擔任航空委員會下屬飛機發動機廠的總工程師，並被授予上校的軍
銜，然而他目睹時艱，憤恨於國家製造飛機的資金竟然被官員所貪
污，也刺激於費鞏的離奇失蹤及遇害，當時他工作的地方離浙大不
遠，有關消息不時可聞，於是他心灰意冷，於 1944 年返回美國。
錢學榘的幾個兒子，一是錢永佑，後為著名神經生物學家，曾任美
國斯坦福大學生理系主任，是美國科學院院士；另一個兒子錢永
健，則是獲得諾貝爾化學獎的得主，可謂父子滿門的科學家家庭。
錢學榘以著名空氣動力學專家聞名，他曾任美國波音公司工程師，
後曾任全美交通大學聯誼會會長等。1997 年，83 歲的錢學榘因罹
患胰腺癌，在美國加州病逝），竺可楨又聯想到事前陳立夫設宴招
待費鞏是居心叵測，所謂方方面面的「蛛絲馬跡」，他愈加確信這
一接近事實的定論了。

> 4 月 17 日
>
> 晤費盛伯。據云渠近得汪旭初報告，謂香曾被捉，係三民主
> 義青年團主使，而中央調查統計局將其致死。去年四五月間
> 機器廠職員柳昌學得居覺生之女婿徐樂陶與錢學榘二人之
> 報告，謂係中統局所為，且人無下落。柳即打電報與昆明費
> 福燾，因此徐樂陶被監禁兩個月之久，以其岳父之營救得

免。錢以周至柔營救得免。而香曾不見前，某公又曾請客，則蛛絲馬跡不無可疑矣。

此前提及的以浙大和復旦兩校校長名義就「費鞏案」致蔣介石的上書，在擱置半年之後，又提到日程，此上書一直存放在費福燾處。就在此時，又傳來一條關於費鞏的消息，似乎是已被「軍統」殺害了，以至聽到這一消息的翁文灝也為之驚愕不已。當然，受之牽連的邵全聲，也是竺可楨縈繞於心的。

4月17日

盛伯以楨與友三上委員長書交來，已在渠處耽擱半年，其中日月全須改正矣。

4月19日

晤翁詠霓。余告以今日浙大生物系畢業生徐學崝告余事。徐，臨海人，與邵全聲為同鄉，近曾得邵父親函去看邵全聲。據徐云，去年四、五月間，即有一特務親告徐，謂三月五日此特務即拉香曾到汽車上疾馳而去，香曾怒罵特務，遂被殺。可知乃軍統局所為矣。詠霓聞之，亦為愕然。

4月30日，竺可楨致函邵全聲之父邵西鎬：

令郎全聲，此次楨赴渝曾於稽查所一晤，體貌豐腴，似長胖優遇者。當於所中接談，知其此時已無生命危險，並告以此案宜引渡法院，依法辦理。惟自尚有小問題，須待商後可同意爾。又同學徐學錚亦曾到所訪見，其詳當另函告矣。

7 月 16 日

邵全建來談，詢其兄邵全聲事。余告以在本年四月間曾在渝
衛戍司令部稽查處見到，雖受看管，但並不虐待。

就在「費鞏案」依然迷霧重重之際，以雲南學潮為中心的國統
區民主運動日益高漲，國民黨當局窮於應付，且方寸大亂，兇殘已
極的特務們竟在大庭廣眾之下用手槍先後打死了李公樸和聞一
多，從而激怒了廣大民眾以及知識份子，無疑，這對已經有了費鞏
教授意外失蹤和下落不明的事件的浙大來說，不啻更增添了一把乾
柴烈火，浙大的學潮勢必更加洶湧澎湃。對此，竺可楨即憤恨於國
民黨特務的殘暴，同情民主運動，又不免擔心學校會發生無法預測
的波瀾，從而受人以柄，為國民黨當局以及特務所乘隙而入。

此時，原浙大史地系學生沈自敏來找到竺可楨，講述了他在西
南聯大的所見所聞，特別是聞一多先生被害的前前後後，對此，竺
可楨心情複雜，經歷了「費鞏案」種種匪夷所思的傳聞和調查奔波
之後，竺可楨不由猜測雲南的命案較之費鞏一案，是更加悲慘和血
腥了。

8 月 10 日

史地系畢業生沈自敏來，他在聯大史地研究所任事。據說聞
一多之死，乃政府早有計劃。適龍三為人所不齒，政府因將
謀刺事委之於龍三，可謂一箭雙雕。
沈為學生時代素有左派之目，與聞一多頗接近，所言是否事
實不可知。但李公樸、聞一多被刺案近又不談，令人不無疑
慮，較費香曾事尤慘。

正在這時，費鞏的兒子手執其母的信函也來到竺可楨處，那無疑是為「費鞏案」而來的。算算「費鞏案」的發生已接近 3 周年了，而其真相仍然深埋地下，浙大師生無法淡忘、也不可能不作任何表示，關於紀念費鞏先生的一系列活動即將在浙大舉行，而因浙大訓導長一職的爭攘，又必會使之愈加激蕩，可以想見的學潮，會不可抗拒地再次在浙大掀起「驚濤駭浪」，從而使浙大再次被擱置在政治漩渦的中心，作為校長，竺可楨可謂風雨如晦。

9 月 6 日

香曾兒子費灢若來談，持其母親袁家第函來。

與此同時，由浙大和竺可楨出面營救邵全聲的事也已有了眉目。9 月 18 日，竺可楨致信邵全聲之父邵西鎬：

接讀九月十三日惠書，祗悉一是。令郎全聲冤羈多日，殊為扼腕。但此事不必煩蔣主席，已由楨再函重慶警備司令孫元良將軍說項矣。面此祗復，即頌台祉。

1947 年 6 月 28 日，竺可楨再次致函邵全聲之父邵西鎬：

前日抵杭，嗣君全建來晤，縷陳全聲君久羈重慶，移渝法院又未起訴。當即由校正式去函地方法院，促其早日審結矣。此案既歸法院，當可得公正之判決，遠較在警備部為佳。頃得惠書，知深注念。僅此奉復，諸幸鑒察。

也就在浙大「復員」返回杭州之後，時間到了國共內戰正酣之際，與不斷走向高潮的學生運動相聯繫，「費鞏」兩個字成了浙

大的一面旗幟，在這面旗幟面前，正邪分明，其間的縫隙幾乎沒有了。

1948 年 3 月 3 日
學生徐扶明來談三月五日費香曾失蹤三周紀念，將在學生救濟會展覽香曾遺著，而同時谷超豪、陳業榮、唐超漢三人亦來談三月五日香曾懷念會事。

8 月 2 日
顧俶南來，與商訓導長事，因同事中無一願就者。李相勘本有就意，因渠本學期工課太少，只三小時，就訓導事則可改專任。但渠與校中學生一談，有謂李若任訓導，則自治會立即貼壁報攻擊，因渠與費香曾曾一度交惡，而學生方捧香曾也。

12 月 13 日
（學潮。壁報有《費鞏壁報》）在《費鞏壁報》上見到有捧張學良、楊虎城之文。大致說來，可謂一致反對政府之言論，無怪乎外間攻擊「浙大為共匪張目之中心」矣。

參、新中國成立前後的繼續追尋

時間很快過渡了到滄桑鼎革之際。

在一個大時代風雨雷霆的拍打和震撼之下，竺可楨目睹到了時代的變革，並在內心深處經過痛苦的鬥爭和磨礪，逐漸在思想上發生了根本的變化。所謂「求是」，不僅是他的辦學宗旨，也是他的人生信念，在事實面前，他終於得以站穩了立場，並追隨歷史的洪流，走在時代的前列。

滄桑鼎革之際，「費鞏案」依然是竺可楨無法解開的一個心結。那已是費鞏告別浙大的近第4個周年了。浙大師生依然沒有忘懷他。

> 1949年3月4日
>
> 學生自治會新選出之代表包洪樞、楊錫齡來詢經費情形，並謂明日將有晚會紀念費香曾失蹤四周年紀念。

沒有忘懷他的，自然還有他的親屬們，他們仍然不死心地到處打探著消息。這時，又傳來一個讓人稍微寬心的消息，那是說費鞏被帶到臺灣去了。竺可楨也仍然在自己的日記中記載著這些消息，甚至包括那些有些荒誕的消息了——浙大費鞏的友人們，竟以「迷信」的方式來排遣對他的思念。

> 3月27日
>
> 費盛伯來。香曾事，渠詢邵力子，據云恐已絕望，徐恩曾則認青年團所為，亦有傳說謂其在臺灣云云。余以為臺灣之說殊不足恃也。

> 3月29日
>
> 在西泠飯店宴請費盛伯夫婦。席間談及香曾失蹤時各種預兆。駕吾謂失蹤前羽儀勸香曾弗往復旦，至臨行時猶勸阻

之。到渝後黃寧而忽於夢中見香曾來，滿身是血。駕吾於香曾失蹤後尚未得信但眼中不絕流淚，至接香曾失蹤消息忽自愈。又為卜得「易校減趾」四字，「減趾」殆即失蹤也。祥治與香曾同為復旦同班，家玉常與香曾通訊。在宜山時香曾住曉滄家，常有詩唱和，故今日邀諸人一聚（1968 年補記：談費鞏失蹤之先兆，統是迷信）。

竺可楨當然更不死心，從告別貴州而率領全校回到杭州，繼而在更大規模的一次學潮——「于子三案」中接受時代風雨的沖洗，以及在國民黨統治風雨飄搖之際離開學校而潛赴上海，竺可楨沒有一刻忘懷費鞏的身影和他的冤魂。

這時，歷史已經掀開了新的一頁，中華人民共和國誕生了，不過費鞏卻無緣於此了。就在新的共和國草創之際，竺可楨迅即寫信給周恩來總理，要求徹查「費鞏案」，讓費鞏得以昭雪。顯然，「費鞏案」在此時應該說有了可以搞清楚的全部條件：解放以後政府的支持、不再會有某一方面刻意的干擾、國民黨特務紛紛落網後可以提供案件的原委、追尋以及調查也會因有諸種便利的條件而不再是棘手的難事，等等，於是，竺可楨對此也許是非常樂觀的。

然而，事情卻非他料想的那樣順利。竺可楨又一次陷入了迷惘。

12 月 31 日
接費福燾（盛伯）函，指令香曾之死係三青團康澤所為，故余遂作函與周總理，囑追查其事，日後當面詢此事也。

233

1950 年 1 月 3 日

作函與周總理恩來，為費香曾（鞏）事，距今年三月五日為
五年，此事竟如石沉海底，無昭雪之道。據其兄費福燾云，
為三民青年團康澤所害，但不知其根據何在也。

4 月 16 日

晤徐子為，為費香曾家屬。前費盛伯曾來函，要求政務院周
總理徹查康澤。余將函轉給政務院，二個月後得復。謂康澤
推脫青年團不知有此事，推想係軍統、中統所為。近徐子為
來，帶有費盛伯及家屬之信，要費青、振東、孝通等和香曾
生平之親友出名，要政府徹查。並謂聽曾經在貴州息烽被特
務關禁之某君云，香曾由軍統所捉，而被害於軍統。香曾於
失蹤前曾為陳立夫邀吃飯，但邵全聲經戴笠釋放，則是中統
與軍統似統有關係者。

4 月 17 日

徐子為來函，內附費袁家第致周總理函及《費香曾小傳》、《費
香曾失蹤經過》、柳昌學寫《費鞏先生失蹤及調查記》（傳係
徐扶明寫），囑余將此項材料轉與周總理。

「軍統」（「三青團」）大特務康澤被捕後，沒有提供出如人所
願的口供。此時又有人指認費鞏曾被關押在息烽，而且已遇難了，
兇手仍為「軍統」。可惜這也無法定讞。

費鞏的親屬們相繼上書要求政府徹查，其中包括費青、費振
東、費孝通等。很多人也撰寫了相關材料，並且一一送達至周總理
手中。竺可楨則仍然不倦地追詢著，他還囑咐旁人致信中共中央宣

傳部部長陸定一，轉達徹查一事。為此他還翻閱自己的日記，回憶舊事，尋找可以突破的線索。

10 月 9 日
于震天來，渠已在人民大學受訓先後十個月，但仍須自覓事情。
余詢以費香曾事，因渠時在重慶，首先告余以香曾失蹤。據云香曾之死，確系調查統計局受陳立夫之命而主謀云。

1951 年 8 月 6 日
囑董誠擬稿作函與陸定一，為費香曾於 1945 年三月五日在重慶失蹤，查無下落事。其兄費盛伯、妻袁家第近曾來函，並附一信與周總理，要我轉達，同時也函陸定一。上星期遇陸，知雖欲為轉達，但苦不知誰是主謀。余查日記，知 1944 年十二月曾有開除電四學生謝力中事。謝為三民主義青年團幹事，冒名向大興麵粉廠領取麵粉，經湖南同鄉何植棟、馬式春等告發，被開除。香曾主之尤力。據盛伯云，香曾失蹤時，謝力中曾由銅梁（在高級機械班）赴重慶。此事曾告重慶衛戍司令王纘緒及其參謀長郝某，查無結果。謝力中與王纘緒二人似尚可追跡也。

11 月 23 日
見張孟聞述費香曾失蹤事一文。

竺可楨念茲在茲費鞏的懸案，他對與此案密切相關的邵全聲也恢復了聯繫。1963 年 6 月 9 日，竺可楨回覆致邵全聲一信，他說：

你五月廿五號來函已如期收到，很快知道你在杭州師範學院任教，勝任愉快，而且有了美滿的家庭。回憶二十年前的黑暗世界，你真是從九死一生的虎口中逃生出來。浙大正在出一本校史，其中不免要提到費香曾先生被慘殺的往事，對這事也許你可供給一點材料。你可就近一詢孫祥治先生，據我所知他依舊在浙大文書科做事。王駕吾、舒鴻幾位老同事，晤時盼代候。

無疑，費鞏一案肯定要被載入浙大的校史之中，只是這案情的前前後後，仍然有許多盲點有待澄清。為此，在竺可楨的晚年生活中，它是牽繞他老人家心思的一個無法釋然的情結。

肆、晚年的一個情結

（注：《竺可楨全集》的日記部分，迄今已出至全集的第 19 冊，本章所記述的部分，只得先取自此前科學出版社出版的摘抄本《竺可楨日記》，待將來《竺可楨全集》全部出齊，再行必要的補充，特此說明。）

1966 年「文革」爆發後，在這長達十年的非常時期，竺可楨仍然以極大的精力關注著關於「費鞏案」的任何新的消息，並保持著與費鞏遺屬的聯繫。對於竺可楨來說，可以說等同於費鞏之與其遺屬，徹底搞清楚費鞏當年失蹤和遇害的真相是他們念茲在茲的一個情結，而不斷湧現出的新的說法，一次又一次讓他們振奮起來，又一次又一次陷入痛苦的回憶之中。

　　「文革」爆發後的第二年，竺可楨就在日記中記述了費鞏遺屬來信的情況以及他們的近況。值得注意的是，竺可楨的日記披露了1953年他給當時公安部部長羅瑞卿去信要求徹查「費鞏案」的結果，即羅瑞卿收到信後，遂審問了作為戰俘的康澤，康澤回答不知情，從康澤這一線索追查無果。根據費鞏遺孀的來信（費盛伯已去世），傳說李宗仁回國時曾「帶回一部分國民黨軍政特務機關的檔案」，可能她以為其中會有「費鞏案」的相關材料，竺可楨表示「我可以向李宗仁一問，但香曾的事於短期內結束，要在他帶來檔案中查出機會是不大的」。事實上從這一線索沒有得到任何有價值的資訊。另一個相關人物的于震天，也因下落不明而無法從這一線索來突破了。至於邵全聲，他幾乎成為唯一的當事人了，但是他的所見所聞早已不是秘密的了。於是，關於「費鞏案」，還有一個線索，就是竺可楨根據來信裏所稱「1953年上海解放報曾登載一段費鞏為中美合作所殺害情形」，所謂「上海解放報」，此前邵全聲回憶為《文匯報》，現又成了《解放日報》，竺可楨說：「我不知道這個消息，覆函當問明年月日以便查閱。」然而後來的竺可楨日記再沒提及之，顯然這一線索也是沒有結果的。「費鞏案」，於是再次陷入困境。

> 1967 年 5 月 12 日
>
> ……今日也接到在浙大時代（1945 年）被蔣介石手底下中統特務所害死的政治學教授費鞏（香曾）的妻孥子女袁慧泉（原名家第）、費瀼若、費川如、瑩如今年 5 月 8 日的來函，說到香曾死去已達 20 多年，而其如何遇害，屍首在何處迄今毫無所知，所以望我能想方法再調查一下。解放初期（1953）我有一次曾寫信給那時的公安部部長羅瑞卿，要他

調查此事，他以後回信說，他問被俘的國民黨中統負責人康
澤，康澤也說不知道。因此費香曾的下落迄今不明，我憶當
香曾失蹤不久，有浙大學生于××告我說，他失蹤後不久就
被國民黨特務所殺死。我問他消息何自來，但告我一線索，
但得不到底蘊。于××現不知到哪兒去了。按香曾去復旦大
學上輪船的前一晚，由他的學生邵全聲代找臨時住處，第二
天邵送香曾上船，但邵在照顧行李時，香曾就不見。以後國
民黨特務把邵監禁，認為他把香曾推入江內把香曾溺死。邵
被關在獄中兩年半之久，我和香曾之兄費福燾（盛伯）曾幾
次去獄中和邵談過話，他那時被國民黨特務咬定是害死香曾
的人，要處以死刑，但以後因大家把香曾之死不提了，國民
黨特務就偷偷地把邵放出來了。解放後1963年我於5月間
得到杭州浙江師範學院邵全聲5月26日寫的一封信，他信中
開頭就說：我是抗戰初期在廣西宜山進浙大求學你的學生，
抗戰末期，在香曾先生被難後，我不久亦被反動政府逮捕，
囚禁兩年半。吾師曾和費福燾先生到重慶設法來探望我，最
後蒙吾師將我營救出獄，我一直深深懷念著你……順便向吾
師報告我的近況，我現在杭州浙江師範學院中文系任教，並
兼中文系教師輪訓班主任。在黨的愛護和教育下，我決心不
斷進步。……我們已有2個男孩3個女孩，家庭生活很幸福』
云云。今天接到香曾妻女的信，我就想到他們在上海可向杭
州師範學院與邵全聲作一次接洽，並詢問他是否知道于××的
下落。當初審問邵全聲的是戴笠，所以可能是軍統特務弄死
了費香曾，所以康澤不知道，這事邵全聲容或知之。據袁家

第來信知費盛伯已於 1963 年去世，她函又說李宗仁回國帶回
一部分國民黨軍政特務機關的檔案。當然我可以向李宗仁一
問，但香曾的事於短期內結束，要在他帶來檔案中查出機會
是不大的。我認為于××倒是一個線索可以追究的。信裏說
1953 年上海解放報曾登載一段費鞏為中美合作所殺害情
形，我不知道這個消息，覆函當問明年月日以便查閱。

　　在新版的《竺可楨全集》中，以上日記，將被隱去的「浙大學
生于××」的名字公開為「浙大學生于震天」，而關於于震天，竺可
楨始終認為是「費鞏案」的一個重要線索，不過，這一線索似乎並
沒有什麼突破性的進展。此外，日記所提及的《文匯報》或《解放
日報》，在以下的竺可楨日記中有了明確的出處，即刊載費鞏之死
消息的，是「1950 年 11 月 17 日上海《解放日報》曾登有具名屈
楚的回憶中美合作所一則新聞」，這如果確也是一個線索，那麼，
從「屈楚」那裏求證一下，彷彿並非難事吧，然而似乎又僅止於此，
那麼，1950 年 11 月 17 日的上海《解放日報》的文章，以及屈楚
其人，究竟是怎麼回事呢？

　　竺可楨隨後的日記寫道：

6 月 4 日
今日接費鞏之女瑩如來一信，談到她已和杭州邵全聲通了
信，邵說他知道于××其人，但不知其現在何處，同時指
出 1950 年 11 月 17 日上海《解放日報》曾登有具名屈楚的
回憶中美合作所一則新聞，其中提到該所曾將費的屍首在化
學池裏化掉事。

按：屈楚（1919～1986），四川人，筆名江靈、沈靈，1939年入四
　　川省立戲劇教育實驗學校學習，1943年後曾任群益出版社編
　　輯、《中原》助理編輯、群眾出版社編輯，他還是重慶「現代
　　戲劇協會」、「新中國劇社」秘書等，1949年後歷任上海群眾
　　出版社秘書、上海人民藝術劇院創作室副主任和藝術委員會委
　　員、編劇、顧問等。屈楚是戲劇家和作家，1952年加入中國
　　作家協會，他著有詩集《摘星者的死亡》、《狂歡的節日》、《愛
　　國大合唱》（集體創作）和劇本《抗美援朝大活報》（集體創作）、
　　《森林裏的故事》、《初開的花朵》、《北京鐘聲》、《新長征交響
　　詩》等。

　　屈楚早年在四川從事進步文化活動時，曾於1947年6月被國
民黨關押，與其同時被捕的還有民盟機關報《民主報》的多人，後
經梁漱溟等社會各界人士的積極營救，屈楚與田一萍、羅克汀等
十數人被獲釋，後來其中的一些人撰有回憶，收入《在反動堡壘裏
的鬥爭──憶解放前重慶的文化活動》（重慶出版社1982年版），
他們有的是在「渣滓洞」和「白公館」被關押過的，其中就包括屈
楚。經筆者查閱1950年11月17日上海《解放日報》屈楚的文章
〈回憶「中美合作所」〉，作者稱曾被關押於「中美合作所」的「渣
滓洞」，至於費鞏，文章提及該處「楊家山附近」有一「化學池」，
裏面盛滿鏹水、硝酸等，「據說，在抗日戰爭中失蹤的費鞏教授就
是被特務們用刑死後，他們為了滅跡，後來把屍身丟到鏹水池裏給
化掉了的。」顯然，作者並非親眼目睹，而是「據說」，至於所聞
於何人，沒有下文。應該說，屈楚的回憶不是費鞏死難事實的目擊
證明。

在隨後竺可楨的日記裏，就他與費鞏遺屬之間的通信，又可以找出幾條相關的線索，這一是「前重慶偽衛戍司令王纘緒」，以及屈楚關於「中美合作社」的回憶，不過，這也都沒有結果。特別是屈楚的回憶，因為是「據說」，也就無法由此而「斷定」事實了。

1967 年 6 月 6 日

寫信與費香曾之子費瀠如和他的小女兒瑩如，說接到了他們先後來信，提出了若干線索，認為最重的是 1958 年落網的前重慶偽衛戍司令王纘緒，我於香曾失蹤後和章友三兩次去看他，他說那時中統、軍統均不抓政治犯。二是來函所說中美合作所頭頭徐鵬飛（運舉），因為據 1950 年 11 月 17 日《解放日報》六版上屈楚「中美合作社」回憶，可以斷定香曾是死在中美合作所渣滓洞的，三是我所指出的于××，他是第一個報告我香曾失蹤的消息，是 1945 年 3 月 14 日，離失蹤9 天，在邵全聲報告我前兩天。他於香曾失蹤以前已注意到邵全聲和香曾之行蹤。解放後我於北京街頭，曾見到他一次，行色倉皇，沒講幾句話就離開。邵全聲信中（給瑩如的信）說自離開浙大後，他沒有見過于××，想是忘記了他。當時于××是在組織部做事，這單位是和軍統有關的。瀠若和瑩如的姊夫董政輝現在京，我將很高興和他一談云云。

6 月 16 日

費鞏女婿董政輝（廣西農墾局）已向公安局接洽，希望能得到 1945 年 2 月 5 日費香曾在重慶失蹤的線索，但不得結果。我告以此時公安部忙於文化大革命，無暇顧到此事，而

且若沒有線索，他們也無辦法的。我提出三個線索，已函告
瀼若與瑩如，即：（1）已落網的前偽重慶衛戍司令王纘緒，
（2）前偽特務軍統頭子徐鵬飛（遠舉），和（3）浙大史地
系學生于震天。其中只于震天現不知下落，餘二人已被我們
捕獲。我說此事可與高等法院張志讓一商，他從前是復旦大
學教授。

此後的「文革」期間，隨著運動的深入，如「清隊」運動等相
繼開展，對本單位「有問題」者的「外調」成為「文革」時期特別
的一個內容，由於竺可楨相對「安全」的身份（沒有被罷免和撤職），
特別是他保存有全部的日記（未遭到抄家），而且他的日記完整地
記錄了主人公所曾經歷過的歷史，包括浙大的歷史，於是相關單位
不斷來人對他進行「外調」，而竺可楨總是以「求是」的精神為原
則，認真回憶和閱查日記，以歷史原貌回答提問，絕不應人所「請」
而提供其所「滿意」的回答。通過回答眾多的「外調」提問，竺可
楨不僅不卑不亢地回答了問題，又進一步疏理了浙大的歷史和其中
的許多關鍵情節，這對以後浙大歷史的書寫，當然是有著極大的見
證意義的。

以下竺可楨日記所記載的，是「費鞏案」發生前後的背景，由
此可以幫助我們理解和詮釋「費鞏案」以及其中的一些細節。

12 月 16 日
……為了回答外間來調查浙江大學在學生運動初期 1940～
1944 年時代，被特務所抓入獄以至死亡，如何友諒、教授
費鞏失蹤，以及過去左派學生如張哲民（北京建築部建築研

究院院長）、滕維藻（南開大學教務長）、陳立（農業機械學院機械化系副主任）、潘家蘇（河南南陽商業局副局長）等單位常來詢問，當時他們的行為尤其注意有無叛變或攀人的事實，幸而我在浙大 13 年均有日記可查，查得當時情況。不然我記性極壞，連名字都記不起，更不消說時日和事實了。從現在看來學生運動在 1940 年即開始，1940 年 4 月 19日我從重慶回遵義，當時的訓導長姜伯韓來談，說自治會學生出壁報，指責導師，為訓導處姜伯韓、李相勖所撕去。學生不服，姜提出辭職並電（國民黨）中央黨部，當時自治會負責人是孫翁孺和學生解俊民，我責備了他們。姜、李主張開除，我記了他們大過兩次，因他們就要畢業了。5 月 14日陶光業、梁德蔭、王慕旦來談取締壁報事。7 月 16 日姜伯韓辭去訓導長，以費鞏繼任。7 月 17 日接教育部密件謂「浙大有中共所組的學會（1）黑白文藝社、社長何友諒、沈自敏（何已被殺，沈現在北京近代史所）；（2）鐵犁劇團團長原為潘傳烈後讓與趙夢環；（3）塔外畫社負責人胡玉堂；（4）保民卅一級會主席陳天保。8 月 4 日接貴州吳鼎昌一樣的電。12 月 1 日費香曾來談說姜伯韓在教育部大肆攻擊浙大，費要求辭職。1941 年二、三月間曹煜亮、虎熊、喬新民三學生不別而行。按姜伯韓訓導長乃係 1939 年 9 月 30 日我在重慶親自約定，他是第一位訓導長。但他到任與學生起衝突並電中央黨部。以後教育部來電指定黑白文藝社是共黨組織，可能是姜的密告，不然教育部為何得知清楚。他辭職後，得教育部說浙大壞話乃是以後的事。學生何友諒以後於 1942

年3月被特務所抓，帶往重慶五雲山特種營；我去保無效，為康澤手下特務營訓導主任劉瓊所殺害，時在 1942～1943 年間。到解放後，有和何友諒、王蕙同關在一起的李士釗，他親眼見到何被劉瓊弄死的，當時極為悲慘。1950 年李士釗在華北革命大學政治研究院學習，於 5 月底看到傳達室劉瓊在內，他通知革大警察把劉瓊送交北京公安局。

「費鞏案」的發生，與當時浙大風起雲湧的學潮有關，國民黨當局和特務方面對之恨之入骨，而費鞏之前的訓導長姜伯韓應該是其中的一個角色，對此竺可楨的日記有所揭載。至於當年被關押在重慶五雲山的兩位浙大學生，其中何友諒最終悲慘地死去，而後來傳說費鞏也被關押在此處，且亦遇難，可是最終沒有被證實，那麼，是否在何友諒和費鞏之間，有所誤傳呢？

12 月 18 日

……早餐後，8 點 30 分和吳副院長赴西頤賓館辦公室，去時至第二單元入門處，門上的靠手落下幾乎入門不得，幸而來看我的空軍工程部政治部李嘉謀、王志法 2 人已先在，由李開了門始得入。李、王二人又來詢及費鞏愛人袁家第的上海地址，以及其子女瑩如、川如、瀛若名字，彙（會）談之下，知 1941 年二、三月間（2 月 14 日到 4 月 16 日）我在北碚氣象所時，校中忽發生恐慌，有特務來捉學生的傳說。其時有學生虎羆、喬新民、曹煜亮和王世謨 4 人（另有張青宇也不見了）躲在訓導長費鞏的家中。（按費當時沒有帶家眷，在遵義）以後喬新民即去解放區，現在北京空軍部隊，

曹煜亮在南京，而虎羆不知下落，我在日記上只說 4 月 10
幾回校後知「曹煜亮、虎羆、喬新民 3 人不別而行」云云，
可見這次空軍派人來問我費鞏失蹤事乃是喬新民所委託。
據云曹煜亮是在青岩一年級時因反對中文教員張青常（張清
常）而被開除的人，王世謨我日記中沒有提及。我還告他們
以 1940 年 7 月姜伯韓辭職，而費鞏接任時曾接一教育部密
電，謂浙大有中共組織（1）黑白文藝社社長何友諒、沈自
敏；（2）鐵犁團團長原為潘傳烈後讓給趙夢環；（3）塔外畫
社負責人胡玉堂；（4）保民卅一級會長陳天保。稍後貴州吳
鼎昌也有同樣電。其時姜伯韓適辭職去教育部可能是姜伯
韓的告密。和伯韓同在訓導處尚有李相勗，現在武漢教育學
院。沈自敏解放後在北京科學院近代史所。補記：以後得費
鞏兒子瀼若，女兒螢（瑩）如及妻子袁家第信，知過了年後
就有人到袁家去。又，查出虎羆以後回浙大 1944～1945 年
參加戰地服務團。

以上日記，可知「文革」期間解放軍北京「空軍工程部政治部」
也曾就「費鞏案」進行過調查，原因是當年浙大學生喬新民（曾受
到過費鞏的保護）所委託。

竺可楨的日記，還記錄了費鞏遺屬、邵全聲等的信息。

1968 年 6 月 23 日

費香曾之子瀼若來，知其在上海一機部電器研究所工
作。……他父親於 40～45 年曾住遵義，我告以地址是南門
外石家堡，並示以我以前所拍照。……談及他父親被殺事，

始終沒有尋出是何人殺害，我告以線索有兩方面。一是于震
天，浙大畢業生，畢業後在統計局（軍統系統），但現在不
知在何處。一則前重慶衛戍司令王纘緒已被俘，1945 年時
我為香曾事去見他兩次。第一次在 3 月中，他說軍統、中統
那時統不拘捕人，第二次是在 4 月中，他未見面，託人代見，
說兇手已抓到，按即邵全聲。這完全是陷害陰謀，因邵全聲
被刑自承，以的我見邵全聲始知之。從此可知王纘緒是參加
這次謀殺案，至少他知道其事，而欲彌縫之。

1968 年 7 月 26 日
接上海費瑩如函（她對於邵全聲提出懷疑，又說南京水利學
院發現周恩濟是當時浙大三青團負責人，周供給黑名單，包
括費鞏）。

費瑩如信函中「對於邵全聲提出懷疑」，以及認為南京水利學院
周恩濟因曾是浙大「三青團」負責人而提供有包括費鞏在內的「黑
名單」，恐怕是「文革」特殊時代的產物，也就是說大概是不實之辭，
否則，經歷了不斷的人事調查（「外調」和「自我交代」）的「文革」
的多場政治運動，沒有聽說邵全聲或周恩濟有確鑿的「歷史罪行」。
按：周恩濟（1917～？），杭州人，1941 年 7 月畢業於浙大史地
系，隨即考入浙大研究院史地研究所，師從涂長望，1943 年
獲取氣象碩士學位，此後任重慶北碚國立復旦大學講師，1945
至 1949 年又曾任中國航空公司氣象員、氣象臺長，1949 年至
1951 年任香港皇家天文臺助理科學官，承擔航空氣象預報工
作，期間曾為香港中國航空公司與中央航空公司（「兩航」）

的 17 架飛機起義飛回祖國提供了準確的氣象預報，由此為新中國的民航事業建立了功勳。1951 年，他應中央人民政府人民革命軍事委員會氣象局邀請，放棄在香港優厚的待遇，回北京參加工作，先後在中國科學院地理研究所、地球物理研究所、軍委氣象局擔任翻譯，還參加了中科院主辦的《氣象學名詞》的編譯工作。1952 年，他赴天津大學任教。1955 年，他赴華東水利學院（今河海大學）任教，任水文系副教授、教研組主任，主講氣象學、中國氣候、氣象學與氣候學、農業氣象學、氣象預報、地質學及地形學、水文學、水文地理及水文測驗等課程。1988 年，周恩濟退休。

對於費瑩如信函中提出的「懷疑」，竺可楨隨即表示：

7 月 28 日

前日接費鞏的小女兒瑩如函，認為邵全聲地費案內有可疑之點，數次約他赴上海費家中，他沒去，而且說他和震天從浙大別後不曾見面。實際直到 1945 費失蹤前，二人曾至費寓，何以要瞞欺。我也覺到他和我及盛伯所談「戴笠訊他這一段講話」不像是真的（即戴笠問他香曾是否他謀害，他頭四次自承，到第五、六次才說不是他，因此戴說他與費案無關），而且他何以能得重慶衛戍司令的進出碼頭證（據瑩如來函）。所以我今天又查了 1941～1942 年日記，發現邵之被開除由於 1942 年 1 月倒孔運動與俞宗穆、劉紉蘭（1 月 16日）同記大過一次（邵已記兩大過），而俞、劉均為三青團團員幹事，事後龐曾漱領頭三百多人為邵、俞二人出來講

話，要減輕罪名。龐是香曾的親戚，所以瑩如可以問龐曾漱，
她或知道邵全聲之為人。

　　由於「費鞏案」經年不決，其中的各種線索皆沒有實質性的結
論，對此不僅費鞏家屬感到著急和困惑，竺可楨也是同樣的心情，
因而他們又共同懷疑到當事人的邵全聲等身上，雖然沒有確鑿的證
據，以及能夠自圓其說的理由，當然，這也是可以理解的。竺可楨
隨即又在日記中記錄說：

> 8 月 1 日
> 7 月 23 日費瑩如從上海來信，希望把香曾致死原因在這次
> 清理隊伍中弄清楚，而且對邵全聲加以疑問，而又提出了周
> 恩濟的問題，所以我也把瑩如的信交朱炳榮、朱愛華一閱，
> 並要她們到上海時會見費瑩如一談。

按：「清理階級隊伍」是當時「文革」中的一場政治運動，主要是
　　審查當事人的歷史問題。朱炳榮、朱愛華等是當時浙大向竺可
　　楨「外調」的工作人員。

> 8 月 7 日
> 要沈文雄從浙大學生朱愛華等人收回前星期交去費瑩如的
> 信。我已於前天復了她的信，但重閱來信，知信中提到于震
> 天在 1950 年尚在北京人大學習，我已查出 1950 年 10 月 9
> 日于震天來看我，知道他那時在北京學習十個月，並在工人
> 學校教課三小時。我曾問他香曾死的原因，據說確係調查統
> 計局受陳立夫之命而拘捕。但其言是否可靠也是疑問的。

按：沈文雄是當時竺可楨的秘書。這條日記記錄了竺可楨對於震天
稱拘捕費鞏是「中統」特務奉陳立夫命令的說法表示懷疑。隨
即竺可楨又記錄了與浙大「外調」人員談話的情況，其中還涉
及邵全聲的歷史問題。

8月10日

今日約了浙大專案第二組同志來作最後一次談話，到顧翊
新、朱炳榮、朱愛華等三人，談了關於浙大三民主義青年團
成立經過。……1942年1月16日遵義浙大學生倒孔遊行，
15日晚由學生自治會出布告，我十六早晨才知道。怕與軍
警衝突，勸阻無效。遊行後下午開校務會議，決定劉紉蘭、
俞宗稷、張由椿、邵全聲因不經校許可，由自治會擅自決定
出外遊行，各記大過一次。邵全聲因過去調戲女同學胡品
清，已記兩大過，開除學籍。……據朱愛華等云，她們定下
星期回，我要她們到人民大學調查于震天下落，於曾於1950
年在人大受訓十個月（見8/9日日記）。

8月14日

今日接上海費瑩如函，知她已接我6日、9日兩函，說她們
一家統希望和浙大的第二專案組朱愛華等一談。她的工作地
點是圓明園路133號上海市華東市政工程設計院。南京西路
1213弄150號。

幾乎同時，竺可楨又詢問了也接待了大量「外調」人員的友人
錢昌照，希望通過他瞭解「費鞏案」中王纘緒等的情況，以及李宗
仁檔案等等。

8 月 15 日

沈性元談，說到錢昌照處詢問過去歷史達到數百人之多，我就提到費鞏失蹤事，要她問錢知不知道王纘緒的下落。

8 月 27 日

費瑩如函，浙大來人來過兩次。

9 月 1 日

錢昌照夫婦，據說王（纘緒）被捕後，曾一度逃逸，已至國境，又追回。一說已死，不盡可靠。我問費的女兒，來信說李宗仁回國帶來許多蔣匪幫檔案。錢認為李和軍統、中統無關，不可能有與費案有關文件。

這一時期，竺可楨從全國政協的刊物《文史資料選輯》中看到沈醉等的回憶，他將之與自己的日記對照，並推薦給費瑩如閱讀，與此同時錢昌照夫人沈性元以為可以由費鞏的子女直接向有關方面要求調查沈醉在「費鞏案」中的作用，然而其根據仍是那篇屈楚在《解放日報》上的文章。

9 月 2 日

今日為浙大費鞏失蹤案查閱人民政協所出的《文史資料選輯》。（第）22 期沈醉〈我所知道的戴笠〉，認為費鞏死在中美合作所。

9 月 4 日

《文史資料選輯》（第）32 期，〈中美特種技術合作內幕〉，有一段關於費鞏事。當時在遵義負責軍統特務陳某認為費鞏

表現很激烈，除了軍統注意外，中統也很注意他。國統派有特務監視他，這次去重慶，可能還有中統特務跟他一路去。

9月5日
查日記，1940年12月6日，與羅鳳超第一次見面，費香曾陪同。

9月8日
作函與費瑩如（告訴她《文史資料選輯》中的當事人回憶）。

9月19日
沈性元認為費鞏子女直接可以向有關機關要求查明軍統特務沈醉是否是殺害他們父親的人，因為沈醉不承認軍統曾經抓了費鞏，但1951年《解放日報》上有人寫中美合作所回憶卻說香曾是死在中美合作所的。

在接待「外調」人員過程中，當時竺可楨特別對受調查的前浙大費鞏學生的人給予關注，這如1969年1月3日石油科學院來人調查浙大1944年畢業的化工系學生林正仙，其與朱兆祥同班，又「以費鞏為導師」。

同時，竺可楨又在接待浙江教育廳來人時，對受調查的邵全聲提出疑點：

1969年1月3日
我談了邵被開除理由是調戲女同學（胡品清也記了大過），再加倒孔遊行時是自治會職員，事先沒有通知學校，又記大

過一次，所以被開除。關於費鞏失蹤事，因前一晚邵和費移
至千廝門碼頭附近郭希寅副官寓，第二天一早由邵送費上
船，待邵去船提取行李時回來不見費鞏，而衛戍司令部則斷
定是邵推費入河中。我不相信此說法，但邵說的話也前後矛
盾，究竟是否邵全聲和衛戍司令同謀，不知道。介紹他們看
邵同班的人，如劉操南、周淮水、龐曾漱等。我也要他們查
于震天，並詢問那時重慶衛戍司令王纘緒。

（注：以下引文見諸舊版《竺可楨日記》）

1971 年，受到運動衝擊的邵全聲主動和竺可楨聯繫，他給竺
可楨寫來的信函。

> 1971 年 11 月 5 日
>
> 接杭州邵全聲來函，提到 1945 年 3 月起，為費香曾失蹤事，
> 被捕入獄，囚禁兩年半，經我營救出獄。文化大革命中，在
> 杭州教育廳及中學、高等學校任教，又受審查，從 1968 年
> 9 月起隔離審查兩年多，……到 10 月 29 號宣佈邵審查清
> 楚，撤銷對邵的審查。要他留杭州，在直屬教育廳教學研究
> 部工作，但該部現已撤銷，所以要另行分配工作云。

此前邵全聲夫人陸家橘已給竺可楨寫信，告知他們一家因「費
鞏案」所遭受的劫難，同時讓竺可楨出面給予證明邵全聲的無辜。
1970 年 7 月 26 日，竺可楨覆信陸家橘：

> 家橘同志：收到了你 7 月 22 號的信。關於你愛人邵全聲的
> 事，浙江教育廳曾於 1968 年年底、69 年年初派了兩位外調

人員，來我處瞭解全聲在浙大時何以於 1942 年被開除處分和 1945 年因費鞏失蹤案而被牽涉的關係。我已把我所知道的告了他們。現事隔年半，而全聲仍在隔離勞動中，這在此次大革命運動中，並不例外。即如曉滄先生，他是你老師，近得他來函，也是到今年五月二十號才解放。何況費鞏失蹤案是國民黨反動政府時代學生運動中有數的重要案件之一。再加上當初偽重慶衛戍司令王纘緒已指定全聲為謀害費鞏的兇手，而以後卻不聲不響地把他釋放，更有弄清一個水落石出的需要。據費鞏女兒瑩如從上海寓所寫信告我，1950年上海《解放日報》曾登出一個在重慶中美合作所被幽禁過的人，說費屍體是在軍統中美合作所中的硫酸池溶化的。而其時軍統在重慶的總務主持人是沈醉（戴笠下面的重要人物）。為費鞏事，沈醉曾於 1942（？）年 5 月到貴州遵義和一個美國特務到浙大調查。沈醉於解放後已投誠，並在政協所出刊物《文史資料》上寫了不少文章，報告中美合作所內幕，其中有一篇也提到去遵義調查的事。我想沈醉這人至今尚在，所以費鞏被謀殺的案是不難弄清的。總之，我以為目前各單位負責人對於文化大革命中處理案件，是非常仔細的。如你來函所云「決不會冤枉一個好人，也不會放過一個壞人」。再加上杭教研部至今沒有進駐工宣隊，也沒有成立革委會，因此作出決定，自必更為遲緩。

　　邵全聲一家在「文革」中的遭遇是可以想見的，然而由於「費鞏案」本身的複雜，邵全聲未始不能徹底得以解脫，這是歷史的悲

劇。也可能是始終無法準確地獲知父親失蹤和遇難的情由，費鞏的
小女兒費瑩如多次請求竺可楨向周恩來總理建議徹查此案，也許是
經過了多年無數失敗的努力，後來竺可楨已無法保持樂觀了，許多
線索也中斷了，當然，他還是勉為其難，準備接受她的建議。不過，
費瑩如欲知曉「究竟是誰害死了」費鞏，卻又說費鞏當年是「死在
中美合作所，是屬於軍統特務幹的」，而能夠提供這一結論的，仍
然是那個曾稱與費鞏同獄的屈楚（上海人民藝術劇院），以及「中
統特務、重慶衛戍司令部稽查」鮑滄的證明，然而無論是屈楚和鮑
滄，似乎他們詳細的證明皆不曾揭露過，這未免讓人將信將疑了，
或許，這也只能是這樣的一個「答案」了。至於邵全聲，竺可楨寫
信說：

> 1971 年 11 月 11 日
>
> 日前接到你本月初來信，藉悉這次文化大革命中，你經過兩
> 年的徹底審查，最後得到過去政治歷史上毫無問題的結論，
> 聞之至為欣慰。毛主席的政策是「打擊面要小，教育面要寬，
> 要重證據，嚴禁逼供信」。這是很正確的一個政策，唯有這
> 樣才不致於冤枉一個人。經過這次鍛煉，使你們伉儷更決心
> 為社會主義建設立新功。

對於故舊費鞏的家人，竺可楨也寫信說：

> 1971 年 12 月 6 日
>
> 作函與上海費香曾女兒費瑩如，她要我向周總理詢問，究竟
> 是誰害死了他的父親的？我以為一定會有新的線索，事隔

26 年，那一定是落空的，我個人以為最好的線索是那時
（1945 年）的重慶偽衛戍司令部王纘緒。他已被捕但已死
去。至於康澤過去也問過，他並不知道。因瑩如來信所談，
她父親死在中美合作所，是屬於軍統特務幹的。

1972 年 7 月 10 日

費讓若來，並以寫給國務院周總理函，以昭雪他父親香曾的
信見示。知近來他找到 1945 年在中美合作所與香曾同時被
關的罪犯屈楚同志。證明香曾是被軍統特務所拷打而死，因
香曾入獄後，大聲責問，所以被殺。將屍體拋入硫酸池中以
滅跡。到 1972 年 2 月，屈楚服務於上海人民藝術劇院。同
時，中統特務、重慶衛戍司令部稽查鮑滄證明，香曾被捕後
即處死。我知道有這樣可靠事實，即贊同讓若意見，上書周
總理並由他直接至國務院接待室交涉。他要我寫介紹信。我
以為毫無作用，並說，待他去接洽後，俟結果如何，再不能
解決再定辦法。

1973 年 6 月 18 日，竺可楨最後致信邵全聲，其云：

六月十二日惠書已於日前收到。聞你在杭已被分配到中學教
材編寫組工作，正在編中學語文課本。這樣在你便是駕輕就
熟，必能勝任愉快。聞賢伉儷身體均康健，並每日做廣播操，
這對於保健衛生是大有益處的。對我年邁患肺氣腫的人，廣
播操已太劇烈，很不適宜了。只要天氣和暖，風微日好，我
便能在戶外散步，就很滿足慾望了。

　　經過了二十餘載,「費鞏案」仍然是撲朔迷離,最終竺可楨的心也似乎要涼了,他明白隨著歲月的消逝,許多有價值的線索也一個接著一個消失了,這成了他晚年的一個遺憾、一個情結,或許,它永遠只能湮滅在歷史的煙雲中了?

伍、回憶與遺憾

　　竺可楨晚年的日記之外,對「費鞏案」比較整體的回憶文字,出現在他的一篇〈思想自傳〉之中,那是他 1961 年 12 月 30 日寫下的。茲抄錄如下:

　　　　一九四〇年年初蔣介石發動了第一次反共高潮。費鞏任訓導長後處處掩護前進同學,為三青團學生所不喜,教育部以其非國民黨黨員,示意要更換,使費不安於其位,至一九四一年一月遂以張其昀繼任,直至一九四三年張去美國止。何友諒事件是國民黨特務對浙大師生迫害的第一件大血案。國民黨特務在浙大所造成的第二件血案是費鞏教授失蹤事件。一九四五年,費鞏在浙大告假一年,赴其母校復旦講學。三月五日侵曉,費在重慶千廝門碼頭搭輪赴北碚復旦大學,有前浙大學生邵全聲送行。當輪船要開時,邵為費去拿行李回來不見費之影蹤。邵以為費已上輪,到一星期後打電話至北碚探詢,知費未到復旦,才知道費已失蹤。這時我也在重慶,到十四號,我從邵全聲和于震天的報告始知其事。

我和復旦那時校長章益向各方探聽，總無著落。我們並去看了重慶衛戍司令王瓚緒、教育部長朱家驊，毫無結果。這時費鞏之兄費福燾已從昆明飛到重慶，四處奔波迄無下落。費鞏是江蘇吳江人，資產階級出身，曾至英國牛津留學，是一位典型的自由主義者。平時好批評反動蔣介石政府，在一九四五年二月間又在重慶報上發表贊成民主同盟的言論。這時正值中國共產黨駐重慶代表林伯渠在重慶國民參政會上要求廢止國民黨專政、成立民主聯合政府之後，遂為蔣陳所忌。他到重慶後，陳立夫曾約他和章益到陳家裏吃過飯，陳和費鞏素不相識，事後回想這是不懷好意的。當時國民黨特務，將邵全聲拘捕，並用體刑硬逼其承認三月五日這天他在千廝門碼頭和費鞏口角將費推落江中。但同時卻在報上先後登費鞏出現於某地，以疑亂人心。黃任之先生和費家是世交，我也曾向他問費鞏下落，他以為費已為特務所害，主張在重慶開追悼會。我卻以為雖是凶多吉少，總還有一線希望不贊成這樣辦。實際我怕一開追悼會，浙大馬上會鬧風潮。三四個月以後，費鞏失蹤事件報紙上已少登載，社會上已漸把此事忘卻。一九四五年九月間，我在重慶和費福燾到警察局拘留所看邵全聲。他告訴我們被捕後衛戍司令當時逼供情形，他寫有自己承認如何把費推入江中的筆供，自忖必死。到六月間（在戴笠乘飛機撞死以前）一天，軍統頭子戴笠忽親自提詢，問費鞏是否是邵推落江中，邵堅決自承。問至第六次，邵始放聲大哭，高聲喊冤。戴吩咐下屬以後寬待邵全聲。到九月間我們去看邵時，他已解到警察局。一九四六年

邵全聲被釋放，他的招供全文曾經登在重慶報上。到重慶解放，費鞏仍無著落。費鞏之死已無可疑，但邵全聲所說是否可靠則有疑問。費鞏死於國民黨特務手，和一九四六年昆明李公樸、聞一多二人一樣地慘酷。但聞、李二人之死引起了全國轟轟烈烈學運的一幕，「一個人倒下去，千萬人站起來」。費鞏之死竟是無聲無息，回想起來我要負相當責任的。國民黨特務在浙大造成的第三件血案是于子三事件。

一九六三年五月三十日，邵全聲來信。他是浙大學生，於一九四五年費鞏被特務暗殺時，他曾被戴笠監禁，如事情鬧大就把他作為替罪羊，說他把香曾推入江內，以此惡毒計畫來對付。後以費鞏事大家不談經年，以後於解放前他被放回出獄。我和費福熹曾至監獄探視。據來信，他現在杭州師範學院（文三街）中文系任教，並兼高中語文教師輪訓班主任，五十八年以來被評為一等優秀工作者等等。其妻陸家桔也是浙大畢業，也在杭州教書，已有五個孩子。

一九六四年二月十五日，浙大畢業生董維寧、劉茂森、孫士宏來談，均在鐵道部做事。談及浙大舊事，據說董維寧導師是費鞏。費香曾去復旦一年，常與董維寧通訊。我告以邵全聲已被釋，現在杭州師範學院教課。董對於邵全聲頗有疑慮，因邵在校時，頗有入三青團嫌疑。他和香曾接近，董等甚不以為然。究竟邵對於這一慘案關係如何，目前也是疑問。邵全聲說他曾被毒刑，以及戴笠審他時他曾幾次承認把香曾推下水，是否可靠，亦不甚近情理也。據董云，當時程滄波曾推薦他為復旦副校長，香曾雖表示願意，但不願入國

民黨，但單此一事也不致遭陳立夫之忌。總之，費鞏慘死事至今是一個疑團。當時曾有于震天告我說，香曾被捕後，不久即被殺。但于震天之消息何自而來？當時我沒問明。解放後，我在北京尚見過于震天於馬路上，他當時雖見我招呼，但看來形跡甚是警備，不知此人現已何往。

這篇回憶，竺可楨比較詳細地記述了「費鞏案」的前前後後，明確指出這是「國民黨特務在浙大所造成的第二件血案」，並稱費鞏是「一位典型的自由主義者」，卻遭到國民黨特務的毒手。至於他自己在「費鞏案」中的表現，則自責當時擔心會使浙大發生「風潮」，於是未能在浙大形成當時在「西南聯大」等地所發生的聞一多之死後的盛況，所謂「費鞏之死竟是無聲無息，回想起來我要負相當責任的」云云。

這篇回憶，竺可楨還比較詳細地記述了「費鞏案」中的關鍵人物——邵全聲的情況，顯然，他對之即有同情，又有所懷疑（可能是彼的前後說法有矛盾之處），即其「所說是否可靠則有疑問」。另外，這篇回憶還引述了浙大畢業生董維寧的相似的說法，即董也「對於邵全聲頗有疑慮，因邵在校時，頗有入『三青團』嫌疑」（這是不是事實，不確定），於是，「他和香曾接近，董等甚不以為然。究竟邵對於這一慘案關係如何，目前也是疑問。邵全聲說他曾被毒刑，以及戴笠審他時他曾幾次承認把香曾推下水，是否可靠，亦不甚近情理也。」

另外，這篇回憶還根據董維寧的述說提到費鞏被「當時程滄波曾推薦他為復旦副校長，香曾雖表示願意，但不願入國民黨」，似

費鞏以此遭忌於國民黨特務（竺可楨又回憶「當時曾有于震天告我
說，香曾被捕後，不久即被殺。但于震天之消息何自而來？」），「但
單此一事也不致遭陳立夫之忌」。最後，竺可楨以為：「總之，費鞏
慘死事至今是一個疑團。」

　　「疑團」，也即「謎案」，不僅是當時，遺憾的是迄今也是如此。
希望本文能對這一「疑團」或「謎案」取一些澄清、鉤沉的作用，
為最後條件具備而使之水落石出而作出一點貢獻。

後記

　　1985 年，我從太原來到杭州的浙江大學任教，一晃，已經近三十年了。最近幾年，我陸續參與了校史的研究和寫作，如人所說，浙大的校史，是一座「富礦」，值得為此挖掘和耕耘。

　　浙大的校史，因為竺可楨的存在，以及他推崇和標榜的「求是」精神的存在，而熠熠生輝。於是，研究歷史和書寫歷史，也應該遵循「求是」精神，這樣才不愧面對先賢和歷史。然而，又如人所知的，天下事最難的，莫過於「求是」，而在我們過去的歷史歲月中，大家都知道也曾經有過一個關於能不能「說真話」的問題，對於這樣的一個困難語境，即使是對於歷史，也是一樣的。

　　1945 年 3 月，費鞏先生在重慶意外「失蹤」，以致生不見人、死不見屍，此後風傳費鞏是被國民黨特務所秘密逮捕和殺害的，那麼，費鞏到底是怎樣的人？他何以會失蹤以及神秘地消逝？本書就是筆者依據「求是」的態度，根據當年案情的種種線索，特別是竺可楨校長的追蹤調查（見其日記），回到或最大限度地逼近歷史現場，來進行一次「歷史破案」，由此進一步回顧和審視當年的歷史，並從這一樁無頭案中發掘和解讀歷史的資訊和秘密，使這一樁歷史「懸案」重新浮上水面。書成，名之曰《民國謎案之「費鞏案」再探》，這也是筆者所從事的晚近歷史的「破案」系列之一。

　　可以告訴讀者的，是這本所謂《再探》，其實並沒有讓這齣有名的歷史懸案能夠水落石出，它從一個「謎案」開始，最後又繞回到了一個「懸案」，不過，破案的過程是重要的，經過梳理和分析，整個案情業已清晰地展示在大家面前，同時相信讀者也會有了自己的判斷和思索。至於此後還要不要繼續深入調查這樁「費鞏案」，也許它是可以成為新的出發點的。其實，筆者撰寫這本小書的另外一個原因，也是為了完成竺可楨校長的一個夙願，或者是為了訓練自己在調查、研究和寫作中間如何來貫徹「求是」精神的。

　　最後需要說明的，是本書在寫作中得到了浙江大學「校史研究會」的資助，特此鳴謝。同時，感謝「秀威」的成全。

散木

二〇一一年盛夏於杭州

史地傳記類　PC0174

民國謎案之「費鞏案」再探

作　　者 / 散　木
主　　編 / 蔡登山
責任編輯 / 陳佳怡
圖文排版 / 姚宜婷
封面設計 / 王嵩賀

發 行 人 / 宋政坤
法律顧問 / 毛國樑　律師
印製出版 / 秀威資訊科技股份有限公司
　　　　　114 台北市內湖區瑞光路 76 巷 65 號 1 樓
　　　　　電話：+886-2-2796-3638　傳真：+886-2-2796-1377
　　　　　http://www.showwe.com.tw
劃撥帳號 / 19563868　戶名：秀威資訊科技股份有限公司
　　　　　讀者服務信箱：service@showwe.com.tw
展售門市 / 國家書店（松江門市）
　　　　　104 台北市中山區松江路 209 號 1 樓
　　　　　電話：+886-2-2518-0207　傳真：+886-2-2518-0778
網路訂購 / 秀威網路書店：http://www.bodbooks.com.tw
　　　　　國家網路書店：http://www.govbooks.com.tw
圖書經銷 / 紅螞蟻圖書有限公司
　　　　　114 台北市內湖區舊宗路二段 121 巷 28、32 號 4 樓
　　　　　電話：+886-2-2795-3656　傳真：+886-2-2795-4100

2011 年 10 月 BOD 一版
定價：330 元

國家圖書館出版品預行編目

民國謎案之「費鞏案」再探 / 散木著. -- 一版.
 -- 臺北市 : 秀威資訊科技, 2011.10
  面 ;   公分. -- (史地傳記類 ; PC0174)
BOD 版
ISBN 978-986-221-820-4(平裝)

856.9   100015822

讀者回函卡

感謝您購買本書，為提升服務品質，請填妥以下資料，將讀者回函卡直接寄回或傳真本公司，收到您的寶貴意見後，我們會收藏記錄及檢討，謝謝！如您需要了解本公司最新出版書目、購書優惠或企劃活動，歡迎您上網查詢或下載相關資料：http:// www.showwe.com.tw

您購買的書名：_____

出生日期：_____年_____月_____日

學歷：□高中 (含) 以下　　□大專　　□研究所 (含) 以上

職業：□製造業　□金融業　□資訊業　□軍警　□傳播業　□自由業
　　　□服務業　□公務員　□教職　　□學生　□家管　□其它_____

購書地點：□網路書店　□實體書店　□書展　□郵購　□贈閱　□其他

您從何得知本書的消息？

　□網路書店　□實體書店　□網路搜尋　□電子報　□書訊　□雜誌
　□傳播媒體　□親友推薦　□網站推薦　□部落格　□其他_____

您對本書的評價：（請填代號　1.非常滿意　2.滿意　3.尚可　4.再改進）

　封面設計____　版面編排____　內容____　文／譯筆____　價格____

讀完書後您覺得：

　□很有收穫　□有收穫　□收穫不多　□沒收穫

對我們的建議：_____

_____

_____

_____

11466
台北市內湖區瑞光路 76 巷 65 號 1 樓
秀威資訊科技股份有限公司　　　收
BOD 數位出版事業部

....

（請沿線對折寄回，謝謝！）

姓　　名：＿＿＿＿＿＿＿＿＿＿　年齡：＿＿＿＿　性別：□女　□男

郵遞區號：□□□□□

地　　址：＿＿＿＿＿＿＿＿＿＿＿＿＿＿＿＿＿＿＿＿＿＿＿

聯絡電話：(日)＿＿＿＿＿＿＿＿＿＿　(夜)＿＿＿＿＿＿＿＿＿＿

E-mail：＿＿＿＿＿＿＿＿＿＿＿＿＿＿＿＿＿＿＿＿＿＿＿